赵兰振——著

白耳朵

河南文艺出版社
·郑州·

目　录

下雪了,雪霰砸在麦叶上树枝上路面上,沙沙作响,像是不怀好意的嘲弄。两个黑影在夜幕里潜行,默无声息,只有架子车轮胎的碾轧声、零乱的脚步声。

许多大事在发生之前,通常都会有些微征兆。那是冥冥中的主事者在提示人,一切看上去悄无声息,其实只是表象,事情已经在进程中,程序已经启动,就像天要落雨,太阳率先溜掉一样。

飞上云霄 / *164*

但不管怎么说,飞机离地遗留的混乱他不费吹灰之力就弄清了,人们服服帖帖听他的话,服从他的指使,让他一下子像吸了鸦片。他品尝权力的美好滋味,痛饮这人世间最甜蜜的鸩汤,再次为之迷狂。

家务事 / *235*

⋯⋯银耳房里笼罩着葬礼般的死气,那些刚冒出一疙瘩一疙瘩的幼耳悲哀地望着我们。看着这无数个充满勃勃生机的小生命,四哥眼睛湿了,我也哭了。

草灵

第一章

最初他们说好是要去钓鱼的。前几天落了霜，清早树叶哗啦啦乱掉，即使没有风，那些树叶在枝上也待不住了，一窝蜂地往地上跳，它们自己形成了一阵阵金黄的风，满地铺起厚厚一层。落霜时节当然是冷，清早穿夹衣都有点不管事儿，还要竭力缩着把儿，就那样还是冻得瑟瑟发抖，但晌午站到太阳底下又会热得要命。今天太阳老早就出来了，是个响晴天，又是个星期天，不去钓鱼实在可惜。是生产队水塘里的鱼，天气乍寒转暖，鱼儿抓住最后机会填肚子长膘，接下去就要锁口冬眠了，这时候最好钓，简直钩钩不落空。制鱼钩也不费大事，你只要拿缝衣针在煤油灯灯头子上烧红，趁着烫红未褪，赶紧就着个什么硬东西比如剪子的铡口吧，一别，针尖朝一侧钩去，然后朝碗水里一扔（这样淬火过的鱼钩硬实），刺的一响，一只漂亮的鱼钩就捏成了，根本不用去拨浪鼓子货挑上去买。只要拨浪鼓子摇出一堆零碎的鼓点在村街上跳响，孩子们总是最先围过去，拿着一小团一小团祖母或母亲梳掉的头发，抑或废铜烂铁，当然也有一分、二分的硬币，去换货挑子里的各种小玩意儿。换针的最多，因为换的是针，不是鱼钩，大人们是不会计较的。换来的针没有谁真的交给祖母或者妈妈的针线笸，傻瓜才会那样做。他们轻而易举就把缝衣针变成鱼钩，在针鼻子上穿上纳鞋底线绳，然后再剁一截二指长的秫秸莛子往绳子上一拴，一根连带浮漂般般四齐的钓鱼线就算完工了。他们根本不用钓竿——那样握着晃来晃去招摇，还不是找揍，生产队长或者什么管事的离老远看见，不来找你的事儿能会留着你当神供！他们蹲在水塘边，聚精会神去看水底的把戏，好像偶然光顾村子的马戏团不是在村街上演出，而是都钻进了水塘底。或者是泥鳅突然喜欢打架了，也不怕人，在眼皮子底下你蹿我跳打得不可开交。反正是他们装得都挺像的，不会引人注目，队长从水塘边走过，也不多吭一声。

　　谷米的钓技堪称了得，他不用生面团，不用蚯蚓，而是用杂面馍当诱饵，钓上来的鱼最多，伙伴们称他"鱼眼"。谷米往那儿一蹲，鱼儿好像能嗅出他的气味，一群群围上来。杂面馍家家都有，掰一块在手里，人家看见了还当你是在吃馍呢，其实谷米用的仅只是指头大一块，稍稍蘸点水，在手里捏来捏去，捏成瓷丁丁的一小团，穿在缝衣针鱼钩上再使劲儿捏实，捏得和钩体长在一起，这样无论在水里泡多久鱼儿如何戏弄饵团都不会擅自脱离。馍团的诱饵一低头扎到水下，让那截略微泛黄的秫秸莛子浮漂差点儿坠得被水淹没，没了影踪——但谷米能让浮漂正好停留在水皮上，他有这本事，让浮漂忠实地给他传送信息。只要水里鱼一张嘴触动馍团，保准他马上知道。而且他知道鱼儿是在拿嘴拱，还是仅仅是嗅一嗅，是不是真吃。只要鱼儿不再犹豫，仓促下嘴，想一口吞下马上逃走，拽得秫秸莛子浮漂一下子没了影儿（他们叫"黑漂"）——在这紧要关头，谷米也不会犹豫，他立马以蹲着的姿势跳跳起来，有几次还差点滑进了水里。他机敏得像一道闪电，在塘坡里晃出一团虚影。他使劲儿往上拉，往往劲儿使得有点猛，甚至还拽岔过鱼的嘴唇，使那一钩空欢喜一场。不过现在他已经能存住气，不会那样生猛。他已经有了充足的经验，能够悠着劲儿拉鱼绳，不至于让上钩的鱼再溜掉，这也是他竭力试图撺掇芋头去钓鱼的原因。但芋头今天不想钓鱼，按说芋头比他还热钓鱼，只要一说钓鱼眼睛就滋滋放光，但今天邪了门，芋头就是想牧羊。谷米不知道船湾在哪儿，只知道不对劲儿，但找不到不对劲儿的症结。既然芋头这么坚持要去牧羊，他也不好太反对，反正下午也可以去钓鱼，也不是非要晌午去不可。再说秋天的田野让他百看不厌，无论啥时让他去田野里，他都不会说二。他太喜欢田野了，往田野里一站他都不想再回家，所以他也就理所当然随声附和，要和芋头一起去田野里牧羊。

于是两个人就分头回家牵羊。谷米行动还是迟缓了一些，因为他的羊正在吃一大团从地里刚刚收割回来的红薯秧，吃得很香甜，咕咕吱吱地细嚼慢咽，让他不忍心马上牵它走。他听它不紧不慢地吃红薯秧，将略略透出些苍老的叶片一片一片拖进嘴里去，然后上下颌不住地锉动，来嚼碎那并不坚韧的叶片。羊的嘴角泛出一线绿沫，谷米想给它擦掉，但最终也没有去擦。羊和人不一样，它能干干净净地舔去那些绿沫的。羊干啥事也不会急，不紧不慢，直到芋头在家后的村街上一个劲儿喊："谷米，谷米……"他才悚然惊醒，像是在梦里。他赶紧解开拴在桩上的系羊绳，牵起羊就走，没有顾及他的羊不是太情愿，一个劲儿地咩咩喊着伸着脖子够那堆离它越来越远的红薯秧。赌知道它硬不过他，不走也得走，但它还是要做做样子，让他知道它无比留恋那堆美味，也好促使他为它找到更多更爽口的美味佳肴。羊咩咩地颤声唤，央求他停下来，声音里满是哀怜。谷米顾不得分辩，拽着羊就出了门。芋头已经牵着他的羊站在街角，两只羊相见，分外亲热，厮磨不够，又是碰脸，又是蹭脖子，道不尽的离愁别绪软言温语。他们俩就不再吃恬，将羊绳绕成一圈一圈，套在羊脖子上。羊一下子神气起来，像是一下子变成了南太平洋岛国的土著人，一层一层项圈套在脖子上，能把脖子坠弯。两只羊也许是因了套绳的缘故，不再被主人控制，也许是看见了晴天，看见了远方田野里诱人的葱翠景象，兴致猛然高了，争着往前跑，也不再去诉说分开后的想念了。谷米的羊是只羯羊，性格狂放，不使一会儿闲，也从不老实，有点踢岔葫芦弄岔瓢的劲头；而芋头的羊腼腆多了，因为是母羊，而且已经怀孕，不久之后就要当妈妈，所以轻易不发脾气。本来脾气就好，叫干啥就干啥，这时候分外温和，简直是典范。两只羊不可能并排走，嘚嘚嘚嘚，羊蹄声碎，谷米的羊永远跑在最前面。

　　一到村口外，离打麦场还有老远呢，芋头附在谷米耳边低语几句，谷米马上茅塞顿开，知道为什么芋头不想去钓鱼而想来牧羊了。芋头挂念的是队里的打麦场，是打麦场里的豆秸垛，确切地说，是豆秸垛下头暗藏的豆粒。因为等着收玉米，以及收玉米之后接下来为了播种冬麦而生出的一揽子活计，最早收割的大豆被草草碾轧一遍，脱脱大部分豆粒，残留在秸秆上的豆粒要等活计忙完之后再掠二遍，反正在打麦场里，和收到谷仓里也没有太大差别。一句话，存着气儿不少打粮食。谷米没想过豆粒是羊的美味佳肴，他只想青草和树叶才是羊最喜欢吃的，庄稼棵子羊也不拒绝，似乎也不是家常便饭。芋头说你可能不知道，羊吃了豆子上膘最快，吃一顿饱半月。

"有那么神奇吗?"谷米睁大眼睛盯着芋头，对芋头的话将信将疑。

"当然了，"芋头说，"不信你试一次就知道了，羊要是吃了豆子，第二天一卜子就变精神，浑身都是劲儿。"芋头因为自己发现了真理而自豪，他发现真理的次数实在是太少了，因而被人重视的机会也不多，如今这机会降临，当然令他兴奋且激动。

谷米的脖颈连带头颅连带眼睛停在一个地方凝止不动了好一会儿，然后决定相信芋头的话。芋头是他最好的伙伴，他早已对他深信不疑，现在他决定相信他，觉得那些暗藏的豆粒是他的羊的美味佳肴，是无量福音。

那豆粒确实不远，就在豆秸垛底下，均匀地撒着一层。谷米想起没有打净的豆秸垛底下窝藏豆粒的事儿，只要从豆秸垛边儿上往里头伸进手去，一收就能收一大把。那些豆粒圆润饱满，层层叠叠铺了一层，有点硌手。但只要肯伸进胳膊，抓几把豆粒真不成一回事儿，现在问题是他们怎样才能进入打麦场，靠近豆秸垛。

看守打麦场的是哑巴，一个四五十岁也许是六十岁的老头儿。他是个不容易让人分清年龄的老人，很瘦很矮，一脸枯皱，略略有点驼背，整天围着打麦场转圈。哑巴因为张开嘴只能咿咿呀呀不能说话，就被视作残疾，只能看守打麦场，冬天的时候守候牲口院。哑巴忠实无比，比一条狗还要忠实，叫他看打麦场，他一刻也不会离地方，只有当别人来接替他了，他才舍得回去吃饭。即使回去吃饭，他还是操着打麦场的心，反正他也不太把吃饭当回事儿，回到牲口院三口并作两口，走完吃饭的程序了事，一转身他已经又在打麦场上。哑巴的家就住在牲口院，和成群的牛啊马啊为邻。哑巴没有媳妇，当然也没有孩子。他是一人吃饱全家不饿，小时候好像有过家，现在已经没有家了，牲口院就是他的家。

谷米的羊不是太饿，因而谷米不是太着急冲进打麦场蹿到豆秸垛旁边伸手收豆粒。谷米对田野里的好风光还是有点沉醉，尤其是出了村口就是生产队的菜园，这会儿萝卜还没有苍叶，正在枝茂叶盛，而白菜也是刚刚收拢叶片，在起劲儿强摁着最里头往外拱的菜心。最让人激动不已的是大葱，我的天，碧绿葱翠，像是一堆堆倒插着的秤杆，没有一丝蔫巴相，简直令人不敢置信。谷米喜欢大葱的长相，无缘由地喜欢。他喜欢大葱这种朝天乱捅的势头。菜园外圈是长长短短的树枝扎起的篱笆，树枝经过一夏天的日晒雨淋，沤得有点发黑，上头却驮着疯长的梅豆。梅豆见了秋天的凉气，一下子精神百倍，叶也更绿，花也更繁，一堆一堆，都是紫紫红红的小花，散发着淡雅的馨香。谷米对这一切都喜欢得不得了，有点流连忘返，哪还有去打麦场豆秸垛冒险的心思。但芋头的心一丝儿也没被梅豆什么的挂住，他仍然在想他的豆秸垛，他说："谷米，你去引开哑巴，我从侧面蹿进场里收豆子。"谷米吃怔了一下，说："好，我去找哑巴。"说着就一蹶跑开了。在这类事情上，两个人总是配合默契，只需要一句话，甚至递个眼色点个头，彼此马上心领神会，明白自己该做什么。

谷米一眨眼工夫已经磨悠进了打麦场，站在了大麦秸垛跟前。这溜麦秸垛又高又大，应该是他见过的体积最大的物体。这是生产队里的麦秸垛，是牲口院里的几十头牛马驴骡一年的口粮。几百亩地里的麦子，纷纷在这里碾变为金黄的碎麦秸堆垛而起，形成一溜齐刷刷的山冈，是平原上所能见到的最雄伟壮观的景物。因为只是过了一个暑天，还没有经历严冬的霜雪，麦秸垛的表层还保持着金黄簇新，没有发黑沤糟。牲口们的饭量有限，几个月的咀嚼与反刍也只是让朝向路的垛头略略凹陷，豁陷中崭露的麦秸更显出新鲜如初。勤勤恳恳的哑巴正在收拾麦秸垛旁的秫秸垛，正在把秫秸捆一个一个地叠摞整齐。哑巴太瘦了，一身黑粗布的衣衫穿在他身上有些晃荡。他不停地呼呼啦啦抱起秫秸捆，往垛的上头摞去。阳光从不偏袒，晒得他满头大汗。谷米提心吊胆走上前去。他有点怕哑巴。不知为什么，只要是与常人不同的人，孩子总是有点害怕，似乎他们这些人深藏的秘密太多，不容易看透，而那些秘密则充满不可知的危险，让他害怕。其实他也知道哑巴对他很好，和其他孩子相比，甚至可以说哑巴对他是偏爱的，虽然他并不多走近哑巴，而且处处提防，眼神里弥漫着胆怯与疏远，但哑巴仍然一次次试图疼爱他，走近他，让他莫衷一是。他和哑巴是一个亲族，按辈分他该唤他叫大爷，哑巴大爷，但他从来没有叫过，即使他能够听见他也不一定会叫。现在他想起了一个办法，让哑巴替他编一只蝈蝈笼。哑巴替许多孩子编过，他当然不会拒绝他。又细又长的高粱秫秸刚刚上场，还没有完全干透，很容易用牙齿劈掉秸皮，正是这一溜溜秸皮，可以编制精巧的蝈蝈笼。哑巴的两只手粗糙而骨节突出，但这双手却能巧夺天工。哑巴能劈出比韭菜叶子还要细薄的秸篾儿，而这些秸篾儿在他的手里像是马上拥有了生命，神采飞扬，在他的五指间跳动翻飞，三下五除二，一只拳头大小的蝈蝈笼就宣告竣工。蝈蝈笼可以养两只蝈蝈，也可以养一只。同龄的孩子几乎人手一只，每个身上都有一只蝈蝈笼，而这蝈蝈笼无一例外都出自哑巴一人之手。有恒心的孩子能把蝈蝈养到冬天，把蝈蝈笼装在胸前的衣袋里，贴着胸口，热乎乎的体温可以把冬天的寒冷隔离，让蝈蝈在深冬里照样弹琴唱歌。并不是每一只蝈蝈都能越冬，能够抵抗住冬天的寒冷并在这天寒地冻里唱歌的是一种紫蝈蝈。紫蝈蝈紫背紫翅，一看就不同凡响。孩子幻想自己冬天里也能有这样一只紫蝈蝈陪伴，能够听到袄襟深处清脆的蝈蝈弹唱的琴声。但他知道这是不可能的，他做不到。他没有恒心，不能把一只紫蝈蝈从秋天带到冬天，日子太漫长，而在漫长的日子里吸引他的事物太多，令他总是疏于管理，不知一件什么小事就可以让紫蝈蝈连同蝈蝈笼被轻易忘却，然后就是死亡与消失。当他再度想倾听蝈蝈歌唱时，蝈蝈已经消失，这让他无比悲伤，所以他不打算再去试养一只越冬紫蝈蝈，这想法对他来说太奢侈。他极少找哑巴编笼子，现在他找到他了，看见了他的一脸笑容。他用哑语比画一只蝈蝈笼，哑巴马上明白，马上动手找一秆合适的秸皮光溜的高挑个头的秫秸。他站在他身后，不敢太靠近他。他能嗅到他身上的馊味，有点发酸，但并不难闻。他好久没剃头了，头发已经有寸把长，黑黑的，一根白发也没有，也更让他害怕，因为像哑巴这样年纪的人，怎么可能不生白发呢，可见他不是常人，也许根本就不是人。他是鬼吗？他是妖怪吗？……在哑巴细心地找出两秆秫秸时他开始胡思乱想。他扭头看看芋头，他只看见了两只羊，但没有看见芋头。没有看见比看见了还让他放心，他知道芋头就在那堆不大的豆秸垛背后，离他很近，甚至他能听见随风送来的轻微的掀开豆秸的窸窸窣窣声。芋头已经准时蹿到豆秸垛跟前，正在把细瘦的手伸进垛底下摸索并收拢那些散落的豆粒。孩子全神贯注地盯着专注编笼子的哑巴，担心他突然警惕，并突然跳跟起来不是奔向豆秸垛而是奔向他。他的心悄悄地跳向高处，从胸口那儿升高到了喉咙，接着跳进了咽腔深处。他咽了一口唾沫。现在芋头正抓起一把把豆粒装进口袋里，装得满满腾腾。一想到他在这儿装模作样求哑巴编笼子，而芋头就在旁边收哑巴看管的满地豆粒，他马上心里一沉，一种愧疚溢满心中。他觉得对不起哑巴的信任，他觉得他在施行一种卑鄙的欺骗行为。害怕是没有了，但这种歉意与愧疚让他有点抬不起头来，他不敢去看慈祥的哑巴。

哑巴一脸微笑，心没二用地在用牙齿撕掉秸皮。哑巴的牙齿只有稀不冷登几颗，又黑又黄，笑起来难看，龇着牙咬住秸皮时更难看。他替哑巴难过。他为啥长了这么一口难看的牙齿啊。孩子禁不住舔了舔自己的牙齿，他知道他的牙齿很齐整漂亮。他为自己生了一嘴齐整漂亮的牙齿而不好意思，而难为情。哑巴在忙碌。秸皮闪耀着一溜溜金黄，已经齐齐整整地在地上躺成一排。哑巴没有停止牙齿和手，仍然在哧哧地撕秸皮。他们是蹲坐在打麦场旁边的一株泡桐树下，叶荫稀疏，并不能完全遮挡阳光，哑巴额头上的汗珠闪闪发亮，谷米突然萌生要去给哑巴擦汗的冲动，但他止住了，并不敢上前。他与他保持着安全的距离。要是哑巴想一把抓住他，他仍能哧溜一下逃脱。他算是警惕地等待着哑巴。

劈好了秸篾儿，蝈蝈笼的工作算是完成了大半，因为编扎笼子并不费事。哑巴三下五除二，让那些秸篾儿在手指间左扭右斜，算着芋头早回到路上，和两只羊在一起了，蝈蝈笼也宣告完工了。哑巴还从腰里顺手一摸，摸出一截细麻绳，拴在可以伸缩的笼口上。他将崭新的篾笼递给谷米，看着谷米拿着左端详右端详爱不释手，哑巴不出声地笑了。哑巴笑得灿烂，为了孩子喜欢他的手艺而有点不好意思，有点受宠若惊。孩子不知该如何感谢哑巴，话语无法传递他的感谢，但他又一时找不到合适的感谢方式。他只是那么对着哑巴笑，一想芋头兜子里深藏的黄豆，他的掺和着愧疚的谢意让他有点脸红心跳。他呼哨一声跑开，用他的炮蹶子兴奋来表达他的感激，像牲口院里那头油光水亮的小马驹。

芋头已经将两只羊牵离打麦场五丈开外，正让羊吃着他随手从白杨树上够下的树枝上的肥硕叶片，不时也掏一把口袋里的黄豆掳到羊嘴上。羊光顾着吃那些新鲜树叶和香喷喷的平素难得一见的黄豆，一时也没理被手里金黄的蝈蝈笼吸引兴奋的谷米，好像它们对谷米的离开与回来并不关心。芋头对他会心一笑，为他们的小小成功而得意。

俩人把羊牵进护路沟，让两只羊尽情享用黄豆。芋头平时性情随和，咋商量咋中，没有商量不成的事儿，但他的脑子只有一根筋，一旦犟到哪一点上，八头老牛也拉不动。当饱满的口袋瘪了一半时，芋头一边掏豆子喂着羊，一边张望不远处的池塘："咱去塘里吧，塘坡里草好，又嫩又密。"他喂光手里的豆子，拍净两只手，心思仍然悬系在塘坡里的青草上。谷米知道他必须和芋头一起去塘坡里牧羊了，这决定已经不可更改。芋头刚才说了塘坡里草好，现在又开始说那儿草好。当芋头把一件事情说出第二遍时，这件事情基本上已经板上钉钉，就像他们说好去钓鱼，但芋头一时心血来潮改成了牧羊，他说了第二遍牧羊，他们就牵着羊这时候站在村外土路上了。在这些无谓的事情上，谷米从不跟芋头争，他总是顺从芋头的意愿，满足他的要求。这是两个人友谊能从前一年持续到今天的原因。村子里的孩子们鲜有友谊延续一年以上的，因为一些微不足道的小事，发生争执乃至火并，原先形影不离的伙伴某一天就怒目而视分道扬镳。两个成为敌人的伙伴若干天后也许又会化干戈为玉帛，又会形影不离，但那是另一场友谊，仿佛与之前的伙伴关系并无瓜葛，甚至之前的敌意也一同被忘得一干二净。世界重新开始，恩怨冰消雪融。但芋头和谷米却不是这样，两个人甚至没有发生过口角，总能在不一致中达成一致。芋头说要去塘坡里牧羊，谷米并不想去，但他不会坚持，仍是掂着他那只刚刚出生的蝈蝈笼子与芋头一前一后向池塘走去。

从紧贴着打麦场西侧的那条纵路北行一百多米，就是芋头提议要去的那口池塘。因为位于村子的西北角，那池塘就被称作西北塘，用方位做了自己的名字。西北塘和打麦场，两者在许多事体上都做了连襟：打场的时候，人们挑来塘水泼湿碾平场面；而挥汗如雨地干完场里的活计歇息时，人们又是用这塘水抹抹洗洗镇除疲累的。西北塘靠近村子，不是只会灌溉的野塘，它在太多事情上都能助村民们一臂之力。不仅是打麦场上的活计，即使平时，在池塘里淘粮食洗澡也是常事，所以一提西北塘，村里人都觉得熟悉亲近。两个孩子牵着羊，一前一后下了那条纵路一拐向西，走在了塘堰上。此时风和日丽，一派安谧景象，要说将有祸事降临，打死也没人相信的。天蓝得出奇，偌大的碧蓝的天际上只飘着一朵云，像是一团正在融化的雪，丝丝缕缕透出蓝底的身体马上就要融化消失。阳光像是从天上朝下撒的一捆捆钢针，闪闪发亮，站在太阳地里，没有树荫遮蔽，仍能感到吱吱啦啦的灼热，而且不一会儿额头上就会沁出汗粒。好在小风在田野里转悠，不时会和你打个照面，而只要一见风，那些汗粒会马上藏匿，马上没了影踪。汗水是怕风的，尤其怕秋天的风。

站到塘堰上，谷米用一根指头拎着他的蝈蝈笼，心里禁不住一阵阵畅快。他听见了一只蝈蝈在扯着翅子唱歌，而且他一眼就看出了那只蝈蝈藏身的地方，他拎着指头上的蝈蝈笼，知道这笼子马上就有事情干了，不再这么独守空闺了。这蝈蝈叫得真及时，仿佛知道盛它的笼子刚刚编好，它有点等不及，要赶紧跳上红芋叶顶上召唤谷米。说不定是只紫蝈蝈呢！谷米暗暗想，要是紫蝈蝈，他一定要试试养一冬天，越过冬天到了明年春天里麦苗返青时节仍让它放声歌唱。在迎面春风里，掏出老蝈蝈让它看看来年茂盛葱绿的麦田，它不击翅高歌还能去做啥，做啥也替代不了它再见满地浓绿时的高兴心情。尽管知道没人在这会儿去惊扰这只歌唱的蝈蝈，他的紫蝈蝈（谷米已经在心里号定这蝈蝈属于他，而且号定它是紫蝈蝈），但他仍有些心急，他的心扑通扑通跳，他无心其他，只支棱着耳朵倾听那只蝈蝈，甚至忘了盈鼻的豆腥味。

芋头的羊大快朵颐，它对黄豆无比喜爱，看它将嘴伸进芋头捧着豆粒的手掌中头也不抬，咕吱咕吱不停地咀嚼，谷米才知道羊对黄豆的热爱胜过嫩树叶，也胜过青草。但谷米的羊对黄豆的兴趣并不浓烈，它仅仅小口小口嚼噬了半捧就抬起头来咩咩地叫唤，有点左顾右盼心不在焉。它刚刚在家里填饱了红芋叶，这时候它对美味提不起太多兴致，它的眼睛盯在周围田野的景色里，当然也不时张望一眼沉醉在黄豆的香味里的母羊。谷米的羊曾经是一只威武的公羊，但它现在早已成了一只羯羊，也就是太监羊。为了更快地育肥长个头，除留作种羊的公羊（称作"苗子羊"）外，几乎所有公羊都有着共同的命运，一旦它们开始发育，会马上被主人请来劁匠骟掉去势，只有这样它们才能不张狂，不去春心荡驰，也只有这样它们才能把精力倾注在长膘上头。羯羊睁着略显空洞的眼睛，无奈地看着母羊，它没有更多的能耐，只有"咩咩"地轻唤几声，温和地提醒母羊慢慢享用黄豆。羯羊一定是觉察到了什么苗头，它不住地观看饕餮的母羊，有点不放心，又有些无能为力，只那么匆急摇晃着短尾巴，低低地疾唤：咩，咩，咩……

　　谷米闻不惯这种生黄豆的豆腥味，当母羊将芋头捧着的豆粒嗑碎，细细咀嚼时，那股生豆腥味就冲荡而起，扑鼻而至，熏得谷米差点呕吐。自从有次生产队的牲口院里炒黄豆，谷米钻过去抓了一把接着就不分青红皂白地喃着大嚼，不慎将混在其中的一粒生黄豆嚼碎，此后那种生黄豆的腥味就熏透了他的小小脑门子，让他刻骨铭心地厌恶。他一闻生黄豆的豆腥味就有点脑子疼，但为了他的羯羊肥壮他宁愿忍受这不快。谁养的物件仿谁，谷米也没想到他的羊对黄豆兴趣不大，和芋头的羊相比像是不属于同一物种，有着天壤之别。刚才芋头从豆秸垛底下收集了满满两口袋黄豆，他站起来走动时像是他也变成了一头母羊，正在哺乳，肚子两边鼓鼓囊囊着两只大奶子。芋头想赶紧弄瘪两只招眼的奶子，他怕哑巴扫见，那样哑巴就会咿咿呀呀拼命地追赶他俩。芋头担心吓坏了他的羊，母羊肚子里有羔，惊吓会让它流产。一看见谷米从场里跑脱出来，芋头两只手插在两侧的褂兜里，就催促谷米："快，掏你一兜！"谷米也穿着和芋头一样的黑粗布褂子，样式一模一样，两个人的褂子的黑布出自同一块棉田同一家染坊，只是芋头的褂子旧一些，肩膀上和肘尖处有几处补丁，而谷米的要簇新一些，因而颜色也黑暗得深些。但谷米的一只褂兜漏了一个洞，不能装小件东西，当然也装不了黄豆。谷米撑开一侧的口袋，接纳芋头左一把右一把的豆粒。后来他们还把羊牵进护路沟，耐着性子掏黄豆喂羊，这样可以让羊放心地品尝美味，而不用担心会被哑巴发现。护路沟差不多漫住他们的头顶，离得稍远很难发现沟里的人和羊。这时候大路上也很少走人，人们都在田里干活呢，谁没事也不会在路上乱逛。两只羊嚼噬一阵，谷米的羊很快对这种藏在护路沟里的勾当厌腻，它一次次挣着系绳往路上爬，后来对递到嘴边的黄豆连瞅也不瞅一眼。谷米说："咱们走吧。"他看着芋头。芋头喂光一掬黄豆，看着仰着头仍然在等待着新一捧黄豆接踵而至的母羊，他抹拉抹拉手，扭头朝西北角望望就第一次说了那个提议："咱们去西北塘那儿，那儿草好。"

芋头牵着他的羊根本没好好走路，一路上一把接一把喂羊吃豆子。母羊咕吱咕吱咀嚼着，嘴角溢出两道黄沫，豆腥仿佛不是气味，而是固体，是一块一块的砖，凉风也吹不透，垒在路上的每一处，看不见，但严严实实。谷米只想走快点，想逃开这豆腥的钳制，钻出这总是圈住他的墙壁。走到塘堰上时，芋头两只口袋都空了，所有的豆粒都被母羊嚼进了肚子里，成为它膨胀腹部的一部分。母羊的肚子即使没有豆子掺和也已经胀大，像里边装着两只打饱了气的大皮球。"真能吃。"谷米抚摩着母羊的脊梁，把口袋里的豆子都倒腾给芋头。

"饿死鬼托生的！"谷米拍拍羊的脊梁。

谷米的羯羊有点不高兴，走上前来用脸颊蹭了下谷米的腿肚子，又嗅了嗅他的手，试图亲吻一下他的手背。

"一怀孕都是这个样儿，"芋头说，"不信你怀个孕试试。"

"我不会怀孕，我又不是女人。"

"谁都会怀孕！"芋头突然无理起来，他盯着谷米，但明显他自己也没细想说出的这句话的意思。他的脸窄窄的，只有一小溜，黄巴巴的，因为过于瘦削，嘴角向上有两道弧状的深纹。芋头说："你看银生家娘，多能吃，一顿能吃四只饼子，外加三碗糊粥，晌午饭能呼呼噜噜扒拉四碗面条。"

"银生娘怀孕了？"谷米有点不解地看着芋头，这才想起确实看见银生家娘走路有点笨，而且像穿了厚衣裳，腰身变粗壮了一些。谷米和银生不是一辈人，银生比谷米、芋头都小上好几岁，所以并不经常一起玩儿。银生和芋头倒是邻居。

"俺娘说，她是一个人吃饭，但吃的是俩人的饭，肚子里那个没有露面，但张着嘴在等食儿吃呢，就像盘在窠里的小鸟崽儿！这羊也一样，指不定大肚子里有几只羔呢，它一个吃的是几个的饭量！"芋头又掏出一把豆子喂羊，他对他的羊领着一群羊羔充满憧憬。

正是晌午头，好风好太阳的，天又这么湛蓝，让蟋蟀高兴得不行，蝈蝈也高兴得不行。那只蝈蝈弹琴格外起劲，风送过琴声，就像蝈蝈趴在你耳朵上一样。而蟋蟀的歌唱是一种低低的回旋的背景乐，从这里那里冒出，潮水一般，仿佛大地的每一处都是泉眼，比雨水还稠密的细泉争先恐后永不停歇地朝上头喷涌着明亮的泉水。蟋蟀的叫声太密集太广大，比天上的繁星都多，以至大多数时候你会忽略这声响，觉得从没有过这群起的碎声，只是使田野里的静寂愈深愈茂。而蝈蝈的筝琴却是那么悦耳，异峰突起，让你不由自主警惕，把心提起来。谷米的心一直提着，没有放下来一刻。他支棱着耳朵，倾听着红芋田里蝈蝈的动静。他对人或羊怀孕的话题一点儿也不关心，甚至也不再关心四处漫溢的豆腥味。他想赶紧安顿好羊去一心一意吃草，或者歇卧，反正别再捣乱，最好连咩咩叫声也没有，好让他悄悄接近藏在那丛浓绿的红芋叶中的蝈蝈，好让他的新蝈蝈笼这一刻还空荡荡的，而下一刻已经充实热闹起来。

池塘的西南角，也就是靠近大路的那个角，陡深的塘坡被人刨出了一阶一阶梯蹬，一直延伸到水边；而那一片水域也清澈透明，水底没生茌草，半指长的游鱼蹿来蹿去，细鳞映着阳光一闪一闪。塘心里发黑发暗，堆积着茌草，夏天的时候，茌草上会卧着许多青蛙，蛙鼓声蓬勃而起，即使西南角有人洗澡，也扰乱不了塘心里此起彼伏的乐曲声。但现在蛙鼓早已停歇，青蛙们有点冷清，半天才咕哝一声，而且那声音一半藏掖在喉咙里，一半荡响在塘心茌草的上空。天气渐凉，青蛙们都在准备冬眠，无心再弹唱。青蛙和蝈蝈不一样，和蟋蟀也明显有别。

谷米将羊牵到池塘西北角，那里鲜有人到过，不但草好，最重要的是塘坡平缓，像是稍稍仄歪的田地的延伸。那里生了一层锅巴草，紧贴着地面攀织茎芽，一层枯败一层又冒出来，这会儿仍然葱绿一片，万芽攒动，镰刀对嫩芽束手无策，但羊嘴却能如鱼得水游刃有余。谷米的羯羊对这层草芽垂涎欲滴，一牵到那儿就不再抬头，一直孜孜不倦地在舔嚼密密麻麻的细草芽头；而芋头的母羊有点叛逆，不服指挥，总是急切地叫唤着要到水边去。咩咩咩……我要喝水喝水！母羊不停地申诉。但芋头不太想让它马上喝水。"去，"芋头装出一脸严厉，"再叫我一脚踢死你！先吃点草再喝！"他硬把母羊牵向那层浅草，想让它学着羯羊的模样迷恋草芽。但母羊拒

绝了，母羊说它压根儿不喜欢这浅草，不够一嘴吃的，它那鼓
胀胀的肚子光靠吃这零零碎碎的草芽可是大不起来。芋头有
点无奈，他想揍几下母羊，但终于还是忍耐住了。他让谷米替
他牵着羊，自己去塘堰上折了一根杨树枝，一断两截，递给谷
米一截，搋坡里当羊橛。

　　把树枝搋进坡土里并不是一件容易事，两个人颇费了一
番周折。锅巴草密密匝匝，交背叠股地垒摞厚厚一层，比新套
的棉被都厚实，踩上去一软和一软和，根本穿透不了它们，当
然也固定不到土里去。靠近水面的塘坡草是稀少了一些，但
泥土潮湿松软，根本嗛不住树枝。有一刻谷米差点想拴羊在
塘堰上的白杨树上算了，因为蝈蝈的琴声越弹越起劲，鼙鼓
声声催人急，他想立刻捉到这只蝈蝈。塘堰上站有几棵白杨
树，都才比胳膊粗一些，枝茂叶盛，树皮没有苍老韧实，把羊
拴在那儿是不能放心的，因为谁也不能保证羊会对泛青的树
皮不感兴趣，要是它们想换换口味，就像芋头的羊喜欢黄豆
一样，咯吱咯吱，胳膊粗细的白杨树的树皮不用一袋烟工夫
就能被剥蚀，会露出白花花的木质。谷米明白破坏生产队的
树木的严重后果，他们俩的脖颈太细，戴不动"挖社会主义
墙脚"这顶沉重帽子。功夫不负有心人，芋头找到了一块没
有草的硬实坡面，又找到了一块硬砂礓，三下两下就把树枝

揳进土里，因为揳绌了断端，正好接住拴绳不至于滑脱。他不顾母羊的强烈反对，一意孤行地把羊绳系紧在现在已经是拴羊橛的树枝上。如法炮制，两双小手协作，谷米的羊也被拴在了塘坡里，不过是羯羊一副听天由命的模样，对于拴在坡里不以为意，它对母羊的反抗表示惊奇，表示不理解。草丛里藏满蚱蜢，那些蚱蜢随着人的走动不停地蹦起来，惊慌逃开。一只有手指那么长的碧绿蚱蜢落在了羯羊面前，羯羊以为是一枝青草，马上凑上前嗅了嗅，蚱蜢立即蹦走。羯羊见怪不怪，没有多看一眼蚱蜢，又去寻找嘴边的草芽了。

安顿好两只羊，谷米一跃而起，以冲刺的速度冲向红芋地。池塘离红芋地和离打麦场差不多远近，只是方向相反，谷米冲过一块堡子田才能抵达红芋地。堡子田曾经是一块玉米地，玉米早已进了场，玉米秸也进了垛，田地被犁起耙平，但等接下来节气一到，马上耩上小麦。仅仅几天之前，谷米和芋头还在这块田里的犁沟里打过滚。刚刚犁起的土地暄虚松软，抓起一握能够成团，但扔开马上又松散如沙。谷米喜欢这软和湿润像是一床新被褥的田地，他一见就想躺上去打个滚，要是脱光衣裳赤身裸体最好。泥土散溢着久蕴不露的清香，湿气有点沁凉又有些温暖，仿佛是大地带着体温的肌肤，与两个孩子赤裸的身体拥抱摩挲，只有这时候，他们才明白为啥驴马见了空地，要马上躺倒打几个滚，并长嘶几声。那种通透全身的舒坦让人止不住唏嘘，想从嗓子眼爆发尽可能高的声音。他们朗朗大笑、大叫，在犁起的松散的泥土上摸爬滚打，让全身热汗和泥土混合，在皮肤上粘上厚厚一层。芋头平时很少笑色，这时候也被谷米招惹得笑声不断。芋头的笑是"嘿嘿"的，像是一个人在角落里窃笑，不敢放高声；而谷米则不管不顾，笑得放肆大胆，不怕天不怕地，连地头拴着的两只羊都被惊起，都仰头朝他们张望，发出咩咩的问询。

但现在这田地已变成平坦的垡子地，上头有一层细碎的干坷垃，下头才是松软的土壤。谷米跑过有点陷脚的垡子地，停在了红芋地边上。芋头不声不响，一直跟在他的身后。在这些需要手段与耐心的细事上，芋头甘拜下风。谷米能在地里逮一秆蝈蝈，芋头却逮不着一只。平时他们逮的蝈蝈并不会马上装进笼子，也没有那么多笼子，而是拿一秆秫秸，劈出秸篾，再用秸篾圈着蝈蝈的脖颈固定在高粱秸心上。他们一逮就是一秆，高粱秸上疏朗有致地趴满碧绿的蝈蝈，非常有趣，那些蝈蝈像是自己趴在那儿的，不是被秸篾固定。当然，这一秆蝈蝈此后都不能弹琴不止，充当农家琴师伴奏的角色，大多数蝈蝈要钻进灶膛里，与火焰一阵徒劳地拼搏扎挣，最后变成香喷喷的金黄的烧蝈蝈，让他们一饱口福。

　　一年到头，他们很少能吃到肉，谷米家境好些，过年那几天能够尝到肉的滋味，但也不可能让谁放开肚子吃肉解馋。芋头家人口多，过年连饺子都吃不上，更别奢望舌头能够品尝到肉的美味。只有到了秋天，他们天天才能吃到肉，蟋蟀、蝈蝈、蚱蜢、蚂蚱，甚至蝉，甚至犁起的土地里才能找到的肥硕的飞蛾的虫蛹（颜色紫红，外形酷似钢笔帽，所以就叫它"钢笔"）……这些取之不尽的活物与火焰纠缠，马上就能美味佳肴地让人解馋。芋头和谷米如今面色都布了红润，之前的菜色渐渐淡薄，秋天里红芋出土了，让他们每顿饭都能填满肚子，又有这遍地的小虫子的丰富营养，他们不但面色红润起来，连一根一根暴露的肋条也开始藏进肉里了，隆起的鸡胸也不那么招眼了。

　　谷米站在红芋地里一动不动，等待一阵风来临。风马上就要吹到红芋地，池塘边的白杨树已经哗哗啦啦响起，翻起白色的叶背，像是树冠荡起了波浪，水光闪烁。这是几株年轻的白杨树，只有下部的叶片金黄，树冠上头仍是碧绿一片，树底下的落叶也没有几片。红芋叶多半已经萎黄，有些已经枯干变黑，蜷缩成一疙瘩一疙瘩摊布垄间。但凡事总有例外，有一小片红芋叶却葱翠一片，像是仍在夏天里，像是忘了秋天来临，马上就要下霜。周边的庄稼全被收割了，没有黄豆叶，甚至其他红芋地也早已变成了垡子地单等播种小麦，所以对于蝈蝈们来说，这一片硕果仅存的红芋地堪可宝贵，它们只有逃遁这儿才能蔽身，这是最后的栖息地。而在晌午顶仍有夏天余威的暖阳下，坐在一处葱翠的叶片上弹琴歌唱，是苦中作乐，能让它们青春的记忆恍惚间复活。在秋末，只要一块红芋田里尚存一堆碧绿，那其中必有蝈蝈栖身。这是谷米的经验，百发百中。但此时歌唱的蝈蝈一点儿也不昏庸迟钝，反而对一应动静更加敏锐。它们被围剿追撵，早已变成惊弓之鸟。谷米只有借助风响跑动，才能避免打草惊蛇。红芋地里有各种细碎的声响，有奔跑的田鼠，有畏葸出行的蟋蟀，甚至会有蛇，但这一应活物的声响是柔和流畅的，就像风刮响红芋叶一样；但人走动的声音却是生硬的，异军突起，总是带来惊慌与灾难，不能不让蝈蝈警惕。风声停了，谷米再度凝立不动。蝈蝈仍在弹奏，它没有发现危险来临。在稀朗的叶片下头，垅上的红芋暴出发青的头顶，像是在偷觑谷米。土垅被一蔸蔸红芋撑出一道道裂纹，成为蟋蟀们的安乐窝。收割红芋秧子的时候，蟋蟀会如黑水一般在垅间流淌。一阵风又平地生起，红芋叶全在摇头晃脑。谷米说时迟那时快，尽量放轻脚步但一点儿也没放慢速度，伸头弓腰靠近了那丛绿叶——他一眼就看见了那只蝈蝈，它正在鼓翅歌唱，背上的鸣翅呼扇出一小团虚影，但它一点儿也没放松警惕，它的头微微低着，双眼凝望着前方，不，还有两侧，身前身后。蝈蝈的眼睛是复眼，即使你从前方走来，它也不一定能够看得清楚。倒是头顶上那两根不停摇摆的长长的褐色触须，比眼睛好使，能够及时发现敌情。但这只蝈蝈的两根触须也没有发挥作用，可能是它过于沉醉在这不可多得的阳光下歌唱，忘了危险，反正谷米悄悄伸展两只手掌靠近时它才停止歌唱，在它惊慌失措要跳下叶顶逃窜时谷米的两只手掌已经合拢，把它严严实实连带叶片捂在了手中。谷米总是这样赤手捂蝈蝈，数层叶片能有效地保护蝈蝈不被击打的手掌伤残，而且手也不会被狗急跳墙的愤怒的蝈蝈咬伤。蝈蝈有两只锯齿状的红色板牙，能够咬得你的手指出血，疼痛难忍。谷米捂住的蝈蝈甚至毫发无损，连两根比蝈蝈的身体要长出许多的触须都没有折断。

"逮着了？"芋头直到此时才敢放开问话。"嗯，"谷米高喊，"快过来！快！"芋头的双脚和谷米的话音配合紧密，甚至谷米的话音未响起，芋头的脚已经意会到了话意，已经开始飞奔。芋头冲到跟前，谷米趔着身子示意芋头掏出装在有漏洞口袋里的蝈蝈笼，在这些事情上芋头倒也灵巧，不但一伸手攫出了蝈蝈笼，而且麻利地伸进笼里两个指头撑大笼口，让这时已经捏住了蝈蝈颈项的谷米顺利装蝈蝈进笼，然后他又一捏能够伸缩的笼身让笼口恢复原状。接下来他们应该详尽端详一番笼里的蝈蝈，兴冲冲评头论足一通，然后再去扒开浓密的红芋叶寻找等待的母蝈蝈——十有九准，公蝈蝈在叶顶歌唱，母蝈蝈在叶下倾听，它们形影不离。此时的母蝈蝈大肚子饱鼓鼓的，里面盛满了成熟的黄澄澄的籽儿，那些成疙瘩的籽儿一见火就又变成一粒粒紫红，嚼起来叭叭溅油，满嘴喷香。和所有的孕妇一样，大腹便便的母蝈蝈行动迟缓，扒开茂密的红芋叶不太费事儿，就能捂住徒劳挣扎的它们。

但这只母蝈蝈却幸免于难，他们刚把公蝈蝈装笼，池塘里就陡然铳起惨叫——羊像是被蝎子蜇了，像是被驴踢了，扯着嗓子长一声短一声嗷嚎，叫得瘆人。芋头吃怔了一瞬，马上向池塘飞跑。芋头听出叫唤的是他的母羊，他因为紧张脸色愈加苍白。芋头用尽了所有力气奔跑，他伸头弓腰，两只拳头攥得紧紧的前后快速舞动。他咬着牙努劲，嘴难看地向两侧咧开。他以前所未有的速度飞奔。谷米一手掐着蝈蝈笼，像一只受惊的野兔，哧溜一下蹿过去。谷米灵巧，没有像芋头那样努劲，但跑得并不慢，芋头跳到塘半坡里时，谷米也已经站到了羊身边。他们张着嘴仰着头喘气，趁点头的空隙去寻找让羊惨叫的原委。是那只母羊，它倒在了水边，后蹄子一蹬一蹬激起水花。它仍在瘆人地叫，两只黄澄澄的眼圆睁着，似乎在看芋头或者谷米，又似乎是什么也没看。它已经站不起来，有几次它一直在挣扎扑腾，试图站起来，但没有成功。两个人根本帮不了忙，只是拽着它的前腿不让它掉水里去，没有目的乱蹬腿的母羊踢了芋头一蹄子，接着又狠狠地踹谷米胳膊上一脚。羊蹄子很坚硬，这时候又蕴足了平生力气，踢人当然是疼，但两个人都没觉出疼痛，只是事后才发现胳膊上有几处踢弹的青紫。

芋头想抱着羊头，但母羊不想让他抱，一扭头甩开了他。芋头大哭起来，芋头一边哭一边抚摩母羊的脖颈："咩咩，咩咩……"他平时总是用"咩咩"称呼母羊，相连的两个短声，此时他就哭着不住声地唤，仿佛这样一唤母羊就能完好无损地站起来。母羊踢踏得越来越弱，叫的声音也低下来慢下来，不像刚才那样声势浩大。

谷米这时候才想起来找原因："是不是中毒了？"谷米看着芋头。芋头摇了摇头，盯了谷米一眼，仍忙不迭去流泪。"是不是犯了羊角风？"谷米的眼睛忽灵灵转动着，念头也转得飞快。但母羊从没生过疯病，牵来池塘的一路还活蹦乱跳的，犯羊角风的猜想不能成立。"肯定撞见水鬼了！"谷米大声告诉芋头，而且对这个结论很肯定，因为芋头望望池塘幽黑的水面，认同地点了点头。一只被惊飞的绿蚱蜢落在了水里，蚱蜢的翅膀展开在水面，露出内翅的漂亮红衣，一群小白鲢不失时机地蹿上来，群起而攻，三下两下，那只艰难反抗不停的蚱蜢就被肢解，分崩离析地葬身鱼腹。

"别哭别哭。"这时候一个大人走近，弯下腰端详一番羊。他听见了谷米刚才的推论，他问仍在呜呜痛哭的芋头："你喂它豆子了吗？我看见它嘴里淌出来有豆瓣。"芋头揉得双眼发红没有回答，谷米把蝈蝈笼装进口袋，仰脸看着大人说："是我去豆秸垛底下收的豆子，他没去！"大人说："喂豆子撑的，吃饱了豆子一喝水，豆子胖了涨了，啥肚子能搁得住这撑！"

"那咋办？"芋头也不哭了，哀求地望着那人。

那人挠挠头，东瞅瞅西瞅瞅也没有好办法。"去找王四货吧。"他说，但他没有底气说囫囵这句话，话尾儿已经模糊得低下去几近消遁，因为他说的"王四货"是大队的兽医，猪啦羊啦鸡啦的瘟病几个村的人都会请他，他会用乌亮乌亮的铁针管子往畜生们身上打针，但没见他治好过谁家的活物。再说这时候也找不着他，等到叫他来，这只羊早咽了气，说不定都招苍蝇了。这会儿母羊已经不扑腾，已经濒死，只有最后一口气滞留在身体里，不时回还一下。现在没有谁能救得了这母羊了。

那人叫根生，是生产队里赶牲口犁地的好把式，他收工回来，就看见扑腾在地上的羊和哭着的芋头，于是他吆喝住拉拖车的两头牛（拖车上驮着犁具），把牛和拖车停在路边，走下了池塘。"马六，马六！"他朝路上扛箩头走路的一个年轻人大喊，又不停地招手。马六正患中耳炎，耳朵不好使，初开始叫着根本不买账，等到看见向他招手才忙不迭跑来。根生叫马六去喊芋头爹，他家的羊出事了，只有小孩子在算个什么事！马六领了旨立即跑开，芋头却竭力大喊别叫他爹来。根生说你爹不来你一个小孩子家，你打算咋弄哩？芋头一听就茬了，一脸茫然，他也不知道该如何收场，但他怕爹来了要揍他。他爹还指望生一窝羊羔养大，明年过年不但有饺子，家里还能添辆架子车呢。但现在羊被黄豆撑死，不但过年的饺子吃不成，架子车也不会有踪影了。他爹会怒气冲冲，会一脚踢他进池塘。

"别怕，有我呢！"根生说，"又不怨你，怨这羊肯吃，谁叫它嘴馋吃这么多豆子呢！"

"它不嘴馋！"芋头的下眼睑上还挂着滴泪珠，但新的泪水没有再泛滥不止。他坚决地说："不是！"

母羊吐出最后一口气，就大睁着眼睛不再动弹。它在央求芋头。央求芋头，让它站起来，站起来。但两个人只有眼睁睁看着生命从它的身上一点点湮灭，束手无策。谷米的羊知道发生了什么事儿，知道经常在一起的同伴如今躺在了塘坡里，再也不会叫唤，不会吃草也不会吃黄豆，更不会和它摩耳蹭脸亲热。羯羊无法表示它的哀伤，它只是站在那儿咩咩个不停，尽管谷米一直没理它，它不厌其烦地低声说话，似乎是想说清母羊挣开系绳去塘边喝水的情景——它认为这才是母羊罹祸的原因——但它永远也说不清这原委了。

根生大包大揽，认为一定能说服芋头家爹不大打出手，但他的话只兑现了一半，因为芋头爹一看母羊躺在了塘坡里，头发梢子全站了起来，任谁也拦不住，就像一条疯狗。他冲破几条胳膊的阻拦，一伸脚踢了芋头屁股一脚，踢得芋头嗷声一叫。芋头一看他爹来就想开溜，但他爹有条规矩，跑了和尚跑不了庙，这一顿你能脱过，但无论下一刻啥时见你，仍要先还欠揍的这一顿再说。所以芋头哧溜跑出一箭之地，还是悻悻地又兜回塘坡里。好在他爹的怒气不大一会儿也就消解了，只跺了他一脚，也算是揍了一顿，没有再打的打算。芋头一边无声地哭泣，一边走到母羊身边准备听候指令帮着收拾残局。

没有让芋头爹大打出手的还是根生。根生在芋头爹怒发冲冠摩拳擦掌时说了这么一句话："你的火还不小啊！你知不知道羊是吃豆子撑死的！"芋头爹当然知道是豆子让羊送了命，但他有点没呀怔过来根生这话的含义，他瞪着根生。根生接着说："子债父偿，豆子哪里来的？豆子是场里豆秸垛底下收来的——要不你问问哑巴。"这时哑巴也侹了过来，站在人堆外。芋头爹也不傻，一下悟出了根生话里的意思，也就车胎撒气，马上瘪了，不得不去草草收场这死亡事件。

就像一只泄了气的皮球，芋头爹不再活蹦乱跳，不再说话恶狠狠粗着嗓门，如今虽仍在气咻咻，但噘着嘴一声不吭。母羊躺在塘坡里，微微仰头，怒睁双眼，四条腿还保持着刚才叉开的姿势，仿佛在向天堂奔跑。母羊的嘴角仍在滴滴沥沥流出涎液与豆瓣，好像它的生命只有在嘴角这里还残留着，只有这儿还在动弹。芋头爹闷闷地走近母羊，伸手抓住它的两条腿，没太费事儿就拉它躺在了塘堰上。

"三哥（芋头爹在兄弟中排行老三），"根生吧嗒吧嗒嘴，欲言又止，但最后还是这样说了，"依我说你还是挖个土凹子埋了算了，五马六羊，可别死了死了再惹事！"

根生说得也对，"五马六羊"是村子里的俗语，是说五月里不能吃马，六月里不能食羊，延伸到整个热天里都不能吃牛马羊的肉（猪肉性平，可随意品尝）。马和羊的肉都是热物，天气热了人本来火气就大，一吃止不定就熊熊燃烧起来，又是发热又是呼呼啦啦泻肚子，"好汉顶不住三泡稀屎"，出了事都不是小事，说不准会牵涉人命。根生的提醒没有错，但芋头爹生性是犟种，哪能听进去旁人的劝告。"你是说埋了壮地？"芋头爹剜了根生一眼，又踢了羊一脚，"那我喂了好几个月，权当是供养了一泡屎！"他蹲下身子，盯着羊雪白的毛皮看，终于看出了门道。他站起来，说："我不要它的肉，要它的皮！冬天里垫鞋窝里，脚上少生冻疮。"于是他试着把羊背起来，他一只手抓住羊的前腿，往肩上一耸，想扛走死羊，但羊浑身软塌塌的，他歪着脖子勉强扛起羊，不想羊嘴里溢出更多的涎液与豆瓣，淌了他一身。他骂了一句，重新重重地把羊撂在了地上。

根生说："你要是真想弄回家剥皮，那搁我拖车上好了，走一步近一步，我给你拉到牲口院去。"

芋头爹不再说什么，听凭根生帮着他抬起羊，抬向拖车。戴着笼嘴的两头牛站在那儿倒沫（反刍），看他们抬着羊走近而那羊竟然一动不动，特别不理解，其中一头盯着羊看了一会儿，但嘴里倒上来的食物太香，吸引它又慌忙咀嚼去了。

芋头挂心着他的羊，尽管母羊现在已经没有一口气，睁着眼任人宰割，只有嘴角不时流出来的黏稠黄色涎液说明它不久之前还在活着，但芋头还把它当成活羊，他的羊。芋头担心他们会虐待它。他爹真的虐待这只一动不动的羊，像虐打他一样，他也没有一丝办法。芋头不远不近看护着母羊，直到母羊被几个人抬到拖车上，放在两柄牛犁上头——牛犁就棚在拖车的掌子上，一走乱晃荡，芋头爹朝着芋头怒冲冲吼："回去！"但芋头一跳跑开了，他当成他爹又要冷不防来一脚，让他疼得弯着腰抱着肚子吸气。芋头朝谷米蹿去。他不想马上回家，他怕他爹拾掇着羊一不顺心，又要新仇旧恨地朝他来一脚。根生吆喝着牛："吁——"牛们听话地纷纷站好位置，准备听着口令拉套，根生扭过脸说："三哥，走吧，小孩子正是玩儿的时候，你叫他耍呗！你现在叫他回家做啥，他又帮不上忙剥羊皮。"根生的话起了作用，芋头爹歪别着脸，斜瞪着眼，一声不吭地跟着根生使唤的牛拖车走了。那只羊重返旧路，但已今非昔比，头夯拉在闪亮的铁犁铧上，四只蹄子没有一只挨着路面。

谷米蹲在他的羊旁边，看着母羊被驮走，一直没有动，直到芋头跑到他身边蹲下，他才吃怔过来。他的羊早已安静下来，卧在他身边眯缝着眼咀嚼，沉醉在品尝美味的享受里。芋头惊起的蚱蜢飞起来，红色的内翅在阳光下格外绚丽，有一只落在了羊身上，雪白的羊毛丛里点缀一片草叶般碧绿的蚱蜢，煞是好看。塘坡里土黄色的小蚂蚱比蚱蜢稠密，惊飞起的一片土蚂蚱有几只落在了近岸的水里，拼命乱游，但鲜有上岸者，很快都成了成群小鱼的美餐。蝈蝈在笼子里窸窣爬出，但一直不愿意弹琴。它和谷米不熟，他们还是敌人，当然它会一语不发。

葱翠的草坡上散落着一粒粒漆黑的羊粪蛋蛋，看上去像是开放的黑花朵。两个孩子默然无语，静静地蹲在塘坡里。塘心里的蛤蟆探察着动静，终于又滚动出鸣响，于是远处的蝈蝈开始弹琴，田野恢复了平静，像是什么也没有发生过。羊一激灵站起来，四处张望着低声咩叫。它还记挂着走了的母羊。两个孩子一声不吭，但心里都被母羊填满。

芋头爹把羊运回家，绝不仅仅为了剥一张羊皮冬天里当鞋垫，他更多的心思是那一锅香喷喷的羊肉。什么"五马六羊"，见鬼去吧！领着全家人解一回馋，得病就得病吧，死就死吧，人能活几回呢！他歪别着头，把母羊倒脚吊在家里的门头上，一刀一刀剥了羊皮。剥光了皮的羊红红鲜鲜竖在屋门口，让人有点害怕，因为羊的眼珠比马泡还圆，暴突出来，有点凶巴巴的。芋头爹将羊一劈两半，一块一块分割好羊肉，末了洗巴洗巴装填了满满一锅。他家平日积攒的劈柴向来烧不着，都是烧秸秆树叶之类的穰柴火，哪像这样又是骨头又是肉需要吃大火。熊熊烈焰催生出咕嘟咕嘟翻动大水花的一锅羊肉，热气腾腾，肉香马上溢满一灶屋，又溢满一院子。

母羊肚里杀出三只小羊羔，毛都长出来半寸长，嘴角红红的，没睁开的眼睑也红红的。看着胎死腹中的小羊，芋头又悄悄地流泪，吭哧吭哧咧着嘴哭了一场，差点又招来他爹的一顿拳脚。还好，芋头的娘在帮着收拾羊杂碎，甩着两手血水一下子拦住了芋头爹。芋头爹有点怵劲芋头娘，不到万不得已他轻易不去招惹她，因为芋头娘虽然个头不高，但外号叫小钢炮，一旦招惹就会惹不清。要是芋头爹敢当着她的面揍芋头一顿，没准她能拎起那把半尺长的宰猪刀朝他脖颈窝里捅一刀。惹恼了芋头娘，她是啥事都能干出来的。她敢点房子，不怕当纵火犯。芋头爹憋鼓憋鼓眼，只能继续沉醉入剐肉的活计中，对流泪的芋头束手无策。

他们没有中午煮肉，甚至晚饭时刻也没有煮，而是晚饭之后，人脚定了，村街都沉入深沉的睡眠里时才开始动手。芋头爹怕有人告到生产队，队长是个爱管闲事又爱说笑话的人，很谑，满脑子是点子。队长只要听说有人不按规矩来，敢不入冬就吃羊肉，铁定会来他家走一趟。队长在村子里权力无限，管天管地还捎带管你屙屎放屁！而且队长会在口袋里藏一包"六六六"粉，朗朗说着笑话往你羊肉锅里散开药包一倒，看你还敢违反"五马六羊"的规矩，看你还吃不吃羊肉解馋！

所以芋头爹把一块一块羊肉用凉水先镇在大瓦盆里，只等黑夜来临才开火焐肉。下午太阳一翻边儿，天气就猛地凉了，"交了七月节，夜寒白天热"，这阵儿都农历八月底了，所以他们不用担心肉会变味儿。羊肉确实保存得很新鲜，劈柴火噼噼啪啪一旺，水花翻滚，肉香扑鼻。全家人被肉香激动着，没有一丝睡意，放开肚量尽便吃，饱饱过了一顿肉瘾。

芋头爹脾气别，走路脖子一梗一梗，平时极少说话，但好面子讲排场，在村子里人缘不错。焐这么一锅肉，按照他家以往的做派，一碗汤一碗肉的，街坊四邻都要挨家送遍。芋头爹看人家吃自家送的肉，比自己吃肉更香。但这回芋头爹是抱着壮士赴死的决心焐羊肉的，所以除属于他的一家人外，不可能有任何一个外人尝到羊肉。既然"五马六羊"不能吃，被看成砒霜，他怎么能去毒害人家呢！

凡事都有例外，还是有人吃到了他家的焐羊肉。第二天一大早，芋头照例站在村街上喊谷米一起去上学。谷米家是芋头去上学的必经之路，上学放学，两个人从来是形影不离的。谷米要是起床早，就在家等着；要是还在睡梦里，随着芋头喊他的第一腔叫响，他无论睡得多沉，都会一屈挛从床上爬起来，胡乱套上衣裳，抓起书包睡眼惺忪就朝外冲。大多数时间，谷米刚刚起床收拾好，芋头也已经站在村街上高声喊他。

他们起床后既不洗脸也不刷牙，程序简单。洗脸要等到放学回来吃早饭之前，而刷牙的习惯尚未传到村子里，似乎大人们也没谁大清早一起床不去干活而是去刷牙洗脸。太阳还没出来，天呈灰蓝色，但不停飘落的树叶的金黄能清晰地分辨出来。不远处的水塘里传来鹅和鸭子的高声号叫——它们总是每天清早大叫，好证明它们在村子里的存在。两个人只穿着粗布单衣，风一吹竟有些冷。太阳只要一露脸马上就暖和，而到了晌午头，即使只穿一层单衣站到太阳地里还是要热得出汗。两个人并排走，但并没说话，到了离打麦场不远的那条路上，芋头顿住脚步，拉谷米跳进护路沟。芋头从书包里掏出一团桐树叶包裹的物件递给谷米。谷米嗅到了一阵熟悉又陌生的香味，但他不能肯定桐叶里头包裹的确实是熟肉，肉的香味。他打开有点油湿泛亮的桐叶，马上看到了灰红色静静发散着浓烈香气的焐羊肉。芋头说："吃吧，专给你拿的。"这时谷米已经意识到这是羊肉，昨天尚在这条路上奔跑的母羊的肉。谷米愣了一刻，但熟肉的香气过于诱人，让他的鼻翼翕动，鼻孔张大。肉香让谷米忘记了一切，更不可能去想"五马六羊"的规矩，他只是说："你吃！"有好吃的食品，总应该先尽别人吃，这是谷米的习惯。"我夜儿个已经过了瘾，现在还饱着呢。"芋头掀开衣襟，拍拍他瘦骨嶙峋的肋排饱鼓鼓的肚子。谷米双手托了桐叶上的羊肉，盯了一会儿，像是在寻找下嘴的部位。他又抬眼看了看微微笑着的芋头，接着就张开嘴，结结实实咬下一口熟烂的羊肉，腮帮子鼓起又凹陷，咕咚一声，第一口半嚼不碎的肉糜已经吞下肚去。

夜里吃肉的时候，芋头趁家里人不注意，把一大块肋排藏进了堂屋里的馍筐子底下。为了防止老鼠偷馍，芋头娘把馍放在堂屋当门的方桌上，用秫秸莛子纳制的馍筐翻转龛住，筐底上压一块半截砖。老鼠顺着桌腿蹿上桌面，围着倒盖着的馍筐转来转去，但没有太多办法。它们也知道要咬碎这圆囫囵囵的筐子工程太大，危险太多，徒劳一番是铁定的，根本吃不到近在嘴边的馍馍。它们常常望洋兴叹一番，呼呼啦啦，又接二连三跳下桌子。赌知道老鼠对馍筐子束手无策，听着桌子上繁密的动静，芋头娘也不从床上醒来去桌边撵老鼠。

芋头一清早就去院子里捡桐叶，又在厨房里舀一瓢水冲净。院子里有一株泡桐树，才种上两三年，还没长太粗，所以叶片格外阔大结实，而且落叶也晚。芋头娘本来候着要出什么事儿，比如谁顶不住这羊肉，要发烧拉肚子或者呕吐，但长等短等，只有一屋子鼾声，没有丝毫异象，于是她自己也睡熟。大清早芋头跳起来，芋头娘马上被吵醒，大声问："芋头，你肚子疼吗？"芋头站在桌子旁安静一刻，马上答："不疼，一点儿不疼。"芋头家三间堂屋，中间被秫秸编扎的薄篱子隔开，他爹他娘住在东屋，芋头和弟弟冬至住当门一间，他两个姐姐住西屋。芋头告诉娘说要上学去，芋头娘一听没有嘛事，只是去上学，也懒得再管，咕哝一声"上学去这么早啊"，接着再度滑落梦乡。

羊肉真香，焐得真烂，三下五除二，谷米已经啃光了骨头，连骨头上的筋膜带脆骨全嚼嚼吞咽进肚去。谷米的肚里像是伸出一只手，一把攥住香烂的筋肉一拽全进去了。谷米举着光光的骨头，想起一种"打羊拐"的游戏，但打羊拐似乎不是这样细条条的肋排骨。

芋头拿过那根骨头，盯着看了一阵儿，突然"哞"地长哭起来。泪水像断线珠子，扑簌簌往下掉。芋头闭着眼哭着说："我的咩咩啊——"

谷米捡几片白杨树落叶擦去手上的油迹，但他仍然不能用手替芋头擦泪，只能攥住袖口用袖头往芋头脸上抹拭，被哭着的芋头拨开。芋头不想让人打断他的哭，这是他对他喂养了一年多的母羊的最后的哀悼，母羊的骨头就攥在他手里，他把骨头捂在胸口上，任泪水恣意流淌。谷米看芋头一哭，又想起昨天还欢欢实实跑动的母羊，马上心里一酸，也吭哧吭哧跟着流起泪来。

落叶上沾满露水，但露水是凉的，泪水是热的。

第二章

一

出了村口一看见满地麦苗，看见了久违的绿色，羊一下子高兴起来，咩咩叫着，一个劲儿想往路两旁的麦田里去。但谷米吆喝着它，让它只能看着麦苗垂涎欲滴，而终究没有朝近在咫尺的麦田走一步。这只羊识号，只要谷米一叫它，它听话得很，既不会乱跑进麦田里惹是生非也不会耍赖一步不走——这两种情形都是让人发愁的，这也是谷米爹耐着性子和谷米商量一块儿赶集去卖羊的症结所在。谷米爹没那个本事，羊根本不买他的账，他让羊朝西走，羊说不定会朝东；他让羊站着，羊偏偏卧那儿一动不动……反正羊根本不把他的话当回事儿，也不把谷米娘的话当回事儿，好像它是为谷米而生，为谷米而长，眼里只有谷米一个人，其他人算不了它的主人，甚至可以说算不了人！谷米爹一想就来气，想踢羊一脚，之所以打定主意卖掉这只羊，和它眼里没有他这个一家之主也有点关联。不管咋说，离过年还有一个多月，这羊是不能喂了，非卖掉不可了，无论他小谷米如何狡辩，卖羊的决定从没有改变过。不仅仅是他不喜欢这羊，也不是光想和儿子作对，这两样儿都不是根本原因，根本原因是大冬天里土地里寸草不生的，他家没有草喂羊，眼见着羊一天天塌了膘，不卖，颠过年能瘦成一把干柴，到那时想卖说不准只能卖个柴火的价钱了。谷米爹精明得头发梢子都是空的，透风就过，不可能让他家的羊日渐瘦削，像一小堆钞票被日子点燃，一天一天烧下去，变成灰烬……他不会让这火燃下去，或者说他根本就不让这火点着，这火还没冒烟，他已经把钞票藏起来，任谁也找不着，别说是火啦。哼！他要卖掉羊，换成一沓子票子，足够全家过一个丰裕的大年。

为此他和谷米商量，想让谷米配合，一块儿把羊弄到集上去。也有羊贩子骑着自行车来村子里收羊，但那是少数，只是偶尔碰上，要是等他们来村上，还不知驴年马月呢；关键是羊贩子都是图便宜才遍村子跑的，无利不起早，不剥你几个利他怎么可能让你省事儿，不再往集上跑，来村上直接上秤一称，一手牵羊一手钞票——想得实在是太美了，天上不会掉馅饼，只要你想省事，肯定要少卖钱，至于少卖多少钱，只有天知道。所以谷米爹挠着头，没有去听村街上有可能响起的羊贩子的吆唤，他打定主意要去集上了。但去集上并不是容易事儿，你得把羊囫囫囵囵地弄去，为了能卖个好价钱最好喂饱草，吃饱的羊压秤，能多称几斤呢。羊不能捆起来用架子车拉，他又没本事牵它老老实实走。羊不可能听他的话，他只听谷米一个人的，那只有找谷米。这是谷米爹找谷米商量卖羊的原因。

但谷米哪有那么好商量的，一听说卖他的羊，他马上跳起来，一副决一死战的模样，要誓死保卫他的羊，好像要卖的不是他的羊，而是他自己。看着谷米又跳又闹，鼻涕一把泪一把的，谷米爹干瞪眼，一时束手无策。谷米爹是个优柔寡断的人，他没有打过人，当然也不会对儿子动拳脚，但儿子不买他的账，而羊是一定要卖的，他只有求助谷米娘。谷米娘在这方面还是有得天独厚的优势，就像羊只听谷米一个人的，谷米也只听娘一个人的，遇见了不好对付的事儿，谷米一杵硬气，谷米爹就不再吭声，使个眼色就让谷米娘冲上第一线。于是谷米娘好说歹说，把非卖羊不可的道理说了一笸箩，磨破了嘴皮子，终于说动了谷米。说实话，谷米使别劲儿也不是没有道理，这羊刚从学校抱回来的时候，谁看它也成不了景，连谷米娘看着也替羊发愁，怕它卧在那儿抬不起来头，脖颈软塌塌的，第二天说不定就得掂出去埋了。但谷米娘没说什么，因为谷米从前一年夏天就跟她闹着要牧羊，她是答应了谷米的。

现在没等她闲下来赶集去牵回一只羊，谷米已经自己提前抱了回来，让她能说什么呢。要是抱回来一只会走的羊，好草好水喂几天，精神精神，也算是买了羊，而这样的一只羊算什么！谷米娘初始也没有把它当羊看待，看着更像一小堆破棉花，或者是被铲到院角的一坨脏雪。不但是谷米爹娘，就是街坊四邻，也没谁看这羊能活成一只羊。大家都等着看谷米的笑话，看他怎么样抱回的羊再怎么样抱出去。一只病成这个模样的羊能养活，说给鬼鬼也不信。

谷米没有顾及周围疑惑的眼光，他只是全心全意扑在他的羊身上。抱回羊的当天，他从树柯杈里够下一堆红薯秧，摘下一疙瘩一疙瘩干叶片，喂到羊嘴边，让羊一伸舌头就够得着。红薯秧是秋天从田里收割回来就搭在树上的，但等晒干成一窠团一窠团的，冬天里可以摘下一小朵一小朵拘挛着的干叶片用水泡泡下面条，但更大的用途就是喂羊。冬天里青草藏匿得没了影儿，只有拿这些干秧子替代，让羊能够挨过漫长的无草的冬季。有时也叶了梗了的碾碎了喂猪，但猪有更广泛的食谱，不像羊只钟情于草，所以猪对干红薯秧碎碎兴趣不是太浓，不到万不得已不会嚼这些黑褐的枯燥的琐屑食品。

起初羊伸出舌头卷进嘴里几疙瘩干叶片，似乎不太想嚼碎，终究还是嚼了嚼，聊胜于无吧。但一嚼这羊马上品出了干草的滋味，马上有了兴致，上下颌交错磨嚼，竟然有了正常的羊吃草时的架势，像模像样是一只羊了。谷米信心倍增，马上去厨屋里趁人不留意舀了半碗糊粥，又兑了一些水，端到羊嘴边。这只羊很矜持，虽然渴得要命也饿得要命，但吃喝时仍然斯斯文文的，并不急躁。

谷米很喜欢这只羊的斯文脾性，都饿成这样了，还能如此从容，你不佩服都不中。羊就那样跪着叽扭叽扭一小口一小口地喝了一大碗汤水——喂它汤水时谷米才知道这羊已经渴坏，不知道多少天没喝到水了，不然不会这样头也不抬，不停地往喉咙里汲水，直到把一碗汤水喝完。接下去羊吃红薯秧就有劲头儿，不像之前那样垂头丧气的，病恹恹的。当谷米吃过饭挎着书包去上学时，这羊已经不是卧着，而是从地上站了起来。它站在那儿，仍然有点郁郁寡欢，但已经能看出它恋恋不舍谷米的挂念目光了。

那只羊没有像预想的那样喘尽最后几口气一命呜呼，而是从第二天开始，再没有趴卧地上站不起来过。它依然那样难看，看上去只嫌毛脏毛长，肚子瘪陷，骨头杵出，浑身拆拆估计也没有四两肉。它身上难闻的臊味也没有减少，离老远仍然臭得冲鼻子，让人得捂着鼻孔屏住呼吸一阵儿。谷米从没有嫌弃它身上的气味，他和羊那样亲热不够，摸过来蹭过去，他娘问他臭不臭，谷米摇摇头，说一点儿也没有闻到臭。真是黄鼠狼衔油馃子——看对色了！谷米娘就不再管他，任他天天想着他的羊。自从有了这羊，谷米可找着事儿干了，放学了头一件事儿就是他的羊，睡觉也要把羊拴在他的床头上。而一开春，路边冒了草芽，树上吐了叶片，谷米更是忙乎，只要有空就牵着羊遍处转，名曰牧羊。草芽太小，还不够羊填牙缝的，谷米和芋头其实是去大人看不见的地方够树叶。是的，每次牧羊都少不了也牵了一只羊的芋头，芋头与羊与谷米形影不离，是村子里的一道风景线。够树叶不能让大人看见，就像钓鱼不能让大人们发现一样。树叶归属生产队所有，够树叶也够得上戴上一顶挖社会主义墙脚的小帽子。好在谷米总有办法让人发现不了，他们可以去离村子远远的地方，等漫野里在没人瞅见时才动手爬树。两个人都是爬树高手，噌噌蹿上树柯杈，咔咔叽叽折掉一大堆，在树底下摊成一片。这时候的羊最听话，一声不吭，只顾咕吱咕吱嚼嫩叶。田野里一路两旁大多种的是杨树，因为杨树是速生树种，长得快，好成材，种上三五年就能卖出价钱。两只羊从杨树叶硬币大小时吃起，软软的黄黄的，味道鲜美，一直到叶片扩展成手掌大，厚墩墩的吃着壮嘴。吃着吃着，两只羊都长大了，谷米的羊到了春末夏初，已经换了模样，老毛褪净，臊味散尽，虽然还没有像后来那样敦实，但已经是一只光光净净的白羊，瘦是瘦些，无论从哪儿都挑不出毛病了。

许多事情都像这只羊一样，是始料未及的。当初谁能把它当只羊看待，谁能想它也会有未来。可它却长大了，长肥了，能够噔噔噔跑路，往太阳底下一站影子都黑囤囤的，而且还能卖钱。谷米爹幻想着卖个好价钱。谷米爹想不到这羊还真能活成个样儿，大大出乎意料，所以一看到羊初开始不是个滋味，不一会儿又心里乐开花，就像天上掉下个东西，以为是土坷垃要砸着脑袋呢，不想竟是个香喷喷的肉馅饼。一切都太让他意外，让他大喜过望。谁也不知道老天爷打啥主意，谁也不能一竿子捣到底。你看谁不中，说不定谁最中——这是颠扑不破的真理。谷米爹为他发现了真理而沾沾自喜。

这只羊是大队学校"勤工俭学"结出的硕果，一入了冬天，草料告急，这些圈在教室后头的"硕果"发生了饥荒，每天几乎都要饿死一只羊，于是才促使学校当局请示公社教育小组后处理掉这批灾羊。抱回这只羊，首先要感谢的是芋头。是芋头强烈怂恿谷米买下的这羊，要是让谷米自己拿主意当家，可能这只羊就不属于他了。但芋头说："我保证你能养得活，你好草好水喂上仨月，就能长得能驮着你乱跑！"谷米并不指望它驮着他乱跑，它是一只羊不是一匹马，驮着他乱跑不是它的职责。确实之前班里规定每个学生必须牵羊回家喂一天时，村西头的石头在牵羊回学校的路上就骑着羊跑了好远好远，让学生们兴奋得前呼后拥，但谷米不想骑羊乱跑，他觉得各人应该管好各人的事儿，驮人的事儿不应该是羊的职责。尽管谷米不太认同芋头的话，但他还是对这只羊动了心——它太瘦弱了，要是他不牵回家，他断定它会被饿死。在买羊前一天，谷米听人说羊饿得能吃纸，他有点不相信，就刺啦撕了一张数学演草纸，捏拿着一角递给这只羊，不想它竟然真的衔着了。那是一张有着绿色方格并且写满了洋码号的破纸，拿它当擦包纸谷米都嫌弃，但这只羊竟然衔住了它，而且只犹豫了一刻，然后就咯吱咯吱开始咀嚼，很香甜似的，咕咚一声竟咽了下去。在昏暗的当羊圈用的教室后头，在污浊得打鼻子的尿臊味里，谷米看得有点惊怵。他第一次看见羊能吃纸，竟然吃演草纸。他有点可怜这只羊了：它是一只不大的小羊羔，要是它能站起来的话，它的脊梁比谷米的膝盖略低。它这个年龄要是人的话，应该和他差不多吧，听说羊的寿命不长。至于羊能活多大岁数，相信没有人能说得清，因为没有一只羊能够活够天命，它们刚刚长大成羊就被宰掉了。它们之所以出生之所以成长，其实还不是为了挨那一刀。

从这个意义上说，这只羊饿死了并不一定是坏事。但谷米还是有点可怜它，尤其是其他羊纷纷被人牵走过好日子去了，而让它独守教室后头的空巢确实有失公平，它该多难受啊！于是他走近了它，不是因为芋头的怂恿，而是因为它吃了他试验羊是否能吃纸的纸，与他也就有了瓜葛与因缘。它的模样确实不敢恭维，你要是看一眼就明白为啥把它一个最后剩在了教室后头。它一脸忧郁，肚子瘪瘪堪可忍受，关键是名曰白羊，但它全身并不白，灰不溜丢的长毛打着鬏儿，后裆更是壮观：那儿不但不白，也不灰，不是黄歪歪一片，臭气熏天，褐黄的毛上还沾着黑暗的屎痂——别说去看，一想就得皱眉头。但它卧在那儿伸出头品尝了谷米递给它的纸，要是谁都不要他也不要它，他觉得有点忘恩负义。不知为什么，他想到了"忘恩负义"这个词儿。它卧在那儿，当然早已站不起来，前两天就站不起来了，吃谷米递给它的纸就是卧那儿吃的。班主任抬眼看看谷米，伸脚踢了踢羊，然后又赶紧缩回脚，在旁边的桌子腿儿上蹭蹭晦气。"你要着了？"他问谷米。谷米点点头。班主任说："挟走吧。"又说："好好喂，秋后一头大肥羊。"他不怀好意地笑笑。谷米问："你称称，看得多少钱啊！"谷米不喜欢这个班主任，但他是他的班主任，他有权左右他，左右班里的一切。班主任不想称羊，因为羊身上太脏脏，称羊他怕弄一手污物，再说最后一只羊了，他已经准备让它死在教室后头，明早（应该能够熬过白天）一上课就差两个学生掊出去埋了，哪还有让它上秤的心思。其实他手里就掊着一杆秤，但他不想去动手称。他说："嗳，五毛钱算了，最后一只，贱卖！不上秤了。"

他转身走上讲台，那儿搁着一个有薄薄的尿黄色封皮但内瓤绝对是白色且带有规整绿方格的作业本，班主任勾头弯腰在作业本上写上什么。"谷米，小羊，五毛！"他说，"我给你记上了啊，先说好，你能确定吗？"他抬起脸来。

谷米想他还是能当这个家的，不需要和父亲商量，因为假使父亲不同意，让他再把羊抱回来，他可以大闹一场，撒泼，打滚，要是父亲还不同意他也不至于束手无策，过年的时候他可以拥有至少八毛钱的压岁钱（根据往年的经验，这个把握他还是有的），他拿出五毛钱来偿还班主任的账不就得了，反正他要试一试救下这只羊。也许谷米的努力没有任何效果，抱不到家羊已经死了，但他还是想试一试，就像想试一试它是不是真的吃纸一样。

谷米说："确定，你记吧。"班主任很严肃庄重地捏着自来水笔在本子上乱写一通。谷米知道他必须还这笔钱了，就是羊死在他的怀抱死在半路，他也要还这笔钱了。谷米有点忐忑不安，毕竟他还没单独当过五毛钱的家，对他来说这是一桩大买卖，是件大事。

羊是买好了，让谷米心里猛一欢喜，但如何把羊弄回家，使他犯了大愁。等到他买好羊，班主任一走，校园里空空荡荡，只剩了他和芋头和羊，两个人、一只羊站在教室门口，大眼瞪小眼，有点束手无策。羊不能走路，得抱它才能回家，而抱它怎么抱怎么不对劲儿，一是因为它臭气熏天，往怀里一抱鼻子自己先枯皱起来，出气回气都有点发噎；再者羊后裆里黏糊糊的，摸到手上，一想到摸的是一手稀羊屎，滑腻腻的让人胃直往上翻。谷米爱干净，受不了这秽物，别看已经买好，他有点不想要这羊了。

谷米心里这样一想的时候，羊"咩咩"叫了两声，声音微弱，好像在小声说："你不把我带回家我只有等死了。"羊没有强迫他带它回家，只是这样说说而已，这样一说谷米心里更不是个滋味。救人救到底，他不能丢开它。这时候芋头自告奋勇，要试试他能不能抱羊走。芋头不怕脏，干脏活累活干惯了，虽然身子骨瘦弱，但有韧性；芋头会干活，知道活计从哪儿入手。芋头让谷米替他拿着书包，顺势一篓抱起羊走前头，没打趔趄。

宁抱千斤，不抱肉墩，虽然这羊瘦得皮包骨头，算不了肉墩，但它是个活物，你抱不舒服了它依然能够挣扎动弹。芋头抱着羊走了一半路，累了一身汗，不得不放下歇歇。羊趴在地上，连头都抬不起来，只有眼还睁着，真是可怜！芋头喘着气说，谷米，喂它点草试试。谷米看着他："到哪儿弄草啊？"芋头的目光扯着谷米的目光朝两旁的麦田里瞅，麦苗长得茂盛，虽是冬天，但并没有冻趴下，仍然显出绿油油的老绿色。麦苗在寒风里招摇，麦叶上的薄霜正在融化，显出湿漉漉的，在初阳下泛出发暗的幽亮。

谷米把羊抱进路旁的沟渎底，朝沟坡的干土上擦擦手上沾的羊屎，然后爬上沟坡，蹲下来撸了几把麦苗。芋头也已经跟上来，哧哧啦啦地撸田里的麦苗。芋头说，你不撸白不撸，现在撸麦苗不会耽误麦生长。谷米也知道这个理，知道冬天的麦叶只要一开春就会脱落不算数，会被新叶替代，现在的麦苗只是做个样子，说明麦在冬天里也没死而已。但毕竟是公家的，要是都这样撸麦苗，说不影响麦子生长是不可能的，收麦时肯定要减产。两个人跳进沟渎底，握着麦苗送到羊嘴边。起初羊有点害羞，有点客气吧，似乎不好意思品尝两个人为它偷来的东西，但终究抵不过肚子空空，涎水长流。

羊抬起耷拉着的头，轻轻地舔了一下麦苗，并把一片麦叶拽进嘴里。羊的嘴开始慢慢嚼动，那片麦叶很快没了影儿，接着羊开始自己寻找麦叶，一伸舌头竟然一下子拽着了三四片……真是人是铁饭是钢，一顿不吃饿得慌。羊更是这样，吃了麦苗马上就不一样，虽然还是垂头丧气的，但明显动弹多了些，似乎脖子也硬挺了，抱着它的时候，一次次试图昂起头来。

谷米不能一直让芋头抱羊，他也抱了一程，还好，虽然又弄了两手稀屎，毕竟没有再恶心想哕，可能是麦苗的青徐徐的气息压住了秽气，让谷米清爽，反正他抱到村口，累了一身汗，胃里没再往上翻。两个人一站在村口，站在那溜长长的麦秸垛旁边，马上长出一口气，觉得自己大功告成，完成了一次了不起的壮举。

胳膊终究扭不过大腿，无论谷米多么不情愿，卖羊的事儿已经铁定，不可改变。谷米给芋头说他的羊要被卖掉的事儿，谷米想着芋头会替他说话，会一块儿想办法对付爹——也许能想出什么办法来的，尽管谷米不抱有任何希望，他仍然想和芋头道道。芋头一脸忧戚，吧嗒吧嗒嘴，望着远处。谷米有点失望，觉得芋头好像不跟他一势儿，有点向着他爹。谷米生气了，芋头听说他们天天在一起的羊要被卖掉再也见不着；不但不帮忙而且不说一句话，这让他意料不到也想不开。他像通常生气时一样不再吭声，他们两个闹别扭时都是以冷场作为标志的。但芋头还是打破了沉默局面，芋头用泪水消融了误解。芋头哭了，吭吭哧哧抹眼泪。谷米不能听见人哭，不能看见泪水，人家一哭，他自己先掉眼泪了，何况是芋头，是他最好的"老伙计"，跟他天天在一起的人。"你别哭啊，"谷米声音里已经蕴满泪水，"你哭个啥!"他想安慰他，但找不到合适的话、管用的词儿。

芋头望着的是村头那口池塘，是他的羊吃豆子撑死的地方。他们此时站在打麦场旁边的路口上，如今过了收获季节，打麦场已经被翻犁起来作为麦田，只给麦秸垛和羸瘦的秫秸垛、豆秸垛留出来不大的容身空地。打麦场上的麦苗播种得迟，显得瘦弱而浅薄，麦叶都掩盖不严土垅。还是芋头先哭完，擦拭干泪水，仍茫然望着远处说："早晚都一样，反正咋样都得死。"

"死?"谷米睁大泪眼，有点吃惊，"你说羊啊?"

"不是羊能是谁。羊吃草长膘，喂一夏天，还不都是为冬天里去挨一刀。"

谷米不是装不知道，是真的没有多想细想这个事儿。可不是，芋头说的句句在理，哪只羊能不死，哪只羊不是为了让人吃它的肉才活。一想到他的羊会死，会被人毫不爱惜地一刀宰了，谷米的心一阵一阵紧，一阵一阵疼，泪水又溢满眼睛。不是谁照养大的谁不心疼,谷米一把草一碗水地将羊喂大,将一只病恹恹卧着不起的羊羔硬是养成壮壮实实一只大白羊,而现在要让他牵到集上去卖了,送给人杀了,谷米一想心里就一下子空了。

谷米听娘的话,谷米娘就翻来覆去讲卖羊的必要。"养羊就是为了杀吃,天经地义。"谷米娘说。她说得没错,谷米想一想也无话可辩。谷米娘还给谷米算细账:一只羊能卖二十块钱呢,而小麦三毛五一斤,一只羊能换回五十多斤麦子呢。五十多斤麦子是个啥概念?生产队里每年每口人才能分到三十斤麦子,谷米家五口人才能分一百多斤。谁都知道好面馍好吃,但谁也吃不起天天的好面馍。村子里考量谁家富裕,是以正月里好面馍能吃到初几来度量的。一到过年,腊月二十五前后无论贫富,家家都要和面蒸白馍,算是有了年味,也是过年的首要大事。不过了正月十五是不能蒸馍的,这是老规矩,所以年前家家都要蒸够半个多月吃的馍,然后放在泥囤子里、大缸里,从大年初一开始,天天吃馍就要去囤里、缸里取。大多数人家好面馍能吃到初五也就不错了,像芋头家人口多,一年有半年缺粮,大年初一过五更吃顿好面馍,算是过了年,到初一白天,就得吃杂面馍,而到了初二以后,红薯面饼子又要复位。谷米娘已经与谷米爹商量好,许愿给谷米——集上卖了羊，要给谷米一块钱让他随便花！

一块钱是个啥概念？蛤蜊油五分钱一盒，皲裂膏一毛二一盒，就是香喷喷的精制的香脂，也才两毛钱一盒……谷米倒吸一口冷气，他不知道爹说话算不算数。但谷米娘说话向来是算数的，一是一二是二，不会随便许愿的。谷米对赶集充满了向往，尽管一想到他的羊仍会泪光点点，但一想到他要拥有一块钱，可以买一堆他向往已久的物件，他心里还是有一点暗暗高兴的。

谷米想送给芋头一盒蛤蜊油，但一直未能如愿。大队的供销社代销点是一个叫刘保山的矮个子男人经管的，他总是趁人们早饭时辰来村街上，那时辰人齐，都在家里，需要个小东小西能够马上来他的货车上买。他是拉一辆架子车进村的，架子车上摆放着各样货品：前头的箱子里码着各色小物件，针头线脑的，箱顶打开来，内壁上也是一个一个货品格挡，蛤蜊油也就装在其中的一个格挡里；车把上悬挂的是煤油桶，白塑料的，洋溢着冲鼻子的煤油味，端着饭碗往那儿一站就没了胃口。但人们还是端着饭碗围过来，家家户户需要最多的还是盐，盛放在车厢中间的木箱里，疙疙瘩瘩泛青。通常刘保山并不先卖货，总有人端来糊粥拿来饼子，敬他吃完早饭再当货郎。每天早饭时刘保山吃喝称盐灌油的声音，通过他手里举着的一头粗一头细的洋铁喇叭，高一声低一声地传遍全村。

但已经连着三趟了，货车上没有了蛤蜊油。刘保山并不是天天来，隔一天来村子一趟。谷米心急，跑了二里地，去了刘保山的老窝——代销点，那间黑暗的没有窗户的屋子靠后墙用土坯垒起一面货格子，但每个格子谷米伸着脖子看遍，也没有找见一盒蛤蜊油。"小鸡巴孩儿，我能哄你吗，有了我还能不卖给你！"刘保山是个好脾气，妇孺皆知，也许这就是让他当代销员的原因。谷米天天在等蛤蜊油，等得心急，一听见村街上铁喇叭传来的吆喝声他就心焦，但他的蛤蜊油迟迟没有到来，总是没货。"你咋弄的总没有蛤蜊油啊，"谷米问，"我的手冻得冒水，再冒水就怨你！"谷米有点生气了。刘保山好生赔不是，堆着笑脸："我也没办法啊，不是没货，是一到货马上就卖光了。不光你冻手，天一冷哪只手不冻啊！"

谷米急着买蛤蜊油并不是自己用，是送给芋头的。谷米的手背确实已经冻了，手指与手背的交壤处先是肿硬成一团，接着就开始溃烂冒水，像是一块坏红薯。也不是太疼，只是到了夜晚被窝里一暖和痒得难忍。痒痒是草，一暖和就胡乱生长。其实痒也过去了，仅只是麻辣辣地疼，这种疼算不了什么，几乎可以忽略不计的。

谷米担心的是芋头的手，两只手冻得肿成了气蛤蟆，连手指都冻硬了。芋头急需要抹蛤蜊油，只要有了蛤蜊油，小心地涂抹，轻轻揉擦进肉里去，冻疮识哄，要不了几天就会卷旗收兵，肿硬软化溃烂撮口。芋头没有棉袖筒，不知道他娘为啥不给他做一只，也不是太费事儿，但他娘就是不给做。村里的孩子们戴不起手套，只能缝棉袖筒，早起上学，路上的寒风刮得呼呼叫，有了棉袖筒手插在里头，冻疮轻易不找你。谷米的棉袖筒都是和芋头轮番戴，两个人一替一会儿暖和。谷米的手背平整得多，但芋头的手背却像烧瘤的砖，没有一小块好地方。芋头拿东西时，手指头从疮痂满布的手背下伸出来，真像乌龟从壳底下探颈伸出了头。

不光是手，耳朵也冻了，脚也冻了。耳朵和脚冻得轻一些，晚上就痒得更厉害，还不如冻得更重一些让疼代替痒呢，因为被窝里痒得猫爪抓心太难忍。每天夜晚，谷米总是在抓挠耳朵和脚底中步履蹒跚地走向梦乡。

谷米想送给芋头蛤蜊油，有着深远的原因。他们的最初交往是芋头送了谷米一副杏核磨制的拾子儿，八枚，当时他们还在玩儿拾子儿的游戏（很快他们都不玩儿了，因为大人们说那是女孩儿玩儿的游戏，半大小子玩儿拾子儿会让人笑话），拥有一副杏核子儿是孩子们的理想，就像想拥有一枚大铜钱制作的鸡毛毽子一样。但村子里统共也没几棵杏树，要找到杏核并非易事。芋头这样慷慨，让谷米心底里感激，但也心底里记挂着这份情谊。刚刮起冷风的时候，芋头从他姐那儿掫来了一疙瘩雪白的香脂，芋头将香脂分一半到另一只香脂盒里，一并送给谷米。这是份厚礼，让谷米消受不起，因为香脂是贵重物品，只有稍大的女孩儿家才能用，小孩子哪能有资格用香脂擦脸抹手的。还有香脂盒，精制的烫着鲜艳红梅花骨朵的小圆铁盒，芋头毫不犹豫就送给了谷米。他抹着喷香的香脂，每一次都想起芋头，抹一回感叹一回。这是谷米要送给芋头蛤蜊油的原委。

羊不知道是去死，嘚嘚嘚地跑一阵，就站在前头等谷米和芋头，一边朝后得意地瞧一边叫他们："快点儿啊，你俩总是这么慢！"言下之意是就它一个麻利。羊也不是真老实，它已经长大成羊，已经身强力壮，不是年前的瘦弱羊羔。羊老想尝一口近在咫尺的田里的麦苗，哪怕是尝一绺也可以，去去舌头上漾起的馋意。因为当初头一回吃到的青草就是麦苗，所以羊对麦苗刻骨铭心地神往。无论是谁，一生中最爱吃的食物总是和童年连在一起的，童年喜欢吃的东西总是延续终生喜欢。这只羊也不例外，它渴念灌满眼睛的浓绿的麦苗，它一次次申请，想征得谷米的同意，让它一蹿跳进路边的田里，埋头尝几口麦苗。羊和麦田就隔着一道护路沟，对于它来说，这道浅沟又算得了什么，它也就是纵身一跃，已经四蹄被麦苗埋没，一低头满嘴填满绿翠的仙物……但羊不会越雷池一步，谷米是它的救命恩人，谷米不让它做的事情无论它多么想做它都不会做的，现在也一样。它只是咩咩申请，看谷米的脸色行事。谷米一直不允许，它也就一直赶路。它的系绳被谷米一圈圈绕在脖颈上，它是一只优秀的听话的羊，根本不需要系绳约束。它在前头欢快地跑着，跑一阵停下来等等两个人。羊哪能想此去无回路，会再也见不到天天见的谷米和芋头了。

谷米爹优哉游哉，因为天还早，不是太着急。谷米爹担心羊不听话，牵着羊赶集有各种意外，说不定走到集上已经半后晌，集已经散了。为了防止这种拖延，他前一天就决定早早吃饭，冷清明（方言，即凌晨）时分起床，即使羊一路捣蛋，也不至于赶一趟集卖不掉羊。宽备窄用是他的准则。谷米想让芋头来他家一块儿吃早饭，因为太早吃饭赶路，芋头不可能在家里吃到早饭。芋头虽然与谷米日日厮混，但并没在谷米家吃过一次饭。他不习惯也不愿意。饿一回肚子没啥了不起，又不是没饿过，所以芋头根本不容商量就否决了谷米的提议。当谷米牵着羊要走时，芋头已经站在他天天上学召唤谷米时站的地方，在谷米家后的屋角上倚着那株楝树站着，站在冷清明时分灰蓝的晨光里，一动不动，像是已经和树长成一体。

两个孩子跑前头，把谷米爹一下子拉开半里地那么远。羊的表现大大出乎谷米爹的意料，他想不到它这样听话，既不朝麦田走一步也不赖着不走，几乎比他们三个跑得都快。以这个速度，不愁逢集正红火时赶不到，也不愁没人买这只羊。这样他的心就装回肚里了，他斯斯文文走路，走着走着还哼起了小调。只要在冬天的上午走上一支烟工夫，身上就热了，一点儿也不冷了。在这个时候走路是一种享受，他没有理由不哼唱几支小曲。他甩着手，嘴里拉长调子哼哼着，像是胃疼，又像在低低哽咽。他被七扭八歪的小曲缠绕，顾不上管前头的仨了。

谷米撇开他爹另有打算：他从袄布袋里掏出一个饼子塞给芋头，他知道芋头肚子空荡荡，不可能不饿。走这么远的路，不吃点东西，芋头会头晕。芋头有一回放学路上就晕倒过，谷米在旁边守着，大呼小叫，好久好久才算叫醒过来。谷米以为芋头得了大病，但芋头说不要紧，是饿的，他一饿总是晕倒，待一会儿就好了。晕倒就像睡了一觉，还能做梦呢！芋头兴致勃勃给谷米讲晕倒的经验，有点炫耀的成分。芋头值得炫耀的地方实在是太少了。不过谷米确实没有晕倒过，不知道晕倒究竟是啥滋味。"那还不容易，"芋头教谷米，"只要你一顿不吃饭然后大清早上学路上跑一阵，准能晕倒一会儿。晕倒时路面一仄歪一仄歪围着你绕圈跑，不信你试试。"

谷米没有尝过这种新鲜滋味。谷米似乎也不太想试。他看到芋头晕倒时脸像白菜叶子一样苍白，他不想让自己的脸那样子白，他觉得那种白不是真白，不好看，也有点吓人呢。谷米已经开始关心自己的脸蛋，他有面小圆镜子，边箍是银色的，背面玻璃下嵌着印制有点粗糙的画片，是一个戴红领巾的女孩儿，傻乎乎地自以为是笑着站在葵花丛中。谷米喜欢小镜子，但不喜欢那个满面笑容的女孩儿，他嫌她笑得太假；那葵花也不招人喜欢，长得太大太密，和谷米认识的葵花一点儿也不像。

按照惯例芋头是要推让一番的，但现在他实在是太饿了，顾不上再谦虚，好像做了错事理亏似的，悄悄接过谷米塞来的饼子，甚至都没有拭掉饼子上沾着的袋底子里的屑末，马上狼吞虎咽起来。要是不赶集，这会儿正是吃饭的时辰，又加上紧跑慢跑跑了好几里路，芋头肚子里早已经车轮滚滚。饼子是馏过的，但已经凉透发硬。虽然饼子是红薯干面和玉米面混成，但毕竟是面粉，吃起来舌头上有一股甜滋滋的味道。

芋头三口并作两口，咕吱咕吱，一个饼子已经没了影儿。芋头家人口多，粮食不够吃，平时早饭都是烀红薯，好久没有吃到面粉做的饼子。尽管红薯面也是来源于红薯，但一旦磨成面粉做成饼子，立竿见影，吃肚里马上就来力气。现在芋头觉得有劲了，吃完一个饼子后他菜色的小脸上竟然泛起了红润。他跑得有点热，不自觉地解开了棉袄靠近脖颈的布纽扣。

谁家里家底殷实，一看穿戴就一目了然了。谷米的棉袄也是黑粗布，而且布纽扣的扣鼻岔了两个，前襟没有扣严实过，只能央求外头套的一件绿平布褂子帮忙才算没有半敞开怀；谷米不但有绿褂子，棉袄里头还有一层当内衣的粗布衬衫，里外算是三层，风叫得呜呜响也不会刮透。芋头只穿一件寡筒子粗布棉袄，扣子照例掉了两处，露出一溜光光的皮肤。两个孩子下身都只穿一条光板棉裤，都赤着脚没穿袜子，谷米穿的是一双露了脚指头的解放鞋，芋头穿的是撇撇歪歪的棉靴。说不冷是瞎话，两个人的脚都生了冻疮，不但夜里痒满一被窝，走路稍远一出脚汗马上也痒得抓心。但只要接着跑快些，痒痒就有点撵不上，就被抛开了。

芋头吃饼子的时候，太阳出来了。太阳从东边三里开外的村庄树枝间缓慢地浮起来，树枝乱纷纷的，梢顶形成参差的一条线，又红又大的太阳先是上缘切住了那条平行而弯曲着的线，接着就在那线之上了，而芋头吃完了饼子，拍打拍打手，整个太阳已经全在那线之上了，切住线的竟是太阳的下轮边缘，就仿佛应和着芋头拍手，它一跃而起。于是遍野的麦叶上染上了亮晶晶的红光，点点薄霜全熠熠生辉，一闪一闪，像是撒了一地的碎金玉。芋头的脸泛起红晕，一半是因为太阳的红晖。

羊看见两个人停住了，不知道发生了什么事儿，有点不放心，又拐头往回走，边走边问怎么了。谷米只顾与芋头说话，没有搭理它。羊有点着急，顶着扑面的柔和红光，疾步小跑过来了。

旷野里静谧安详，不见人影。赶集的人都还没有上路，寒冬的田里也没有农活，人们都窝在家里吃早饭。谷米爹仍然沉醉在小曲里，不太关心前头发生的事情。只要羊在，两个孩子在，对他来说就一切安安生生的，不需要操心。他既没有赶上来，也没停下哼曲，仍然那样在后头不紧不慢地走，有点故意与他的属下们拉开距离。

二

他们终于走进了秋镇。一走进镇街里，景象是不一般，人影幢幢的，比村子里召开大会时人都多，都更热闹。谷米喜欢这热闹，芋头只是睁大眼睛东瞅西瞧，似乎更多的是惊奇，也有点胆怯。平时清净惯了的，一见人群是有点发怵，连羊也不能幸免。羊不知道还有这样的地方，到处都是人，到处都是声音，与它习惯了的生活完全不同。羊似乎记起极幼小的时候在学校里时曾经热闹过，但那是学生们，是小孩子，都喜欢叽叽喳喳，童音未褪，并不让它十分害怕；可现在这地方到处都是大人的声音，一种陌生的、带点庄重因而有些阴谋气息的声音让它不自主地感到害怕。羊的身子在打战。"羊是不是冷啊？"谷米问芋头，也是问他爹。但他爹顾不上谁冷谁热的事儿，他有太多的待办的事儿要操心，也不可能把谷米的事儿当回事儿。芋头不一样，马上摸摸羊，说："不是冷，是怵劲。"它能会不怵劲吗？它生来见过这么多的人听过这么噪乱的声响吗？

不但不时身上漾过颤抖的涟漪，羊的方向性也变得差了，根本无心走路，东一头西一头的，不时咩咩地叫，询问谷米这是个什么地方，怎么这么多的人。唉，谷米也不想多安慰它，也不想多解释，因为谷米本人也被无数的新鲜事儿吸引，也有点六神无主了。谷米看见一街两旁全摆满了摊位，摊位后头或蹲或站着摊主，心事重重地静待愿者上钩。上钩的人大都还没赶来，集还没红火起来。摊位各有不同，这一段是菜市，摆着、萝卜、白菜、大葱、山药什么的，稀奇点的还有晒干的沾满盐霜的海带，臭味离老远就熏人的鱼坯（晒干的海鱼）；下一段则是肉市，不多的几架猪肉红红白白地悬挂着，新鲜猪肉的腥味离老远就能让人想入非非，设想只要见见火就能够香飘十里，就能解解馋；再下一段是粮坊，高高低低的一抱粗的布袋里装着金灿灿的麦子、黄豆、玉米……反正也算是应有尽有吧。市场管理员手里握着一杆大秤，大摇大摆地在粮食布袋间穿来穿去，不时拿秤杆的末端捅捅布袋，似乎秤杆能试出成色。再往下是鸡鸭市和鱼市，有人竹篮子里挎着一只东张西望的鸡在睁大眼睛等人瞧，有人慢腾腾不慌不忙守着排好的几条死鱼，当然大洋铁皮盆里也有活鱼，有胳膊那么长，还扑腾起水花呢，真是死到临头还不自知还在耍玩闹腾……

　　不同的气息在飘荡，羊吭哧吭哧鼻子，见了啥都吃惊，老想往外挣系绳，有时又总是往谷米身上蹭。羊有点不知如何是好，想逃开又想贴紧，哪儿都不再安全，左右不是，它单等着谷米替它拿主意，偏偏谷米不理它还老是折磨它，让它有点扫兴。刚走进镇上，走到卫生院前头时，这羊就差点挣脱系绳，差一点跑掉。尽管跑掉它也不可能跑远，谷米一叫它马上会止住蹄子，但谷米还是担心，它要是惊了把儿，根本不知道辨识他叫它的声音了，那该怎么办，只有听任它跑走，但它认得家吗……谷米一这样想倒吸一口冷气，马上和芋头商量办法。还好，他们马上就把系绳拴在了谷米胳膊的袄袖子上，这样羊想跑也跑不掉，因为它不能挣开谷米。谷米还紧抓住靠近羊脖颈处的系绳，这样更容易控制羊的行动。

　　羊对气味的识别可能超过一般人的想象，因为刚走近卫生院门口，那股刺鼻的来苏味儿一冲过来，羊马上跳将起来，一个劲地往后退，不再往前走，想赶紧逃回村子里，逃回它过惯了生活的家里。它可不喜欢这集市，它最喜欢安静的家。那来苏确实不是个味儿，一闻就知道有事，打鼻子不说，好像总有一股新鲜的血腥味，好像院子里天天都在开刀，刀口里总在流出血来。谷米每次走过卫生院门口，都不自觉有点胆怯，总想趔着走。卫生院总共也没几排房子，都是红砖红瓦的平房，但谷米觉得那些红房子里头藏满了秘密，每个秘密都令他无法测知，因而更加害怕。

　　一走近十字街口，所有的鼻孔都要抽动，但空气中的气息是诱人的，是能让人涎水长流的。秋镇只有一条主街逢集，也只有这一处与另一条窄些的街道交叉的十字街口最热闹，一应重要设施全在这街口：供销社属下的百货店、日杂店、饭馆……饭馆里总是热气腾腾，似乎炉火总在熊熊燃烧，白白的好面卷子总在出笼。只要一闻到烧过的煤渣洋溢的浓浓的呛人味道，谷米马上就想起好面卷子，想起烧饼——对了，还有烧饼，金黄金黄的，上头撒有密密麻麻一层焦芝麻，是用废弃的汽油桶当烤炉，上头架着一扇把柄一摇就能转动的铁板，而焦黄的烧饼就是贴在铁板上均匀烤透。烧饼摊子不属于饭馆，饭馆是供销社的，是公家的；而烧饼摊子都是街上的人家开的，是私人的。紧挨着烧饼摊子，总会有炸油条摊儿，翻滚的油锅里不时有油条扎个猛子一扑棱膨大身体然后漂浮起来浑身冒着滋滋的金黄细油沫儿，马上油条也变得金黄金黄。要是买只烧饼夹一根油条，热腾腾一吃，又脆又香，嗳，那滋味，叫当皇帝也不会再去。烧饼夹油条，是这集镇上最著名的美味佳肴，让人别说走到摊点前去看，就是一想也忍不住要咽口水。

他们走到烧饼摊前，脚步自己放慢了，眼睛总在瞅那转动的铁烤板。脚都不想再朝前走了。谷米爹叫了几声，看两个孩子和羊都不买他的账，于是又拐回来，拉起谷米又拉起他的羊，直到这时谷米才咴怔过来，才一下子想起来他们此行的目的。

牛羊市也不太远，从十字街往南走上十来间房子远，就看见不但人影稠密，而且牛啊羊啊猪啊也开始纷纷亮相。一头牛仰天长嚎，几头猪娃四只蹄子捆着侧躺在地上，还吭吭叽叽装模作样地叫唤，不知是高兴还是悲伤。谷米的羊个子矮，起初没有看见这景象，但它觉出了不对劲，于是停了下来，仰头四望，疑惑地咩咩叫唤。谷米抚摸着它的脖子让它安静，它也安静下来了。谷米爹没了影儿，谷米有点着急，怕这儿叽哇吵叫得太乱，羊仍在不时地咩咩叫，随时都要失控。

怕啥来啥，谷米的羊还是噌地挣脱系绳，系在谷米祆袖上的绳扣磨掉了。羊这次是只有行动没有声响，谷米还不知道怎么一回事儿，他的羊已经一跃而起，蹿了出去。谷米爹正在领着一个人朝这儿走，估计是羊已经嗅到了危险气息。那个人是屠户，穿着说绿不绿说黑不黑的油渍麻花的半截大衣，理着板寸头，尖嘴猴腮的，一副满不在乎的模样。"羊呢？"他问，"哪儿呢？"谷米爹四处寻找着，也没忘一个劲赔笑脸。"在啊，"他说，"我就是一扭脸——谷米！谷米！"他开始扯开喉咙喊谷米。人群摩肩接踵的，谷米爹有点六神无主，他没有看见谷米，也没有看见望眼欲穿的羊。

好在很快谷米就逮住了羊，牵着羊站在了他们面前，让谷米爹只顾惊喜，也没责怪谷米。羊开始扯着喉咙一声接一声不停地恐怖大叫，声嘶力竭，一边叫一边死命挣系绳。羊不止一次哀求谷米。"咱们走吧，"羊说，"我们不在这儿……我不喜欢这儿……我害怕那人……那人不是好人……咩咩——"
羊反复央求谷米,高一声低一声,就是因为没有任何效果羊
才开始拼命挣系绳。谷米今天有点反常,对它的呼唤置之不
理,这是以前从来也没有过的事情,让羊万分警惕。今天的一
切都反常,地方陌生,人陌生,一切都陌生,地裂缝里都埋伏
着敌意。羊隐约感觉到了末日的来临,明白大限将至,但求生
的本能在左右它,它仍在想方设法改变处境。它过于自信,这
种自信是它平日里从谷米那儿获得的,它的要求谷米总是设
法满足,好像还没有过完全拒绝。今天是怎么了?羊百思不得
其解。它是一只乖羊,它不能不听它的主人谷米的话,但不知
为什么它总是在违背指令,更糟的是它内心并不想违背谷米
的指令,但具体行动时总是背道而驰。羊有点不当自己的家
了。

　　怕羊再挣脱,谷米爹也不再袖手旁观,马上跳上前,两只
手死死抓住了系绳。谷米爹一来谷米也就放心了,他知道羊
是挣不断绳子的,而爹的手又不可能再让系绳溜走,一切都
上了保险,不再让他担心。但谷米看见了爹领来的那个屠户,
一看屠户谷米就明白羊为啥死命乱叫乱挣了——屠户浑身往
外冒膻气,不知道有多少羊丧命他手,羊是嗅到了他身上浓
浓的死亡气息。

屠户走上前，用粗大的手指捏了捏羊脖子，又朝羊肚子上摸了一把，还趁势抓了一把羊前腿。羊又是撅拱又是跳跃，想躲开屠户，但没有成功。羊跳起来，踩痛了谷米爹的脚指头，谷米爹疼得直吸溜嘴，抬起脚想踩羊一脚，但没有踩下去。因为屠户还没过秤，羊还是他的羊，要是踩伤了，说不定会抹价钱。屠户看了羊也摸了羊，两个人开始讨价还价。

"三毛二一斤吧。"屠户漫不经心地说，扎一个随时要走的架势。这个人神气活现，表情丰富，一双眼睛东瞅西瞅滴溜溜乱转，一看就不是实在人。

"三毛二？不中。人家到村里家门口收羊还给四毛呢，你给三毛二算个啥事儿！"谷米爹跷着一只脚咧着嘴，但没有妥协的打算。

"这样吧，要是四毛钱一斤我给你送一群咋样？"屠户一脸坏笑。

"我不要……我又不是羊贩子，"谷米爹有点让步，说话的声音明显低了，"我又不杀羊，不跟你一样是屠户。"

"不耽搁事儿了——三毛四，你卖不卖？给个痛快话，再不吐口我就走，还有一大堆事儿呢。"屠户闪动着狡黠的眼睛，扭身要走。

"走你走，"谷米爹说，"有羊不愁卖。"谷米爹的底气越来越不足，已经显出沮丧的苗头。只要事情没有他想的顺利，他马上会垂头丧气；而一旦成事，他又会眉飞色舞，功劳归己，见人就炫耀。屠户抽身走开，更让他六神无主。"你别走，好生意不怕磨。"谷米爹招呼已经挤过人群走开的屠户。

屠户当然不会走，撵他他也不会走，他只是做做走的样子。这只羊太肥了，他一眼就看中了，而且身上的膘好，两只前腿肥嘟嘟都是肉，杀了往架子上一挂，是张招牌，能招财进宝。屠户打着算盘，精心算计着这只羊他有多少赚头。他知道羊已经是他的，跑都跑不掉，一看谷米爹那个样儿，他就明白还可以往下讲价钱。

羊吓得拉了一地屎蛋，那些屎蛋扑扑答答摔落地上，散成一片，像是一片庄稼的籽实。谷米爹说："你看，一路上拉了不知多少屎，还是昨儿晚上喂的草，再拉几泡屎，不知轻了多少斤……要是在村上卖，多卖好几斤哩。这样吧，你买就买，不买也就算了，我还牵回家，就三毛五一斤了，不改了。"谷米爹松了口气，为自己拿定价格而自豪，仿佛刚干了一场累活，现在终于干完了。定下来了。

再也没有退步的余地了，屠户也就默认了这价钱。屠户从腰里掏出一根麻绳，走到谷米前，连看也没看谷米一眼，漫不经心地摸着羊，突然下手，还没看清是怎么一回事，羊已经摔倒在地，他手里的麻绳唏唏嚓嚓，羊的四条腿已经拴成了死结，再大声哀唤也不可能站起来抵抗。

捆倒的羊就在谷米的脚前，谷米蹲下身去抚摸羊的脸，羊在慌急之中也没忘伸嘴去吻他的手，还张开嘴舔了一下他的手指。一舔谷米的手指，羊一下子安静下来，不再拼命挣扎。

屠户用秤钩子钩着捆绳称了羊，梯形体的黑铁秤砣在秤杆上滑动，终于悬停在秤杆的末端。"你看，五十二斤半。"屠户拿眼乜斜谷米爹，示意他过目。谷米爹伸着头仔细看了秤星，又从秤头开始数了一遍秤星，才算罢休。屠户叫："你赶紧啊，五十多斤呢，你掂掂试试，可不是玩儿的!"屠户掂秤的手有点抖，即使羊一动不动任人宰割，屠户的手还是抖。羊确实太重了，这么肥的羊见得还不是太多呢。

两个人确认斤数后，屠户马上抓着捆羊绳一提溜，趔着身子提起羊就走。肚子朝天的羊悸动挣扎磨着脖子乱望，直到看见了谷米它才停住寻找，死死盯着谷米。羊不再大叫，它明白大叫也没用了。

然后屠户一使劲儿把羊摞进了一只驮筐。驮筐很深，稳稳地摽在一辆自行车的后衣架上，筐底差点挨着了地面。羊几乎是坐在筐底上，两只前腿搭放在筐沿上，头竖仰在筐口，但后腿拴着，身子无论如何也不可能挪开驮筐半步了。羊趴在筐口仍在寻找，它在找谷米。只要看见谷米它逆来顺受的驯服眼睛马上闪射光彩，充满希望。但这次谷米已经救不了它，这儿是牛羊市，是羊的行刑所，不是它即将脱离苦海的教室后头。

谷米本想跑去再摸摸羊看看羊，但屠户已经付完钱，与谷米爹结清。他没有停留，握紧车把蹬开支脚架推着自行车马上离开了。屠户走得匆忙，甚至没有留时间让谷米与羊道别。当谷米再磨着身子仰着脸寻找时，没有见他的羊的影子，也没有听见那熟悉的咩咩声，眼前除了人群还是人群。

谷米爹没有食言，数了一遍又数了一遍钞票，总共是十八块五角钱。尽管已经提前一个月或者两个月说好卖了羊要给谷米一块钱，但真正钱到了手，他又不想给了。他试了试，想和谷米商量一下，看五毛钱中不中，但终究没有张开嘴。他是他爹不错，但毕竟说过多次，要是再不兑现，确有哄人之嫌。给就给吧，谷米爹咬了咬牙，从那沓钞票中抽出了一张，他捏着票子对着阳光看了一遍，确认没错才递给谷米。"给，"他说，"该买啥买啥去吧。"谷米爹是担心自己一激动，会把五块一张的票当成一块的抽出来。十八块多钱确实不是个小数，几乎算是一个壮劳力大半年的劳动，可以籴五十多斤小麦，而当年是丰收大年，每口人才分四十斤小麦啊。谷米爹把钱装进贴胸的口袋里，心思一直在这沓钱上。他要去粮坊上籴麦，淘麦磨面，要蒸过年的蒸馍。他让两个孩子去自由逛街，反正拿着钱呢，再者也不至于摸不着回家的路，都十来岁了，又是俩人结伴，鼻子下头就是嘴，走错了就问呗。谷米爹安排好，自顾自去了粮坊，不再管两个孩子的事儿。

街上这会儿人多起来，集市上来了，正是热火时辰。谷米仍在想着他的羊，想着那个凶巴巴的人驮走没驮走他的羊，要是还没走，他还是想着去看一眼。芋头说那你就别想了，人家还等你啊，早收够羊打道回府了。一想羊被那人驮走虐待，说不定今后晌就可能一命归西，被一刀宰了，谷米还是想哭。不过他已经接受现实，他心里早有准备，知道羊无论如何是活不成的，养它就为了让它死。养羊吃肉，天经地义啊。谷米想不通其中的道理，但他得接受这理儿，这个世上太多想不通的事情都得接受。谷米抹了一把泪，揉揉眼，明白自己是站在热闹的街头，而且怀揣着一块钱呢。

谷米的注意力开始聚焦在了这一块钱上。他有好些个计划，他想买的东西实在是太多了，不唯是蛤蜊油、皲裂膏，还有一本叫《捕象记》的彩色画书、一盒有十二种颜色的蜡笔；

各种吃物更不必说，都是平时馋涎欲滴而极少品尝的，比如沾满白糖粒的小金馃、运动图案的"体育饼干"、炒花生、油炸小鱼（摆在茶摊的桌子上）……数也数不清。没有这一块钱，也许就不想这些诱人的食品了，但现在这一块钱就揣在他的怀里，他觉得胸脯那儿硌得难受，觉得一块钱的褐红色钞票实在是太重太硬了。

一块钱可办的事儿确实太多了，让他有点无从着手。最要紧的是赶紧去茶摊上喝杯热茶，他们很少走这么远的路，都热了一身黏汗，早该渴了，估计芋头已经渴坏，因为他早饭只啃了那块干饼子，连水都没打牙，不渴才怪呢。但芋头有忍性，就是再渴，他也决不说喝水的话。

他们找了街边随便一个茶摊，要了两碗热茶。他们把热开水统统叫茶，而凉水则叫水，那两碗热茶冒着热气，水面上浮着一层若隐若现的水锈。热茶二分钱一杯，谷米没零钱，只能掏出那一块整钱，让卖茶的大爷有点为难，但最后还是生意重要，老大爷从屋里找出一沓子毛票，一张一张将要找的钱数给了谷米。不等开水晾凉，两个人吹着热气已经一小口一小口地吸溜着喝开，很快喝光，喝光了水猛一精神，口也不干了，眼也湿润了，身上凭空有了力气。

现在钱似乎一下子多起来了，涨了一口袋，让谷米又多了分底气。他本来打算先去供销社买蛤蜊油，但两条腿却不争气，径自去了那处食堂（饭馆）。刚才谷米已经看见食堂的蒸笼在蒸白馍，笼顶上冒着缕缕热气，而下头炉膛里烧的是煤炭，火苗有绿有红，仍在一个劲地跳蹿，比夏天的草丛都茂盛，算着这会儿该出笼了。要是白馍一出笼就吃，香气扑鼻不说，那是个啥美妙滋味啊。就是冲着这滋味，谷米站在了食堂前面的案板前。那个忙碌的男人有四五十岁，剃个光头，圆脸盘，腰宽体胖，一看就是能蒸出好馍的模样。食堂里的人都胖，他们天天改善生活，不胖都不中。村子里称吃面白油大的食物叫改善生活。

谷米猜对了，一锅白馍刚刚出笼，热气四溢，屉布刚刚抽掉扔在水盆里，光溜溜的白馍就那样躺在案板上，闪着白白的光，发着悠悠的香。那个蒸馍的师傅忙得眯缝着眼睛，大声问："你们买馍啊？不买趔远点！"师傅也有点凶，这个集市上的人都有点凶呢。谷米说："嗯，买馍。"他不敢使大声，怕人家一生气不卖给他了。谷米闻到了浓厚的白面馍的香味，喉咙里伸出了一只手，想马上一把抓个白馍到肚里。白馍都是四方卷子，外皮略微发青，似乎半透明，两边刀切的侧面上有一眼一眼麻麻答答的细小孔隙，更是诱人。谷米咽了口涎水，眼睛不够使，一会儿看师傅，一会儿看白馍。

师傅终于忙完，过来开始卖馍。谷米开口就买两个，让师傅有点不相信，一边用竹夹子夹着馍，一边斜着眼睛看，仍有点不相信这小孩子能开口要两个馍。当时白馍是当点心卖的，不是随便就能吃的。但谷米已经掏出了四毛钱，两张绿色的细窄长方形钞票，师傅也没再多说多问。谷米举着票子，小声提要求："能不能一切两半啊？"师傅没吭声，走到案板前拿起刀才问："两个都切啊？"谷米点点头。两个馍被调斜切开，里头的热气更重，把闪亮的刀体都烫得模糊了。谷米要了两张草纸包馍，自己拿一份，递给芋头一份。

芋头有点不好意思，早晨吃了谷米的饼子，刚才喝了谷米的茶，现在又要吃谷米的白馍……他觉得这样不合适。但谷米确实是给他买的，他要是推托就伤了谷米的一片苦心，再说他也太想尝尝白馍了，他已经整整一年没吃到过这么白的馍了。于是芋头也就接了馍，按照谷米的吩咐，吃了一半，留一半装兜里带回家。

白馍一到嘴里就化了，舌头上溢散着甜滋滋的香味，越品越甜越香……芋头舍不得一下子咽完，想让嚼碎的白馍在嘴里多停留一会儿，在颊齿间飘香，但舌头和喉咙都不听话，咕咚一声又一声，半个馍就这样还没品好味就全都钻进肚里了。芋头有点后悔没有管住喉咙，但一想到兜里还有半块，心里一下子踏实了。

　　谷米几乎和芋头一起咽完了馍。谷米又咽了一口涎水，算着现在兜里还有一多半钱呢，还够花一会儿呢。按说这会儿应该朝供销社商店走了，可他的脚没动，他看见了不远处的油条锅里冒出了轻烟，而且油条更香，是白馍的香无法比拟的。谷米决定再吃一根油条，有油条当然要用烧饼夹着吃，那才是美味佳肴。谷米就拉着芋头走，芋头肚子里有了货，一下有了劲儿，任谷米扯着来去。

　　往油条锅前一站，谷米根本顾不上再算他的钱，他揣摸一人一个油条烧饼还是足够的。谷米的算术学得好，这个数他算对还是不出岔股的。油条在油锅里翻滚，一小截软面，一见热油就不是它了，马上扶身一摇胀大，滋滋浑身冒着细沫漂浮起来眼见着长成焦黄颜色。炸好的油条码摞在一张简陋木桌上，垛成一小垛，一位慈眉善目的大婶手脚不识闲儿用高粱秸莛子穿油条，五根一串，用细麻绳拴着莛子的两端挂起来。木桌被油沁透浸渍，发出幽黑的暗亮。

　　大部分人买油条并不是现吃，而是要拿着当走亲戚的礼品，像谷米和芋头这样烧饼夹油条当场大快朵颐者鲜有，让摊子前围着买油条的人也直咽口水。油条是酥脆的，而烧饼则是香在里头，焦芝麻的香能沁透肺腑。两个孩子不像刚才吃白馍时那样匆急了，他们慢慢品尝，要让舌头牙齿腮帮子一起记住这香的滋味。

美味佳肴坠进肚里，就像碎了的青草或鲜花，会发散芳香，丝丝缕缕冲透全身。谷米觉得浑身越来越暖和，阳光也灿烂，风也少寒冷。走在镇街上，谷米想要是日子天天都是这样多好啊！能随便吃白馍吃油条吃烧饼，脚手都不生冻疮，耳朵也不疼，想买画书就一抬腿去新华书店买一本看——这时谷米猛然记起了画书的事儿，才开始计算他的钱。买馍花了四毛，买油条烧饼花掉四毛，加上喝茶的四分钱——我的天，我还剩一毛六分钱啊？这怎么行！还有画书和蛤蜊油皲裂膏呢！

谷米站在商店门口，心里不停地在打小算盘：画书就不用想了，一本《捕象记》要一毛八分钱呢，那是彩色连环画，定价贵——谷米早看过这画书，让他恋恋不舍的是那里头的几个人才能抱得过来的大树，还有漫天飞翔的成群的鸟儿，还有浑身沾着红泥从森林里踟蹰而出洗澡的大象，当然还有在其中活动的孩子们……谷米一想那画面就瞪大眼睛，就透不过气来，就想一头扎进去。他想拥有一本《捕象记》，天天上学装书包里，睡觉放床头，想看就看。谷米知道做不成想看就看《捕象记》的梦了，只能退而求其次，到商店柜台买蛤蜊油。

买蛤蜊油也不顺利，那个一脸雀斑眼睛又小的女售货员不爱搭理他们，根本就不屑与他们说话。谷米说要皲裂膏，她就从柜台下取出一个大蓝盒，咣地放在玻璃柜台上，连看也不看他们一眼。谷米说："我要小盒的。"她摇了摇头，仍没有看谷米。"没有。"她说。也不说为什么没有，任谷米再问她也不再搭理。谷米又问蛤蜊油，女子这时候开始不耐烦："你究竟要啥！"听腔调像要吃小孩儿。芋头抢过话头说："要一盒皲裂膏，一盒蛤蜊油。"售货员声色俱厉："要啥也不说清楚，小鸡巴娃捣乱，大人去哪儿了！"她真像一只瘦老虎。芋头问："大盒皲裂膏多少钱啊？""一毛二！"女人不再看他们，收起了柜台上的皲裂膏。

形势急转直下，没有给谷米留思考余地。他的脑子转得飞快，他得抓住女售货员尚未离去的时机算计好要买的物品。她要是转身离开，再叫她来这边卖零碎日用物品的柜台就难了。是的，蛤蜊油又买不成了，只能买一大盒皲裂膏，回家再挖给芋头一半，反正芋头送给他的香脂盒还在呢。掀开皲裂膏蓝盒里的一层锡纸，就是深黄的膏体，据说效用好得不得了，冻裂的口子抹上第二天就能撮口，三天过后就平整如初，像秋天时一样，像压根儿没有冻伤过一样。谷米昼思夜想要试试这膏，他也想让芋头一起试用。

谷米要跟芋头商量，但只要谷米说啥，芋头都举双手赞同，连听都不听他说的是啥。商店里的屋顶上亮着日光灯，村子里没用电，谷米对日光灯还是有点稀罕的，但他觉得这电灯亮得有点假，像是没有亮似的。"别拿走啊，"谷米匆匆急地说，"我要一盒!"说着已经伸着胳膊递钱过去。女售货员斜睨了他一眼，没再说一句话，伸手接过钱，将拿起的皲裂膏咣的一声又放回到柜台上。

现在谷米只剩四分钱了。两个钢镚儿，装在他的袄兜里。听娘说有钱不能花得一干二净，得留个尾巴，不然以后你就得受穷。鸡嬎蛋还要只引蛋呢，逮鸟也要圙子。谷米想好要留下这四分钱看家了。但谷米的计划总要被改变，他们心满意足出了集市，沿老路返回。一路上谷米还是若有所失，有点郁郁寡欢。谷米一不说话芋头也就知道他心里又有事儿了。芋头当然知道是什么事儿，谷米不说一个字他也知道。羊没有了，来时欢欢实实跑一路，也没多捣秧子，可现在却天各一方，还不知道这会儿是活是死呢。唉，又有什么办法。"你别心里不是味儿谷米，颠过年开了春，咱们都再买一只羊，养上俩月还是一头大肥羊。"芋头想让谷米高兴一点儿，让他想开点儿。

芋头不提谷米也就在心里闷着，不发作出来，经这么一提，谷米的泪汩汩流淌。他站在土路上，大声哭起来。"人家会杀了它啊，"谷米泣不成声，"再也回不了家了。"谷米哽哽咽咽地说不成一句话。

芋头抱着谷米的肩膀不住地小声哄他安慰他，但谷米得哭一会儿，得把他的悲痛发散出来。他想他的羊，他觉得他们骗着羊来赶集，羊也听话地一路跑，到头来却是送死。要是羊知道半路上捣捣蛋挣脱一番，谷米心里会好受一点儿，可惜羊一无所知，糊糊涂涂就被它最相信的人送到了屠户手里，去见能要了它的命的白刃了。一想到这儿谷米就心咕咚落下去，好一会儿好一会儿浮不起来。他是个骗子！他骗了他的羊。

从早晨开始，天一直晴好，太阳明亮又温暖，但自他们出了集镇，太阳一下子就找不见影儿了，天阴了。冬天里只要一不见太阳，马上会寒冷，走着路还觉不出冷，要是你停在漫野地里，寒冷会一下子像水一样浸透你。谷米打了个冷战，寒风从袖头脖颈各个敞口处往身上乱钻。谷米不哭了，芋头扯着他的手，他揉着眼睛朝前走去。他现在和芋头是同病相怜了，只是芋头的羊走得比他的羊早些而已。他的羊是被他骗去死的，芋头的羊是被芋头喂死的。殊途同归。

芋头不失时机给他说起了手上的冻疮，说起了皲裂膏的诸般妙处，一说抹手油的事儿，谷米悲痛得缩成疙瘩的心思算是理到了解散的线头，马上也就转绕在冻手上了。谷米又掏出大蓝盒皲裂膏，两个人轮番拿在手里抚摩，看了又看。尽管两个人竭力把手缩在袖筒里，可是手背还是麻疼，耳朵也跟着刺啦啦疼麻起来。谷米想掀开盒子里的锡纸抹手上试试，芋头却不愿半路上就打开新盒，觉得开盒使用就该庄重一点，这样太随便。谷米忍着手上的疼麻，听话地收起大蓝盒。他想找个地方歇歇，他们此时已经走了一半路，离家不是太远了。没吃过这么油大盐大的食物，刚才又在风里吭哧吭哧哭了一场，谷米口干舌燥，开始感到渴了。他摸摸袄兜里的两枚分镚儿，想找个茶摊喝碗茶。

赶集的路要途经一个叫药王庙的村庄，那是个大村庄，路旁支有一个茶棚，简陋到极点，麦糠泥草草糊成一间小屋，屋顶是薄薄的沤得发黑的麦草，屋前四根木柱子撑起两张苇席名曰遮风挡雨实则风雨无阻，棚下是土坯垒的方桌大小的台面，当成茶桌用。台桌上摞着几只陶碗，放着两个暖水壶，一筛子炒花生。谷米吃不起花生了，只能喝茶。守摊的老人驼背，头低得下巴能碰到桌面，掂暖水壶都有点掂不动，看着费劲。谷米想帮着倒水，但老人拒绝了，他对粗手粗脚的小孩子不放心，怕跌碎了他的宝贝暖水壶。但老人唠叨着，很是和蒿，让这处避风的草棚子平添了暖和气象。两个人倒了两碗茶，花掉了最后的四分钱。

这一次不急慌了，慢慢品咂热茶滋润进胃里的感觉。像是干得冒烟的旱地，渠沟里的水突然流了进来，满地漫淌，响起痛快的嗞嗞的呻吟。谷米似乎听见了肚里的呻吟声，听见了解渴的欢叫，一种轻松欢愉平地而起，浸润他身上的每一处。茶摊避风而暖和，又喝了热茶，觉得身上开始冒火，冻伤了的手和耳朵不再干疼，有点发痒了。

喝了茶歇了脚，蓄足了力气与劲头，两个人就又动身朝家走。他们在药王庙西头下了柏油路，一拐向南走上了早晨来时走过的土路。阳光是早找不见了，天上的灰云越堆越厚实，寒风有灰云撑腰，也就四野肆虐。要下雪了，云在捂雪，就像鸡要捂蛋抱小鸡。刚出了药王庙西头，走过那一片泡桐树林，谷米突然听到了羊的叫唤。

那声音是被一阵寒风送过来的，异常清晰，谷米似乎都听清了尾音的劈叉，听见羊的喘气声了。绝不会听错的，他的羊他熟悉，一群羊一起叫唤，他能分清哪声叫唤是来自他的羊。谷米的心一下子提起来。"你听。"他让芋头听，他们的耳朵都支棱起来。"你听见了吗？"谷米瞪大眼睛问芋头，他觉得他马上就喘不过气来了，他竟然在这处漫拉子野地听见了他的羊叫，他真有一种别后重逢的感觉，有点他乡遇故知的感觉。他一下子不知该怎么办才好。芋头说他听见了，确实就是谷米的羊！"我听着没多远，就在那边的沟渎里。"芋头顶着风扭过脸，没戴帽子的头发吹得竖了起来。他眯缝着眼朝东北指着："听着就在那儿！"

谷米没发吃怔，抽身就朝那儿跑。芋头叫住他："你别急慌——你从这儿朝北，我朝东，沿着沟渎找，说不定藏在沟渎里呢！"谷米喘着气，紧张得不行，觉得芋头的话有理。他们只有这样才能绕树林子一圈，才能不漏过他的羊。冬天的泡桐树都落光了叶子，林子里也没有杂树，一眼能瞭老远，顺着树行差不多从这头能望见那头，别说一只羊，就是一只鸡也藏不住；但是包围着树林的护林沟里却是藏身的好去处，战争年代都能当战壕用，就是一头牛走里头，你不走近也发现不了。谷米断定他的羊就藏在沟里，他了解他的羊，最会找藏身的地方，夏天里有一回从锚橛上挣脱了系绳，它钻到玉米地里一声不响，谷米和芋头找了几个来回都没有扫见，最后还是它自己耐不住寂寞从玉米棵里钻出来的。两个孩子被羊叫声激动着，没有细想屠户怎么可能让拴得死死的一只羊随便跑掉，要是那样容易放跑一只羊，屠户还杀什么羊，连杀鸡都得赔本。

两个孩子在沟堰上奔跑，他们的脚步比北风更疾乱，仿佛他们跑得越快，那只曾经属于谷米的羊归来的可能性就越大。希望的火炉在熊熊燃烧，他们的心脏嘭嘭狂跳，他们的身上热汗淋淋，他们的眼睛上下左右不住巡睃，他们没有看见羊，连一小团白色也没有看见。其间芋头从沟堰上摔下沟底一回，那是拐弯处，东侧的沟靠近村庄，一下子加深加宽变了模样，成了一条护村河，河底有几洼浅水，现在结的是一层薄冰。芋头跑得正疾，猛然刹不住朝前飞奔的身体，一脚没踩稳滑落了下去——他重重地摔在了沟底，身上没沾水，没有掉进冰窟窿，但是他觉得摔岔了气，好一会儿好一会儿呼吸被扼断，换不过气来。他觉得天旋地转，要是再有一秒钟吸不进身体里气，他可能就憋死了，见不到已经绕圈从对面边跑边叫他的谷米了。谷米也是跑得满身热汗，从沟坡里跌跌撞撞跑过来，边跑边喊他："芋头，芋头……"他听见了谷米喊他，于是他又喘过来那口气了。他摔忘了的呼吸又接续上了，天地重新恢复了原来的位置。不等谷米跑到跟前，芋头已经从沟底爬起来。"看见羊了吗？"他看见谷米摇摇晃晃朝他跑来，他听见了关于羊的问讯，但是他和谷米一样没有扫见羊的踪迹。芋头仰着脸喘气，他觉得气有点不够使，他的说话被频繁的呼吸打乱："没有，啊，没有，看见，羊！"他看见谷米一脸失望，呆站在他面前，茫然四顾。他们的脚旁就是薄冰，冰下藏了许多大小不一的白气泡，但那不是羊身上的白，那儿也不可能藏着他们要找的羊。

"我真的听清了是我的羊，你听见了吗，芋头？肯定是我的羊在叫我，但是为啥找不着它呢……芋头，你说呢？"谷米自言自语，有点拿不定主意。"也可能听岔了音，风太紧了……"芋头仍然仰着脸，仍然在努力呼气吸气，有点顾不上心思全挂在羊身上的谷米。芋头觉得呼吸在变得越来越顺畅，和先前已经差不多没有两样了。但是他又觉得肚子有点痛，沉沉的胀胀的，像是肚脐那儿猛然塞进去了一块生铁。摔一大跤身上总会疼痛的，疼一会儿也就好了。芋头有经验，他连爬树都摔下来过呢，当时也是疼得龇牙咧嘴，但后来疼疼也就好了。疼痛是草，年年生长年年亡。芋头咬牙挺了挺，他的肚子里好像被谁猛拽了几下，他强忍着没呻吟，其实他多需要呻吟一声，那样就会疼得轻许多。呻吟能够镇痛。

他们是和疼痛相伴长大，早已对各种疼痛习以为常，发烧时的头痛、饥饿时的胃疼、冻疮的疼、各种流血伤口疼……但最经常的仍然是肚子疼。他们喝生水，因为有一句俗语叫"不干不净，吃了没病"；他们温暖季节雨天很少穿雨鞋，因为没有雨鞋，所以只有打赤脚，好在泥土较少杂物，连碎玻璃都被当成孩子们的玩具，经过世代耕作的泥土当然是纯粹如磨面……于是蛔虫不可避免地侵扰了他们，在他们的肚子里合族居住。大队卫生所一年里要发好几回打虫药，一种山道年和糖混成的塔状药疙瘩，他们称之为"宝塔糖"。谷米和芋头都吃过宝塔糖，而且吃后的第二天就能便出成团的死虫。他们的脸黄魃魃的，与蛔虫居住在他们的肚子里有关。但蛔虫引发的肚子疼通常疼一阵儿也就过去了，再说毕竟吃住在人身体里，虫子还是略有感恩之心，极少罪大恶极者，总是疼痛适可而止。

但芋头这次疼得不寻常，似乎越来越厉害。两个孩子失望地从那片树园子里走出来，走在了北风肆虐的土路上，但芋头腰一直弯着，他说他直不起来。现在谷米已经不再耿耿于怀他的羊，他知道不但是树园子里，沟渎里或是漫野麦田里都不可能有他的羊了，他的羊只有一条路了。他一想到这儿就想哭，但芋头抱着肚子的疼痛让他又不哭了，他挂心着芋头的肚子："好些没有？"他们又走了一程，其实并没有走多远，那片树园子没有离开也没有消失，最多有一地畛子那么远。芋头的脸仍然枯皱着，没有舒展开。他的肚子仍在疼，而且疼得不轻。

谷米说："咱们歇歇再走吧。"他扶着芋头走下路旁的护路沟里，那里避风些。北风在旷野里无处不至，即使在沟里，也不断地有风扑过来骚扰。芋头下不了沟，谷米扯着他的手最后几乎算是抱着他才下到沟底。芋头躺在沟底，咬紧嘴唇，脸像白菜叶子那样苍白。谷米认识这种苍白，芋头晕过去的时候就是这么个白法。谷米搓热双手，要给芋头揉肚子，只揉了一下，芋头就吸溜着嘴制止了他，因为疼得已经不能用手碰。谷米爬上土路，朝上下左右张望，企望有一辆架子车能够正巧走过，可以驮着芋头回家。

赶集的人大都早回了家，没有谁在灰暗的阴云下在料峭的北风里在外面逗留。

谷米失望地跳下沟底，多么盼望芋头突然说疼痛轻了，好了，又可以站起来和他比赛谁走得快，不一刻就能走进村庄了。只有站在旷野里，才能知道村庄的安详与温暖。他渴望马上回到村子里，回到家里去。芋头现在开始呻吟，紧一声慢一声，谷米被呻吟声催促，急得手足无措。对了，是不是中邪了，在这么个漫拉子野地，不知道哪儿有坟，不知道死过什么人有过什么鬼，肯定是撞见鬼了。谷米这样想着的时候，就伸手到兜里摸火柴。他确实摸到了一盒火柴，他们每个人几乎都有一盒火柴，他们喜欢玩火，他们可玩儿的东西实在太少，火焰能让他们欢快新异，是他们总是百玩不厌的对象。

谷米还在兜里摸到了一团纸，有火不可能没有纸，只有纸才能引着火。谷米说："我点张纸祈愿祈愿吧。"说着就圪蹴在芋头跟前，嚓地擦着火柴小心地避开乱风点燃了带绿方格的白纸，那是一张作业纸。谷米说："不管你是谁，你赶紧走吧，不走我可要烧你了！"谷米也学着大人的模样声色俱厉，几乎是在呵斥。村子里遇到小病小灾，总是去找马驹爷禳灾，马驹爷一律要让病人站在太阳地里，点燃黄表纸，嘴里嗫嗫嚅嚅祈愿着，纸烧成黑灰，马驹爷也说完了，于是病人也就好了。现在谷米是学着马驹爷的样子在点纸，但没有太阳地，他不知道他的祈愿与纸灰有没有效果。

还是有些效果的，芋头的嘴仍然咧着，但皱着眉头说轻点了，可以走路了。北风太紧了，谷米拉芋头爬出护路沟时，看见路旁刚种的还没手腕粗的白杨树光秃秃的竟然被吹弯了腰，天也明显暗了，冬天的白昼太短，不久黑夜就要来临。他们得抓紧，不然天黑了待在半路怎么能行。芋头弯着腰走，几乎是一步一步往前挪。他们这样走了不知有多久，芋头又不能走了，又颓在了路上。

芋头疼得哭了起来，泪水在脸上流淌。谷米看芋头哭了，泪水也在眼眶里打转。但他不能哭，他必须得想办法把芋头带回家。谷米说："我背着你吧，背你试试。"除了有几次在田地里玩耍，谷米没有背过芋头，但他蹲下身子，让芋头趴在背上，一使劲儿还是站了起来，而且开始趔趔趄趄往前走。芋头只顾疼痛，没有注意他在如何前进，谷米艰难地前行，但没有走多远。尽管芋头瘦，他仍然吃力。芋头拘挛着身体，不知怎么一碰马上疼得直吸溜嘴，让谷米格外小心。谷米的力气小，平时干活少，没有太大力气，他使满劲儿最后也朝前走不了了，而且自己先累趴下了。

满野里都是风，刮得遍地浅浅的麦苗泛起灰白的背，谷米大口喘着气，仍觉得气不够用。等到呼吸不再摇撼他的身体，谷米又想出了新办法：他伸直手背，做出拿刀砍的手势，朝芋头的肚子上比试，边比试边大声叫："肚子疼，找皇灵，皇灵拿刀，割你的肚包！"他的声音被风吹得飘忽不定，听起来有点假，好像不是他的，是另外一个人在叫嚷。据说这样做很有效的，谷米真祈愿马上皇灵显灵，让芋头的疼痛被风刮走。

谷米问芋头："好点没?"芋头苦笑了一下，说："好点……好点。"谷米从背后架起芋头，让他站起来，但芋头仍然弯着腰，站不直。弯着腰又走了一会儿，但仍然走不太动，出力不出活儿。眼见天都快黑了，谷米像火燎眉毛般着急。他左审审右审审，突然说："芋头，你先在沟里歇着，我一蹦子跑回村，拉车来接你。"只有这一招了，要是这样走，两个人走到半夜也别想挪到家。

谷米紧跑慢跑，呼呼哧哧地跑进了村子。好几次他觉得劲儿使完了，跑不动了，但他咬紧牙，一缩身子劲儿又挤进了腿里，又能跑了。北风也没有吹去汗水，等到他进村，贴身的衣裳已被汗渥透。他仰头张嘴地走过一条胡同，看见芋头的弟弟冬至在和几个孩子玩儿弹子，他叫："冬至，冬至，赶紧拉车，去接你哥，你哥肚子疼，到半路，走不了啦！"谷米一顿一顿结结巴巴，好不容易才说囫囵一句话。

北风是一群野兽，不敢撞进村子里来，只在树梢上头吼叫，偶尔掉下来一头在村街里乱冲乱撞慌不择路想赶紧逃走。北风害怕村子，但北风不害怕旷野，芋头一个人孤零零待在旷野里，得赶紧拉芋头回村。冬至和几个孩子在背风处，没有停止弯曲大拇指弹出圆圆的玻璃弹子。他们在地上挖出一个小坑，谁弹进坑里的次数多谁就是赢家。他们正玩儿得尽兴，不想中断游戏。冬至说："你去找俺爹吧。"似乎这事儿与他无关，芋头好像不是他的亲哥哥，而是别人家的。谷米有点恼火，没停住喘气大声嚷："有你这样的吗！你哥病了你不买账！"冬至自知理亏，只得停住了往坑里弹弹子，一脸沮丧地说："好好，我不玩儿了。"他走过来，"你说是我哥呀？他咋啦?"他眼皮子一扑答一扑答,一脸无辜。谷米真想上前揍他几巴掌。

赌知道找他爹他爹也不会去,肚子疼又不是什么大病,还劳别人的大驾去接,摆啥谱啊!冬至说他家没有架子车。他家确实没有架子车,谷米二话没说,马上跑回家去拉架子车。他上气不接下气,回到家里掏出早已碎成一坨的裹着白馍的纸包递给娘,顾不上说清事由,就自个儿搬架车,底盘放车架,他娘问他也支支吾吾问不出个究竟,只知道他赶集卖羊出去逛了一天现在急得没命似的要推架子车。"你要去弄啥?"娘问。"拉芋头,芋头肚子疼走不动了,搁半路了。"谷米没说完话人已经拉着车子咕咕咚咚跑出了门。

谷米和冬至叽里咕噜,一路小跑接芋头。天已灰暗,夜幕早早降临,北风是黑夜的宠儿,一见了黑夜的影子马上一阵紧于一阵,刮得人都有点睁不开眼睛。芋头像刺猬一样蜷缩着身子,头插在两只膝盖间,不走近根本看不出那是一个人,只当是一堆谁扔掉的破衣裳。冬至扶平车架,谷米抱扶着将呻吟的芋头挪到车上。芋头的脸在灰暗的暮色里显得更白,像是一片白纸,像是召唤大雪普降。他们拉起车子往家走时,北风里开始夹进打得脸生疼的雪霰。下雪了,雪霰砸在麦叶上树枝上路面上,沙沙作响,像是不怀好意的嘲弄。两个黑影在夜幕里潜行，默无声息，只有架子车轮胎的碾轧声、零乱的脚步声。芋头蜷缩在车厢里连呻吟的力气都没有了。

走进芋头家院子，谷米更觉得抱歉，怕芋头爹坏脾气发作，又要对肚子疼得死去活来的芋头动拳脚。芋头爹站在门口，冷着脸但并没有发作，借着昏暗的堂屋泻出的煤油灯光也看不清表情。芋头爹冷冷地对弯着腰勉强挪进屋子里的芋头说："功劳真大，出门逛了一天，还得人接你！哼！"但芋头并不理会，就像根本没听见他爹冷嘲热讽一样。芋头娘拍掉芋头身上的雪，搀扶着芋头挪向屋里。芋头扭过头来对谷米说："你先回吧谷米，架子车，别拉走了，等，明儿个，我给你，送去。"芋头一句话三停顿，疼得眉头蹙成一疙瘩。芋头这时候可能已经料到他的病不轻，夜里需要拉他去卫生院。谷米也有一种不祥的预感，他一万个不放心，但还是讪讪地一步三回头地回家了。

雪越下越大，已经不是雪霰，早已变成了大朵大朵的雪花。真正落了雪，天空反而没有刚才那样黑暗了，刚才的黑暗好像是故意吓人的，此时却变成了灰白的亮色。脚底下的雪已经积了薄薄一层，一踩就发出轻微的咯吱咯吱的疼痛声。谷米仰脸一望，能看见雪花有巴掌那么大，飘飘落下，初看才不几片，但只要盯着望一会儿，越望越深越远越多，稠密得无法想象，漫无边际……一想到这无尽的大雪花要不停落下来，谷米的心一下子没了底，就像早年夏天玩水时两只脚突然失去了底儿支撑，而自己当时又没学会游泳。他又想起芋头的肚子疼，没个结果，心就更往下坠落无底，止不住猛地打了个寒噤。

大雪趁着暮色，不大一会儿已经粉饰了世界，大大小小的物体清一色变得惨白，像是缞衣麻服的静默人群，像是一场经幡飘扬的盛大葬礼。

白耳朵

一

这一天的起头，和忠诚嫂所经历的任何一天的起头并没有两样。鸡叫头遍的时候她从睡梦中走出，在似醒非醒中挨一会儿，接着像等待之中的那样，鸡开始奋力唱响二遍，直到这时她才睁开眼，才盘算一天里的事情。她在黑暗中，在心里默默地梳理完这一天要干的事情，到都梳理得有个粗略眉目时，鸡又开始第三次梗着脖子大声呼唤。四四方方的窗棂透出了发灰发蓝的晨光，天开始麻麻亮。这时候忠诚嫂才轻轻推掉身体上覆盖的被子，摸索着穿上衣服，又抬脚下地摸索着找到鞋。她蹑手蹑脚地踱出堂屋的里间，蹑手蹑脚地拨开屋门——尽管她想尽办法压低声音，她手边的门还是发出了吱呀一声惊叫，像是对她起床的问候。她似乎吓了一跳，凝神站立了一刻，听出没有吵醒睡着的家人，这才接续上一贯的动作。

许多大事在发生之前，通常都会有些微征兆。那是冥冥中的主事者在提示人，一切看上去悄无声息，其实只是表象，事情已经在进程中，程序已经启动，就像天要落雨，太阳率先溜掉一样。忠诚嫂走出屋门，站在院子里仰头张望了一下天空，天空灰蒙蒙的，没有星星也当然没有月亮。即使有星星月亮她也不可能看见，她仰头望天仅仅是个习惯动作，没有明确的探望目的，只是只有这样才能舒展开胸膛，深深地吸进几口清新的空气而已。清晨的空气干净爽朗，略微带点深夜的清凉和芳香，有点令人沉醉。这是早春饱含生机的早晨的气息，还没有携带上花香，但有一种大地本身散发出来的香气在里边。

尽管早晨的空气有无尽的诱惑，但忠诚嫂没有过多留恋，马上转过身子去了厨房。她还有许多事情要做，她顾不上这些对她来说没有丝毫现实用途的、和平时没有两样的一呼一吸。她趁着门洞窗洞里照进来的微光在锅台后头狭窄的空间里忙碌：往锅里添上水，三下两下淘了两把麦仁倒进水里，接着又棚好箅子，码上筐子里的馍馍，盖好锅盖。接下去忠诚嫂就可以引火烧锅，灶前的柴火已经预备好，是她头天晚上就拾掇停当的。就在她磨转身子走进灶窝时，那只好端端待在锅台上的碗突然跳了下来，"砰"地大嚷一声，跌地碎裂。

那只碗已经上了岁数，也许是家里年龄最大的物件。自从忠诚嫂迈进这个家庭，成为这家庭的一个成员开始——也许还要早，从忠诚还没有出生，忠诚的父亲还没有出生起，这只碗已经跟随这家人，一天最近距离地无数次地端详这家人的面容，与他们同喜同乐同受罪。

这是只白陶碗，碗口的边缘被牙齿或者其他什么硬物磕碰出数处小小的豁缺，绕着碗口镶有一圈粗细不匀的蓝边，碗里碗外的釉层密布细碎的裂纹。那些纹理纵横交织，似乎没有任何规律。贴近端详时，你能发现那些比头发丝还细的纹理分布均匀，像是一层薄薄的织物或者垢渍了的人的皮肤。那些纹理也许是脉管，流淌着这个家族不可知的神秘血液，携带着某种有毒的灾难基因。

这只碗也许早已活到了寿限，早应该碎裂了，但它苟延残喘到了忠诚嫂从一个新媳妇成为母亲，成为一个十五岁的女孩子还有两个稍微小一些的调皮男孩子的母亲，直到此时，它才想到了去兀然成为一堆碎片。在这个灰蒙蒙的清晨，在此刻才透进来的熹微的晨光里，它碎尸万段，静静地摊在锅灶后头的狭道里，摊成一小堆碎白。

当忠诚嫂用铁锨端着那一堆碎片倒进院子里的墙角，使劲铲了铲促使碎片沉浸土里时，天已经放亮了，黑暗从每一处露天的地方撤退，悄悄溜进屋里的旮旯。从忠诚嫂端着碗碴往外走开始，苏醒的鸡们就跟在她身前身后，不住地吆喝。它们到了开饭的时辰，它们需要粮食来平息饿焰。"饿死鬼托生的啊！"忠诚嫂低声骂一句，发泄着碎碗带来的不快。她无奈地用脚尖挑开蹭到她脚边的鸡，挑出一片咯嗒咯嗒的嗔怪和不满的声音。

忠诚嫂生上火，塞满一灶膛棉花柴（最顶烧的柴火），让它们尽情自燃着，这才端起一只瓢，去了堂屋里另一间单开门的偏房。她没有太多顾忌地推开门，径自到一侧的囤里掬出半瓢玉米。这时从黑暗的角落里响起一个声音："是碗打了啊？"那幽幽的声音冷漠、清醒，带有一丝逆来顺受的巴结。那处发音体像是一堆安静的黑暗，是被太阳追撵逃遁的黑暗的残余，在屋子一侧的床上角落里缩作一团，正在设法被人忘却，却又不那么甘心。那是这家的顶梁柱忠诚哥，但现在他只能躺在侧屋的床上，而不能再当顶梁柱用了。他在一年前得了半身不遂，半边身体突然间就不听使唤了，等于是死了一半。他常年待在侧屋里，白天夜间已经分不太清，反正白天照样可以当夜来使，照样可以不断地小睡一会儿。忠诚嫂之所以不忌讳会吵醒他，就是他白天有无限的时光用来睡觉。忠诚嫂"嗯"了一声算作答应，马上就端着半瓢玉米去安抚吵吵嚷嚷的鸡群。

那些鸡已经有些等不及，一看见半空中的玉米，嗅到粮食的香味，迫不及待想马上品尝，想马上让脖子下边的嗉子鼓胀起来。它们紧跟着忠诚嫂，几乎堆填了她的脚踝，逼得她只能局蹐挪动。忠诚嫂抓起一把玉米使劲抛撒，一片扇形的黄光划过半空，引出张望着的鸡们一阵匆急的雏雏叫嚷。接着它们就顾不上叫嚷了，玉米粒堵塞了它们的嘴，它们咕咕哝哝满足地埋怨着也满足地品尝着填塞欲壑。

忠诚嫂看着这些包围她的鸡群，感到非常满意，早忘了一只碗的破碎引发的不快。这些鸡是在上一年的春天从炕房打来的，都是她一只一只摸大的。当初有五十只呢，黄毛还没有变色时有几只惨死在人的脚下，夏天里赶上鸡瘟又减员过半，最后历经磨难真正成鸡的也就是二十来只；这二十来只中的数只注定得把中秋节当成自己的忌日，另外数只也得略挨时日隔三岔五祭奠忠诚哥身子里的疾病……现在，围在她脚边的仍然还有劫后余生、活蹦乱跳的十四只幸运者。公鸡中的一只品尝过刀子的滋味，初夏时刻在劁匠粗糙的手心里扑腾过，准备在这个春天再打一窝小鸡让它带（只有礁过的鸡才有母性的温存，护带小鸡比真正的母鸡更尽职尽责）；公鸡中的另一只打算在大年初一飞上敬奉神灵的供桌，另两只也早做好了献身准备，春节期间力争成为这家人争相传颂的美味。剩下的九只母鸡有两只歇窝，暂时不下蛋；其他七只恪尽职守，一天一个鸡蛋。就是这些鸡蛋，让忠诚嫂家的盐罐子常满，让忠诚哥床前头的小木桌上总有盛满大大小小药片的小瓶子……要是没有了这些鸡，忠诚嫂真不知道还能指望啥，能让她家中午的面条总是咸的。

在清亮的晨光里，在四溢的柴草的烟味里，这一天就像那只古老的白陶碗一样兀然开裂分解，一片一片地坠入逝川。

那只古老的白陶碗是个不祥的信号，但白陶碗的号叫被忠诚嫂彻头彻尾忽略。这一天的时光齿轮丝丝紧扣，开始咔嗒咔嗒不紧不慢朝前推行。

二

忠诚嫂走在村庄边缘的那条笔直土路上时，已经将那只碎碗完全丢在脑后，这时候要是有人给她提到清晨打碎的那只陶碗，她一定得愣怔一刻后才能想起。她脑子里需要操心的事情实在是太多，不可能再去装一只没有任何用途、按年岁也早该碎了的陶碗的碎片。她一个挨一个有三个孩子，孩子们站在她身后，都能高高矮矮排成一溜长队了。按说三个孩子已经够省事了，但再省事仍然会有接二连三的事情。事情就像刚出垅的庄稼，挤挤挨挨地蹿出地面，忠诚嫂穷于应付。她使出浑身解数，还是时不时会出个岔子。她真的是顾不过来，要是忠诚好胳膊好腿的，那她只需要出出力，不必操这么大的心。但忠诚瘫在床上，遇事只能她一个人冲上前。

忠诚嫂脚步匆匆，行走在那条熟悉的赶集路上。石槽集逢的是早集，太阳翻边，街上已经摩肩接踵，到吃早饭时辰，该卖的已经卖完该买的也已经买好，熙熙攘攘的集市也就开始散了。好在忠诚嫂是去卖鸡蛋，不需要早早跑去，收鸡蛋的人唯恐你不来，他们要守到半晌午，说不定到了晌午顶还不舍得离开呢。忠诚嫂要买的东西也就简单几样，也不需要起五更爬半夜摸黑去赶集。只要半晌午能赶到集市，一切都不晚。但忠诚嫂还是想赶紧办完事儿，家里有一堆事情等着她呢，她不能在集市上逍遥，甚至不能在赶集的路上逍遥。忠诚嫂多想慢悠悠在路上斯文一会儿啊，路上的景象实在太吸引她，让她的心再度想飞。她无端地想起了少女时光，现在她很少回忆往事了，也没有那个空，更没有那个心思。但这个春天的上午在她急匆匆的脚步声中，她想起许多往事，让她想偷偷地笑。

她沉浸在过往的美好里，忘记了眼前诸多烦恼。春风拂面，携带着花花草草的芬芳，任何身处其中者都会沉醉。这是一个沉醉的季节。麦子已经开始甩穗，全都齐膝高，齐刷刷向天际铺展，一眼望不到尽头。那种碧绿不是早春的葱翠，而是一种沉实的浓绿。绿色已经老透，绿色中似乎已经浮出成熟的金黄。不需要太多日子，原野就不是这个样子了，就会飘浮起一层迷雾般的麦芒。那层麦芒的轻雾像是薄纱轻绡，令人迷离，令人心醉也心碎。一看见那种雾般的麦芒，忠诚嫂就想哭，她不知为什么想落泪。好像泪水也是一种迷离，和麦芒有着同样的质地，于是物以类聚，泪水就老想跳荡出来与麦芒们聚合。在浩荡的春风之上，有一只百灵鸟在歌唱，抛出一串又一串明亮的歌声，像是凝聚的阳光。

这春风，这歌声，这荡动不已的海波般的景象，摇晃着忠诚嫂的心。她多想停下来闻闻风中的清芳，多听听百灵鸟的歌声，多看看汹涌的碧绿波澜，但她要赶集，要办好几件事情，这些事情牵挂着她的心，每当她想停下来时那些事情就在心里催促她快行。于是她扛着盛放鸡蛋的竹篮子，略微翘着身子行走，她身上微微沁出了细汗。但她的心是高兴的，她觉得波涛正在摇晃她荡涤她，她丢掉了各种累赘，忘记了各种不快。她觉得她已经不是她了。

她没有耽搁事儿，到了那个收鸡蛋的摊点时集市才算刚开始消散，一街两旁的摊位上还围着不少人，没有收摊。她从篮子里小心地拿出一个个鸡蛋，一边嘴里嗫嚅着点数。她在家已经数过一遍，但她从篮子里再拿出来给人家时一定要再数一遍，这是她的习惯，只有这样才能十拿九稳。忠诚嫂心细，她有时信不过自己，总是怕遗漏，总是怕出岔子。她的日子已够艰难，已经搁不住出任何一点小小的差错。

她有时觉得自己是走在一条条细细的铁丝上，就像玩儿马戏的人走的那样，她要是一失足翻跌下去，再无希望。那是死路一条，铁丝不允许她出一点小小的差错。她一五一十地数着鸡蛋，那些鸡蛋上粘着一星半点干结的鸡屎和鸡毛，但个头都不小，是她天天喂玉米粒喂出来的，全部个顶个。收鸡蛋的男人满面笑容。那男人的笑容不单是为鸡蛋，他细眯的眼不时偷睨忠诚嫂。忠诚嫂虽然已是三个孩子的母亲，但她丰韵不减，她的腰身起起伏伏，有着无限韵致，足以让男人那颗不安分的心骚荡难忍。她走路走热了，身上微微沁出细汗。她脱去了罩褂，贴身的蓝毛衣让胸脯高耸，也让收鸡蛋的男人眼睛发直。男人的鬼心思瞒不了忠诚嫂，她只是不想与他计较，她也没有心思计较这些细事。她得赶紧卖了鸡蛋，她需要鸡屁股里屙出钱来。鸡蛋七分钱一个，她拢共扛了五十多个鸡蛋，这已是极限，簇拥的鸡蛋差一点就够到篮子上沿了。她在鸡蛋间垫了绒麦秸缓和冲撞，她不能眼看就扛到集上变成现钱了又蚀碎流走。她吃力地趔着身子走路，小心翼翼保障每个鸡蛋的安全。好在她急急慌慌走了八里地鸡蛋安然无恙，一个也没有破碎，连条裂纹也没有。

嬉皮笑脸的男人喜笑颜开。他并不奢望占多少忠诚嫂的便宜，他自知没这个福分。但他也不怜惜他的死皮赖脸，该睒一眼的时候勇往直前，该屈起胳膊蹭一下的时候马上动作。他爽快地付给忠诚嫂三块五角钱，没有多给也没有少给，只是希望忠诚嫂下次还来卖他鸡蛋。他想收鸡蛋赚钱，也想偷觑忠诚嫂。他想在这个春天过过眼瘾。

忠诚嫂拿到了那卷钞票有点欢天喜地，这卷票子能让她的计划付诸现实。这时候她根本顾不上想占虚无便宜的男人，也没在意他恋恋不舍的挪不开的贪馋目光，她的心都在要买的东西上。她甚至都没有多说一句话，心满意足马上去找卖鞋的摊位。她要给粮山买一双解放鞋。粮山穿鞋太费，她做鞋的速度已经跟不上他那双铁脚，好好的鞋上了脚，半月不到就破洞。粮山的大拇脚趾长得太长，总是在鞋帘顶出洞口。她纳的鞋底一碰他的脚就薄，像是纸糊的，像是没有层层碎布叠摞、没有她一针一线密密麻麻结结实实纳过。她总说粮山啊你的脚是不是长的有牙，天天要嗑鞋吃啊。粮山总是朝她笑，然后踢踢脚，看他的脚是不是长的有牙。他的脚不可能长牙，但她真是跟不上他做鞋了。粮山也不想再穿手工做的鞋，他想念一双解放鞋。他喜欢那种深绿的颜色，也喜欢那种长长的鞋带。每个人都喜欢新颖的事物，再好的东西要是年年月月伴随你也会厌烦。所以忠诚嫂要给粮山买一双解放鞋，她不想去供销社，听说供销社就要解散，不但价钱贵，而且质量也大不如从前，还不如街边的摊点。

现在置办东西真是太方便了，摊位不是一处，而是好些处，样样齐全。他们在软床上摊开笆箔，有两张大床那样宽阔，上头摆满物件，真是琳琅满目。忠诚嫂在一张大笆箔上发现了各式鞋子，有运动鞋、解放鞋、透花凉鞋……夏天就要来了，各种样式的凉鞋都摆出来了，忠诚嫂只是瞅瞅，她明白她与这些无缘。她一双天天下地干活的脚，没有福气穿这样漂亮的塑料透花凉鞋。但她多想穿上试试啊，她要是姑娘时期一定狠狠心买一双，哪怕是一夏天只穿一回也值。但她是三个孩子的妈妈，她不能凡事再讲自己，她的孩子们才是第一位的，她是最后一位。无论碰到啥好事，她总是把自己放在最后一位。她觉得这是天经地义，是理所应当。她的心里没有自己，孩子们占据了她所有空间。

花枝想要一支钢笔，她不敢说出来，有一回在厨屋的灶前跟她小声嘀咕。她当时没有答应她，但只要手头稍微宽裕她肯定会让她心满意足。花枝话少，她说出的话不知道在心里酝酿了多少回，翻来覆去，最后才在不经意间吐出口。忠诚嫂最心疼花枝，她觉得她更像她自己，有话不轻易说出来。于是她更把花枝不多的话当回事儿。她要给她买一支钢笔，要让她不为一支钢笔牵肠挂肚影响学习。花枝的学习成绩很好，轻易考取了县城的重点高中，郸城完中。村子里去完中上学花枝是第二个，她要好好供养她，要供她考上大学。按花枝的说法，考上大学应该不成问题，她在班里名列前茅，而只要在班级里成绩前十名，可以稳稳地拿到河南大学的录取通知书。她的目标不高，只要考上河南大学她也就心满意足。河南大学在开封，离家不远。她考上了河南大学要带爸爸妈妈去逛逛开封，要带忠诚嫂去龙湖看看。开封原先叫东京，住过好几朝的皇帝呢。一提开封忠诚嫂就咧嘴笑，开封因为女儿而与她有了千丝万缕的牵连。

卖文具的商店没摆摊位，而是临街的一间小屋，招牌也不醒目，忠诚嫂问了几个人才找到地方。与外头的灿烂光明相比，屋子里有点昏暗，不过也能看见透明的玻璃柜里一格一格摆放的物品。忠诚嫂找到了她要买的钢笔，"英雄"牌的，上海制造。但她没想到会这么贵。她上学的时候也用过钢笔，但都很便宜，为啥这钢笔会这么贵呢？她想和柜台后面站着的小伙子搞搞价钱，但小伙子说英雄牌钢笔价格就是高，你要是想便宜就买这些没有牌子的，其实也好用，不屙墨水。放心吧，不会屙水的！但忠诚嫂还是想买英雄牌，这是花枝点名要的牌子，其他钢笔无论便宜还是贵她都不会考虑的。

忠诚嫂沉吟半天还是决定暂且不买，她要等下回赶集再扛来一篮子鸡蛋再说。她在文具商店的门口来来回回徘徊一阵，终于还是踮脚走开。麦已经甩了穗子，好天好日头的要不了多久就出齐穗了，麦芒黄了，就要收麦了。收麦前要置备的物品太多，要买好几把镰刀，还有磨镰的青石，还要买麦场里用的竹扫帚和木锨，而大太阳底下割麦打场的大人孩子的夏天衣裳也该换换了，还有她要回娘家走亲戚，这是规矩（收麦时闺女要回娘家送打场礼），拿多拿少你总得拿得出手吧……事情就像一群清晨起来等她喂食的鸡，都在咯咯嗒嗒咯嗒地等着她撒食吃，而她手里的玉米粒实在有些捉襟见肘。她只能等下回卖了鸡蛋再说。到了麦季鸡蛋的价格会高一些，说不定能涨到九分钱一个呢，那就好了，下回能扛来不止五十个鸡蛋……

街上的人群已开始稀稀拉拉，扛着篮子也能直直地走路了，不需要时时侧身避让。大太阳当顶照着，忠诚嫂又有点汗涔涔的了。她找到卖肉的肉架子，架子上只剩了闪着油亮的铁钩子，早已没有了成扇子的猪肉。一个像军人一样魁梧的男人手握一把亮闪闪的短刀，反反复复在一小块磨石上璧磨。他的胸脯挺得笔直，他有一张四方脸，轮廓分明，颧骨突起。他专心磨刀，只乜了忠诚嫂一眼。街上统共也就三四家肉架子，忠诚嫂样中了磨刀人面前桌子上的一块猪肉，那块肉肥多瘦少，正是她臆想的那种。她要焐油，家里罐子里的猪油见了底，麦季里出力流汗的，家里不能缺了炒菜油。

她站到了桌子前，俊朗得不太像屠户的男人按她的要求切开了肉块。男人说："集都散了你割肉要早点来，这会儿也没的挑了。"忠诚嫂说："这块就中，我要焐油。"男人利落地用秤钩子钩着肉块，秤杆子一挑就报出了斤两。他将肉块放进一个红色塑料方便袋里递给忠诚嫂，趁势又溜了忠诚嫂一眼。忠诚嫂一张张抽出毛票，男人说："这个也给你，你多掏两毛钱！"说着从桌子底下拎出一条猪尾巴窝巴窝巴装进红袋子里。忠诚嫂笑吟吟地盯了男人一眼，她觉得这个男人真好。

她知道一条猪尾巴可不只值两毛钱，冬天里犁铧要吃好几条猪尾巴，一条都要好几块钱，比猪肉贵多了。犁铧是忠诚嫂的邻居。这一带流行一个说法，说是猪尾巴能治病，专治小儿流口水。犁铧不是小儿，都十来岁了还是嘴水哩哩啦啦流，冬天夏天都止不住。他不是鹅口疮，也不是其他烂嘴病，就是习惯性流口水，往那儿一站，一条闪亮的口水一准从嘴角坠下，就像蜘蛛要吐丝。犁铧胸脯上有块红疤癣，都是接连不断从没干过的口水湿出来的。犁铧一到冬天就吃猪尾巴，好像是有点效果。又说猪尾巴是好吃，但不能像啃骨头那样吃，要一点一点嘬，不然罔效。忠诚嫂的三个孩子没有一个流口水的，她不需要治病，只需要好吃。她能做出美味，让孩子们解馋。忠诚嫂说猪尾巴能治病，不是很贵吗？男人说冬天里要的人多，但天都热了谁还顾上治病啊，眼见都要割麦。忠诚嫂又盯了他一眼，算作感谢。阳光照得她眯缝起了眼睛，但她觉着今天的阳光真好，今天赶集碰到的都是好人，一切都让她心旷神怡。

忠诚嫂心里舒畅，脚步不自觉飞快。囊囊囊囊，她一眨眼工夫就到了集镇北头的卫生院，伶俐地找医生开处方给忠诚拿好了药。她满面笑容应对裕如，她的贴身碧蓝毛衣让胸脯更高，像是要在这个春日里重新萌芽勃发。她的脸颊浮现出桃花的绯红。总之这个春日美好，让所有遇见的人也都美好，为她要办的事情顺风顺水。她走在了返回的路上，迎面的春风吹拂，和煦而暖和。她有点晕晕乎乎的，有点东倒西歪，像一株风中的麦子。漫野的麦子在劲风里扬起波浪，一会儿朝东一会儿朝西，绵延到天际，真像是绿色的海洋。忠诚嫂还没有见过大海，但她想这也许就是大海。她有一种想跳海的欲望，她猛然间觉得这四处流淌的绿色能够淹没她溶化她。她想消失，消失在这春风里，消失在这耀目的阳光里。她想笑，无端地想笑。有那么一瞬间她忘却了所有愁苦烦忧，她浑身干干净净的，多余的东西被这春风荡涤。和来时相比，竹篮子轻多了，简直不值一提，所以她走路腰身挺直，两腿的剪刀运动更疾快。她的身子在变轻，她要飘起来，要升上高空。高空之中看不见的长风横过，能听见它们发出的沉鸣，那种又飘忽又重浊的特别声音。忠诚嫂朝天空张望，阳光眯上了她的眼睛。麦野仍在翻涌，没有一秒钟停止。路旁有蒲公英开放了，野牵牛开放了，连猫眼草也睁开了嫩黄的眼睛，一只又一只。风里有浓郁的芬芳，土地的气息花草的气息庄稼的气息。忠诚嫂恍惚间又回到了姑娘时期回到了童年，她不知道为什么这个春天在路上会这么胡思乱想，她让自己刹住车，让心重新装回肚子里。她停住身子闭上眼睛，只要这样站停一会儿她马上会恢复正常。她总是这样，在田里干活的时候，收拾完厨房吹灭灯要进堂屋睡觉的时候，信马由缰的思绪总是在这些时候莅临。她得网住这样乱跑的想法，每当此时她就站住闭上眼睛，那些乱飞的想法就像傍晚的鸡群马上飞回埘里。她就这样站了一刻，然后就又疾快地走在明朗清纯的阳光里了。

要是忠诚嫂走静庄（嘘水村北边的一个小村）穿街而过，接下来所有的事情就是另一种面貌。但她在岔路口选择了另一条路。她想清净，不想在路上碰上任何人。她不想搭讪。于是她就走在了一条纵贯南北的小河沟的沟堤上。夏天里草棵子深，她不敢走这条僻静的路，怕遇见蛇或者其他更让人害怕的物件，但现在是一眼能瞭几里地的春天，她尽可以放心走在那条小河旁。河沟里没有泛起春水，要等到夏雨骤至沟底才能荡起涟漪。因为连年的干旱，这条河其实已经好几年干涸，盛夏沟底徒长堆垛的茅草，但是草底下没有流水也没有游鱼。河堤上长着一丛一丛的紫穗槐，刚刚萌发，碎叶还没有密实。堤坝虽然不高，但麦梢已经全在脚下。也许就是为了走在高处看看麦野的绿浪，忠诚嫂才走这条僻静小路。她从堤上下来时猛然觉得风小了，身上又沾了一层汗，就像在集街上一般。麦田中的斜径太窄，麦丛几乎扑严了小径，一走两条腿上响起刷啦刷啦的轻响。与风走过麦梢的声响相比，这声音不值一提，但清晰可辨。

走完那条斜径，迈上宽敞一些的正路就看见嘘水村的屋墙了，看见谁家后墙上漫漶的白灰字迹：农业学大寨！那是早年的遗迹，还没有完全消弭，但风雨红尘正坚持不懈地磨灭它们。忠诚嫂仰头望望太阳还在偏着，还没有正南，她没有耽搁晌午的饭食。她嘘出一口气。一切都和预想的一样。但也有不一样的地方：当她迈过斜径与正路交叉的沟堑（为了不让人抄斜径走路挑挖的短沟）时，她看见了一堆让她好奇的物件。这堆物件莫名地让她倒抽一口冷气。

三

大风正在摇撼着嘘水村，嘘水村的每一粒尘土每一根草芥都开始震动、活跃并开始飞舞。先是村子里成立了找宝队，与好几个村子联合筹资出外找宝。说是去年某村来了个收破烂的，他叽里咕噜拉着一辆破得要零散的架子车，不但收破鞋旧布成疙瘩的梳掉的头发，还收废铜烂铁。某村某家有一只破铁盆，死沉死沉，也不知哪朝哪代扔在院角落里，当过喂猪盆也当过饮羊盆，因为沉重搬动不便，后来干脆盛上一盆土种了一株仙人掌。仙人掌那玩意儿耐旱，即使仨俩月不浇水仍然风风光光活着，好像它是一个人，但它不是吃粮食长的。仙人掌浑身是刺不爱喝水，但这不是它在这只沉重的盆子里茂茂盛盛生长的理由。三年后这株仙人掌竟然开了花，花色粉艳，越看越让人稀罕。当那个收破烂的来到院里时仙人掌已经长得很长，一只手掌，连着一只手掌竟然伸出三四尺长，有点让人不知所措。那盆搁放在一摞垒起来的半截砖块上，砖垛有四尺高，而刚刚又在手掌顶上长出的翠绿的小新手掌就要摸着地面。收破烂的不再对其他感兴趣，而是盯住了这株仙人掌。这家的大人不在家，只有几个小孩子，最大的姐姐也就十四五岁大，一脸懵懂，她不知道小弟弟领进院来一个穿着邋遢的男人做什么。后来姐姐才弄清来人是收破烂，小弟弟记起家里有穿出洞来的塑料鞋底。他们忙活了好一阵没有找到扔掉的鞋底，也许被大人早打发了。村子里老来些不三不四的人，总是收破烂，好像村子的一切已经破烂不堪。姐姐想揍小弟弟一顿，但她无法对眼里都是无辜的弟弟发火。男人说这仙人掌怎么长得恁好啊！姐姐看了他一眼，想让他赶紧走开。姐姐说，你是想要仙人掌种吗？那给你掰下来一片。男人说他想连盆买下来，他喜欢仙人掌，而且他的手患有皴裂症，有一个瞧病先生给他出个偏方，用仙人掌的汁液抹手就能治好。他伸出手来让姐弟俩瞧，他的手背不像人的手，就像褪了毛的猪皮。手背的皮肤厚韧，覆盖着一层白鳞屑，有些地方暴露出裂口，还红红地渗出血丝。姐姐有点恶心。她问这盆花你给多少钱，姐姐是个没有心计的小女孩儿，她可怜这个手背皴裂的人，在她问价时她已经决定把花卖给他。男人极其大方，竟然抠抠搜搜从兜里掏出了两张拾元的大钞。当时拾块钱还是大钱，姐姐根本没见过几次这么大额的票子，她瞪大了眼睛。弟弟也有点不敢相信，也睁圆了双眼。男人把两张钞票递给姐姐时，姐姐竟然忘记了伸手去接。这桩买卖成交，弟弟甚至帮着那人抬着花盆装到破架子车上。男人若无其事地走了，但他没再在村街上吆喝收破烂，而是径自出村急急慌慌朝北疾行。他在拉着架子车小跑，车轮嘣嘣地跳跃。他的惶急让碰上的人们生疑，有人怀疑他在村子里不是偷了鸡就是摸了狗。到村里一问才知道男人没有偷东西但比小偷更可疑，他收走的花盆肯定是一件贵重的宝物，说不定那是只金盆！村子里立即吆喝出几个小伙子追赶，但是他们没有追出个长短。接着他们四处村子找遍问遍，探知了那个收破烂的男人的动向，又接着去追。他们相信一定能追到。后来听说离这儿二十里开外的马集乡废品收购站收到了一件宝物，是一件老古董，文物，他们立即派人去看，一看并不是那只花盆，而是一只青花瓷瓶（说是这瓷瓶转手卖给洛阳的古董商，给价五十万元）。那只宝物花盆还存在某处，还没有被转手，他们就是九曲十八弯也一定要设法找到！

他们成立了追宝队，派人兵分数路搜集线索顺藤摸瓜，据说已经有了眉目。这么多人出门行动当然需要花销，吃喝住行全得要钱，而且必要时还要雇用线人。于是开始筹资，开始入股，他们很快拥有了一小笔资金。入资比例就是最后分红的比例，一旦宝物找到，你今天掏出一块钱，那时就是一万块钱！岂止一万块钱，说不定是十万一百万都有可能！钱上万没法看，我的个天啊，只要是个人就得蠢蠢欲动，就得日思夜想。嘘水村也行动起来了，已经入股的人在游说，让手里有几个闲钱的人赶紧入股，还愣着干啥啊，这可是千载难逢的时机，天上开始掉馅饼，啊不，是掉金块。他们把钱交给上一级负责人，那位负责人叫卢排长，是邻村大刘庄的。对，追宝队有严格的等级划分，按军队编制命名，军长师长旅长团长连长排长班长。他们竟然有旅长，可见规模多么可观。嘘水村是最小的单位，只设了一位小班长。班长天天向大家通报消息，分头部队正在前线进攻，一个收购站都不漏掉地拉网式排找，一个文物贩子都不落下地循序渐进。战士们在前方打仗，嘘水村的这个班是大后方，只负责供给粮草。这让他们想起当年的淮海战役，嘘水村所有青壮年都被动员参加担架队，去东北徐州那儿抬伤员。前方是英雄，而为前方提供支持的人也是英雄，每个人都要戴上大红花。班长声称要控制人数，如果这样无限制地增员，他就不能光凭嘴去通报消息了，他们需要油印小报，好让大家及时了解追宝进展。办张报纸不是个小事，也需要花钱，所以得从筹资中留出抽头。

那是个风起云涌的年代，不唯追宝队，嘘水村天天都在出现新鲜事儿。东头的几个年轻人建婚房不再去十里开外的公社轮窑厂拉砖，而是自己动手坯制砖坯，然后一层层垒起来，垒成圆柱形。他们去禹县①拉回煤炭自己烧制。这样能省不少钱，建四间出厦瓦房根本不费事儿。小土窑就这样干翻了大轮窑，公社轮窑厂的烟囱不冒烟了，后来就宣布解散，留下一片坑洼和废墟。嘘水村前些年种过烟叶，炕烟卖给公社供销社然后再倒给县里的烤烟厂，烤烟厂的产品直供许昌和新郑的卷烟厂。那些厂生产"黄金叶"牌"喜梅"牌香烟，这些高档香烟大名鼎鼎远销海内外。各级经手烟叶者都赚得盆满钵满，唯有种烟者穷哈哈的，一亩地辛辛苦苦卖不了几

---

① 今禹州。

个钱。嘘水人脑子活络，他们要走捷径，他们直接卷烟卖。是的，他们用几片木头制成手动卷烟机，直接从烟厂买来卷烟纸和烟盒。他们将烟叶切成烟丝，细心勾兑馨芳的香精。他们昼夜不停，生产出的名牌香烟完全能以假乱真。有人生产就得有人销售，他们成立了销售队，让姑娘们行动起来（姑娘天生易被信任），编队出发，各包一片村子。兔子不啃窝边草，假烟销售半径全在一百公里开外。初开始人们对假货没有概念，谁能想到名牌香烟会有假，再说印制这么精美的轻烟这么袅袅芳香满鼻，啥才是真啥才是假啊。嘘水人造出的香烟质量确实好，因为是本村生产的烟叶，层层把关，应该略好于原厂生产的香烟。最重要的是物美价廉，嘘水人精通张嘴要小生意才好之道，要价仅是真烟的四分之一或五分之一。可惜烟叶有限，上一年种植的烟叶没多少存货，顶不住这么庞大的消耗。他们没有了原料，而桃花满面的销售姑娘们捷报频传，需要更多供货。于是他们开始考虑在烟叶中掺一些其他叶片，比如泡桐叶，比如豆叶。大豆叶片色泽质地与烟叶最接近，关键是家家都有豆秸垛（因为缺乏柴火，干枯的豆叶被笆子搂集作为燃料贮存），可以充分利用。真是人有多大胆烟有多高产，嘘水村所有的豆叶垛都被卷进了各种名牌香烟中——这时香烟的品牌在扩展，嘘水村开始尝试生产"凤凰"牌"牡丹"牌香烟，他们要知道还有一种"熊猫"牌香烟，肯定不用一周工夫，走出村口的销售姑娘们就能携带一条又一条"熊猫"（此时已经有人专供烟盒烟纸，那是另一条产业链）。嘘水人脑子超一流好使，效率超一流高。

嘘水村家家户户都在卷烟，那种土制卷烟机的吱扭吱扭又吐噜吐噜的声音响彻长夜。但一旦用豆叶替代烟丝，嘘水村的卷烟业注定要灭亡，而且迅疾灭亡。到了第二年冬天，噩耗接踵而至：一个售烟姑娘被派出所拘留，另一个被撵到一条大河边险些被打断腿，当地村子的支书临危救她一命……反正很快嘘水村的长夜又恢复了亘古的寂静，没有了吱扭声拧碎黑暗，就像谁也没有被卷烟骚动，也没有被铜臭腐蚀。这时候打工的风潮开始涌荡：去深圳的工厂打工，论月发工资，一个月可以到手五六十块或更多。之前工人阶级是凌驾于一切阶级之上的，工人自然也是金字招牌，不是谁想当就能当上的。公社偶尔会从大队抽选一个人进县里的厂子当工人，缫丝厂、化肥厂、氨水厂，还有饴糖厂……但那是临时工，到厂里也是低人一等，不是正式工人，忙时叫你去，不知啥时你又被打发回村，还得去和土坷垃撵骨碌。所以真正的工人离每个人都很远，每个人也不做那个梦。但现在却可以随便去当工人拿工资，真是让人不敢相信。第一年先是那些半大概子（对无所事事的小伙子的称谓）跟人去了，嘿，到了年底该过年的时候，那些半大小伙子竟然风风光光地回了村，置备年货的时候出手大方，根本不在乎块儿八角的。他们腰包丰满，有的是钱，让人觉着他们有花不完的钱。深圳的钱一定有腿肚子上深，俯拾皆是，不然这些狗屁不懂的半大孩子哪能挣得橐囊膨胀。消息像春风一般刮遍七村八寨，年轻人跃跃欲试，连正在上学的学生也坐不住了，纷纷辍学要去深圳打工。就是这个春天，往深圳送工人已经有固定的大巴车，一天送走一汽车。经营大巴的人甚至给出极优惠的条件：你要是没有车费可以暂时赊账，可以宽限你两个月，等你找好了工厂安顿下来再给车费也中。这等于是无本生意，不下一个钱的母就能收获无数的子。年纪大的人也坐不住了，有去给工厂看大门的，还有去拾破烂的。反正人心思变，既然有了新活路，谁还天天盯着那二亩地发愁，那二亩地一年能出息几个钱啊。

有人出去打工，有人要尝试就地取钱。一过了大年初一，还没到正月十五呢，嘘水村就有两间土屋被腾空，而且还靠墙立了一排排木架。这是西头的向阳向彬弟兄俩，他们要种植银耳。他们腾空土屋最初的目的是要炕小鸡，向阳去亳州参加炕鸡培训班，学会了第一手的炕鸡技术。他下乡收鸡蛋，他精通鸡蛋鉴定技艺，拿起鸡蛋对着天光一照，根本不需要太阳帮忙，阴天他也能照出蛋顶里有没有生育环，会不会成为瘪蛋。他还添置了温度计，可以挂在墙上，里头有红色的水银柱。只要密封的小上屋里保持恒温，那些蛋壳里的小鸡自己就会跳跶出来找食吃，咿嘈乱叫。他已经准备得般般四齐，他就要听到小鸡们乱纷纷的吟喟，可是半路杀出个程咬金，他们的大哥突然获悉了赚钱更稳当的行业：种植银耳。这个大哥是他们大姐夫，是弟兄俩佩服得五体投地的人物，脑子活泛得赛过哪吒踩着的风火轮，世上的事情从没有难住他的。他说种银耳赚钱，你就放一百二十个心，银耳就肯定能换来白花花的银子。最关键的一点是，大哥已经熟练掌握了种植技术，能够保证成功。向阳虽然嘴硬，又吹又擂他学习的炕鸡本领过硬，但向彬心里总是不踏实。向彬心里一打鼓向阳底气就有些不足，毕竟他也没有亲手炕过一炕小鸡，要是炉子一烧最后出来的不是小鸡而是一屋子熟鸡蛋，他该如何收场他真的没想过。恰恰这时大哥来家吹得银耳天花乱坠银光闪耀，于是炕房自然就变成了银耳种植房。

大哥不是光凭嘴，他还善动腿。他领着兄弟俩去县城棉花厂拉来棉籽壳，架子车上还加了苤子，整整拉了满腾腾两架车。接着又去了县家具厂，拉回一架车锯末。他们用一口大锅熏蒸棉籽壳和锯末，然后装进胳膊粗细的塑料薄膜袋子里。他们在袋子上割开四道小口，把玻璃瓶子里盛放的菌种接种进去。就像给皇帝织新衣的裁缝师傅一样，他们日夜不停，小土屋里没有熄灭过灯光。兄弟俩把一袋袋棉壳当宝贝，不让任何人进屋。但还是有人进去瞅了稀罕，而且添枝加叶地讲给人们听。尽管土屋内天天保持着恒温恒湿，不时要烧烧火炉子还要用喷雾器喷水，但已经过了半个月，那架子上摆放的袋子没有任何动静，和当初摆上去时一模一样。嘘水村上了年纪的人已经准备好看笑话。人老几辈，只见过黑木耳，没见过白银耳。银耳会不会是灵芝草啊，难道木头上夏天生出的那种像耳朵一样的东西还有白色的？喜欢阴天的物件会是白色，是不是他们在小屋里要用硫黄漂白？黑木耳倒是不稀罕，夏天碰上阴雨天气，木头上会冒不腾地生长出来，一簇又一簇。黑木耳喜欢朽木，尤其是杏树，截一截往旮旯里一扔，雨天里会胖乎乎一堆黑黑黄黄，满眼尽是木耳，都找不见木头在哪儿了。据说木耳能够消化头发和猪毛，防止肠子黏结，吃肉时一定要吃黑木耳。但嘘水村没有几个人能经常吃到肉，再说到了过年能吃一顿两顿肉的时候，黑木耳又找不见影儿了。所以黑木耳与嘘水村关联不大，即使夏天里也很少有人去采去吃。嘘水村遵照古老的传统，对于吃食颇为讲究，不三不四的东西不能进口的，人能吃的就是正儿八经田地里生长的，是那些庄稼与蔬菜，至于这些歪门邪道上钻出来的物件都要敬而远之。黑木耳人且嫌弃，还可怜这银耳，无论你吹得如何山珍海味，什么银耳羹，什么莲子银耳粥，嘘水人统统侧目而视。谁爱吃谁吃去，反正我们是不吃。

但到了二十天头上，那些塑料袋子有动静了，竟然真的冒出了一小疙瘩一小疙瘩白头，像是被地心闷白的春天的芽蕾。弟兄俩心花怒放，大哥也志得意满。胜利曙光浮现，再有半月二十天，就能大功告成！那小白疙瘩迅猛膨大，隔几天再去偷窥，我的天，竟然绽放了，像是一朵一朵白花，白得透明。那是木耳，却是白的，不是黑木耳。那也不是灵芝。从来没见过这样的东西，夏天里土地会生长出各种稀罕物，但也从没生长过这种像玉石妙白的物件。银耳会不会吸地气？会不会破坏嘘水村的风水？……这些都是问号。嘘水人对不明植物保持着一贯的警惕。他们背地里嘀嘀咕咕，细心观察着变化。但他们轻易不敢惹向阳向彬兄弟俩，这两个人心往一处想，兄弟一心其利断金，而且向彬学过武术，动不动就想捶人一顿，你不找他的事他还想平白无故错你的不是呢，你怎么跟这样的人去说理。他们大眼瞪小眼，但那座小土屋正在成为人们的眼中钉肉中刺。有人已经打算悄悄地向县上的工商局镇上的派出所报案讦发，我们治不了你有人会治你，嘘水村容不得这些来历不明的吸噬阳气的生物。

银耳在不管不顾地膨大，就像气吹的一样，满架子全是白花璀璨。向阳向彬有点心花怒放。大哥说马上就要收割了，要摊到阳光里晾晒，要晒干晒透，银耳干货不用发愁，有人会上门收。一斤干银耳你知道多少钱？要好几十块钱，城里人就爱吃这玩意儿。城里人嘴刁，吃厌了寻常物，专挑这些稀奇古怪的物件吃。他们还吃老鳖呢，还吃黄鳝呢，还吃老鼠呢，还吃蛇呢！你信不信？

四

兄弟俩唯大哥马首是瞻。大哥查看了一番架子上蓬勃生长的银耳，一声令下：收割！三个人就开始忙不迭地用窄窄的小弯刀把暄穰穰的银耳从袋子上收割下来。这种天气晾晒银耳实在是太合适了，有风有太阳，晾一天银耳就能干支蔫巴，两天就能软筋，三天下来就能屈连成一团，单等第四天收干水分。晾晒四天就能干透，就能换来现金，兄弟俩笑得合不拢嘴。他们打算要是赚了钱就弄个烘干机，不再这么费事，还要看天吃饭。要是银耳收获时间赶上了连阴天，你还不看着银耳长老了长坏在架子上。他们憧憬着未来，白花花暄穰铺展，就像此刻天上的云彩，又白又大又变幻莫测。他们天不亮就起床了，一颗颗小心地采摘。这是第一次采摘，他们老担心会碰伤银耳，其实长大的银耳也没有那么娇贵，随你拨来拨去，它们卷曲的叶片有韧性，并不轻易脆碎。太阳翻边的时候，他们已经把银耳摊放在伸开的秫秸箔上，一朵朵白花蹲伏得密密麻麻，等着阳光收去它们身上的水分。兄弟俩不想让人看见他们晒银耳，他们选了这块地方，离村不算太远又很僻静，仅通一条小梢路，一般人赶集上店的不从这儿过。

银耳长势喜人，但也不尽如人意。靠近土屋门口的架子上的银耳一直没有长开来，缩缩答答的，最后长成了黄不拉叽的一疙瘩，没有舒展。这些没长开的黄银耳还发散出一股异味，说不上来的一种气息，不是锈蚀味，不是腐败味，也不是其他臭味，就是一种让人闻了不舒服的怪异味。大哥说一茬银耳被杂菌污染烂了几朵也属正常，有时整个一茬都会烂掉呢，所以进进出出土屋要格外在意。以后严防外人再进入，每个进屋的人必须换上消毒衣戴上口罩。尤其是靠近门口的架子温度湿度影响最大，坏了几袋也不为过。大哥安排把这些坏银耳单独收起来扔掉，最好埋掉。绝对不能吃，绝对不能吃。这是大哥的原话。大哥帮他们摊晒上银耳就骑车走了，他的事儿太多，他家里也种着银耳呢，今天约好收货的要来，而且他还经营银耳菌种。向阳心细，用一只箩头盛放那些黄银耳，朝外头运银耳的时候他把箩头挂在架子车把上，不让那些坏耳沾染了好耳。一到秣秸茆那儿向阳马上找了一个地方倒掉了坏耳。他倒在了那处截断斜径的地头上的沟堑里，他要回家再拿把铁锹来铲几锹土埋了坏银耳。他有点不放心，一看那些流出不良汁水的有点潲薄的叶片他就心里咯噔一响。他总觉得这些坏耳有点不怀好意。

向阳回村拿铁锹，向彬守着晾晒的银耳。风实在是太大了，一阵一阵，吹去所有尘灰草芥还有湿气。阳光愈加明亮，就像一捆捆钢丝在半空散开，朝四面八方攒射。麦子们踊跃传递消息，像是永远有佳音。向彬长得敦实，像一台石磙。他练过拳脚，在这样的风里这样的阳光里他想扎一下马步，想散解一下浑身蕴蓄的实在用不完的力气。他已经干完了所有活计，可以歇一会儿随心随意扭动手脚了。银耳捆绑了他好几个月了，他也到了松懈的时候了。有一刻他想唱歌，但他会唱的歌实在太少，颠过来倒过去也就那么几首，他已经一个人待在小土屋里实在太无聊时哼唱过无数遍。他已经唱得有点厌烦，但他又不会新歌，他就仰着头可着喉咙噢吼了一声。

他让那声音拉长，拉得和天上走过的风一样长。一个人待在这样的旷野可真是太舒心了。他吼完了长调放平眼光，这时他才发现不是他一个人，他看见一个身影一闪又不见了。那是一个年轻女人的身影。他警惕起来，迟疑了一刻朝那个身影消失的地方走去。

麦稞又密实又高，一个人在地头蹲下来你走到跟前了还看不见呢。她圪蹴在沟底在捡拾那些烂银耳。向彬吆喝了一声："哎，你别要那东西！"风刮走了他的声音，在风里他的声音飘忽不定，他以为她蹲在沟底不一定能听见，他再走近了几步。

但她听见了，她直起腰身扭过脸来："是向彬啊，我以为你们不要了呢。"

风拂动着她的头发，有几缕发丝贴在了脸上，又一下子掠到耳际，就像有人一下一下用力扯着。向彬看见是忠诚嫂。"是我，忠诚嫂。是不要了，烂银耳不能要，也不能吃。我大哥说千万别吃！"向彬走过来，他的影子被阳光压缩成一小团窝在狭窄的路面上。又一阵风刮过来，但路面上已经吹不起尘土，光溜溜的，尘土已经被吹得干干净净。麦稞被风压倒匍匐，几乎要一顺溜贴着了地面，泛白的叶背崭露像是一片潋滟水光。但风跑远了，所有的麦子松了一口气，马上又都站得直直挺挺。它们恢复常态，像是什么事儿也没发生过。它们静等下一阵折磨来临。

“不能吃?”忠诚嫂呓怔了一下，但马上笑了，“不吃，我捡点儿喂猪。”忠诚嫂在这个春天的上午在阳光和风中在无垠的麦野里很美很美，向彬眯眼瞅着她。“喂猪?”他侧棱起脸，“我觉得最好也别喂猪，猪吃了生了病怎么办啊。我大哥说要埋掉，不能吃的。”向彬有点担忧，他的眉头微微蹙起来，他不知道猪能不能吃这银耳。别说是猪，到底人能不能吃这家什在向彬这儿也是个问号，他总是不放心。尽管大哥说得头头是道，尽管他说城市里的人吃银耳是家常便饭，吃了长得年轻又嫩发，但他还是隐隐有点不放心。反正他是不吃。他可以种植银耳，因为能卖钱；至于让他吃是另一码事儿。他坚决不吃非常规的东西。

“你最好也别喂猪!”向彬说，“我给你拿两朵好的，你尝尝鲜。”向彬决定送忠诚嫂两朵银耳。长得暄暄穰穰的好银耳肯定能吃，这个送人放心。要是送忠诚嫂两朵，她就不操心那些烂耳了。向彬要让她远离那些烂耳，他只有送她两朵鲜银耳才能劝止她。

忠诚嫂向他摆着手。“我不要，真的不要。”她说。她哪能要人家的东西，人家劳作了几个月刚刚有收成自己都没舍得尝尝呢，她怎么好意思喧宾夺主。但向彬递过来那两朵白花，不是虚情假意，是实打实想让她尝尝。她也不是虚与委蛇，也是实打实坚决不要。向彬要放她篮子里，但忠诚嫂掂起篮子趔开身子。"不要，真的不要！等你下回再种种开了我再尝尝不晚。"

忠诚嫂跟向彬打着招呼走开，她的篮子里已经盛放着半袋子碎银耳。忠诚嫂灵巧，手疾眼又快，一会儿工夫已经捡拾了好几把碎银耳。她放进盛肉的那种红袋子里。她庆幸在肉架子那儿多要了一个袋子，如今派上了用场。她不相信这些碎银耳不能吃，要是不能吃，人家还费那么大工夫种它干吗？只要多淘洗几遍淘得干干净净就好。她割了一块肥肉焙油，炼出的肉屈连（油渣）加一把银耳打成咸稀饭，粮山还不呼噜呼噜一气儿喝几碗！天天的午饭都是豆面条，是人都会吃厌烦，也该改善改善生活了。她还要花枝去小菜园里掐一把小茴香，长得正葱翠，味道清香，临舀饭时切碎了往锅里一撒，鲜美无比。她要让孩子们吃着碗里望着锅里。

五

过了这一年的中秋节，粮山差不多就迈过了十五岁的门槛。但看起来粮山绝对不止十五岁，他又瘦又高，应该是十七岁或者十八岁的个头儿。当他挺直腰身站在他爹忠诚旁边时——那时忠诚还没有躺倒，没有半身不遂，说话清清楚楚，走路昂首阔步——两个人的身高只差半头，低的眼睛已经平齐高的鼻孔。粮山比姐姐花枝要高出一头。按说乡村里不会有营养过剩，粮山一年里只能吃到有数的几回肉，到如今在人世待了十五年，他还没有尝过牛奶的滋味。鸡蛋也不是天天能吃到，他娘还指望鸡蛋换钱花。粮山有点像一株施过尿素的玉米，他在疯长，把其他的事情一概忽略而只知道往上蹿。他的身体不太匀称，细高细高，让人总担心他最终不栽倒也会折断，反正不会安安稳稳地长大。他的心智没有跟上个头儿的增长，甚至和个头儿差着不是一截，比低他三分之二的孩子也明白不到哪儿去。他见了人只会傻笑，是真正的笑，只要是个人，只要心稍微软一点儿，面对他那种笑都会有点想哭，想模糊双眼落泪。他笑时眯缝着眼睛，或者说眼皮埋葬

了眼睛，嘴咧到耳根儿，沁黄的牙齿坦露出来了，牙龈袒露出
来了，连牙龈上头与嘴唇接壤地区的粉红肉褶也向你横亘出
来。那种真诚的笑带有一丝巴结，有一种"请你拿去杀了我
吧"的哀恳。他笑得让人想哭。他好帮人忙，只要需要就帮
任何人的任何忙，帮完忙有人要是当胸踹他一脚，他仍会对
人傻笑。他只会傻笑而不知滋生仇恨，他心田里没有仇恨的
种子。

　　粮山从小耳聋，舌头只会呜呜啦啦拨拉出声音而拨拉不
出话语。他总在朝人咿咿呀呀地乱叫，急得双手支支挲挲就
是难以一吐块垒。通常经过一通手脚嘴眼浑身各路器官全方
位动员后发现收不到任何效果，粮山会渐渐失望乃至绝望，
他会在四肢躁动后戛然而止，一动不动，只是那个脑门还在
沁着汗珠，嘴巴就大张着开始对你傻笑。傻笑，是粮山深刻无
奈的唯一一种情感表达方式。

　　此刻粮山正听从忠诚嫂的吩咐，挥舞着一把只剩了一小
把枯枝的秃扫帚打扫卫生。他要把他家院门前的一片地方打
扫干净，好供大伙儿午饭时辰从各家端着饭碗围过来席地而
坐。忠诚嫂人缘好，他家门前历来就是个饭场，不分春夏秋
冬，只要不是雪雨天气，这条巷子的好几户人家都要端着饭
碗前来聚会。他们要在这处小小的饭场里交流一切需要交流

的东西，包括感情，包括杂收并蓄的各路或真或假的信息，当然也包括各家的饭食。

他们的生活都很拮据，饭碗里都没有太像样的饭食，无非早饭糊粥，午饭面条，晚饭则能省即省，大多人家是不碰饭碗的。这条胡同里的人们天天如此，年年如此，鲜有改色的饭食。平素谁家的抢锅铲了一响，满条胡同都能听到那悦耳的声音，能想象出响声发出的地方在炒菜，热油在漆黑的铁锅里欢快地和铲子击打吱吱地冒出蓝烟，那蓝烟香喷喷溢散，飘满一整条巷子，并向远处弥散。一般谁家动锅铲子的时候，家里或者是来了客人，或者是正办红白喜事，反正平常四度没有谁家的锅铲子轻易唱响。但今天忠诚嫂家的厨房屋顶炊烟袅袅，伴随着炊烟四溢的就有锅铲子凌乱的歌唱，还有油香，一种脂油在热锅上绽放时漾起的诱人喷香。

用这么一把秃扫帚让粮山扫地，确实是有点难为他了。他不太精通扫地的技术，动作生硬，东一榔头西一斧子地双手紧握扫帚把儿硬往地上戳，仿佛他拿的不是扫帚而是一把长枪，枪口对准的敌人全埋伏在地皮下。他扎着架势尽心尽职地工作，可地上的草屑没走，浮土也仅仅是略微挪挪地方，没有要离开的意思。呼呼哧哧扫了半天，没有一片干干净净的光溜地方袒露在他家的院门前，好让忠诚嫂从厨房出来视察时喜出望外。院门前的那方地面在粮山的手下变成了花狗脸，不但没干净，反而比先前更糟，本来瓷实的地皮划破了几处，像猪拱过一般。

忠诚嫂站在院门口，掀起腰里束的黑粗布炊巾擦着手，睁开被烟熏火燎得微微泛红的双眼，看完粮山费劲儿扫出的地，不出声地笑了。她嗔怪地夺过扫把，呼呼啦啦地自己扫起来。她没有责备粮山，甚至没有不满，她只是无奈地那么笑一笑。对于大儿子粮山，她只能用这种无声的浅笑来表达那种几近绝望的辛酸。

粮山干活粗枝大叶，但他勤谨，手脚不识闲。这边丢开扫把，那边已经跑进院子，要帮着弟弟粮峰搀扶他爹出来。忠诚在屋子里窝憋急了，早想走出门口，再不见天他觉都睡不稳。无奈他不能自主行动，挪两步都得人扶着，他又不想麻烦人，自己的孩子也不想多麻烦。他在练习行走，他两手扶着方凳，撅着屁股，把重力放在听话的这半边腿上，接着再试着让病腿承担重量。他一次又一次不懈地重复这动作，他差不多就可以挪动了，只是一不小心就会跌倒，处处还得人扶持帮忙。小儿子粮峰伶俐，不等他跌倒会马上在后面架住他。粮山虽然手脚慢半拍，但他宁愿自己躺地上也决不让忠诚的身子落地。所以忠诚有两个儿子在跟前，心里熨帖许多。他不让女儿花枝靠近，他觉得女孩儿家干净，他病得太久，浑身散发的味道不好闻。只要天一暖和他就要让忠诚嫂烧一锅热水好好浑身洗抹一遍，他平时爱干净，但这一病想干净也干净不了，只能凑合着。这病来得突然，半边身子说瘫就瘫了，动弹不得，忠诚自己也被打蒙了。他一向铁打的一般，再重的活计都拿得起放得下，这样铁塔一般的身体竟然会中风，会偏瘫，让他无论如何也接受不了也想不明白。

忠诚艰难地挪出了屋门，接着又挪出了院门，像是走过了万里长征。他歪着身子坐在方凳上，身上拿捏出了一层汗。他的头略微向一旁仄棱，眼有点斜，嘴也有点歪。但现在已经好到了天上，眼睛不再流泪，嘴角也不再挂耷明晃晃的口水。他管不住那些泪水和嘴水，好像那不是他的，与他无关。人一病真是窝囊废，明明是自己身上的物件却当不了家，这最让人心急如焚。瘫了的半边身子明显瘦弱，病腿比好腿细了一圈，胳膊也细，肌肉全都萎缩。

歇了一口气，忠诚心胸就一下子开阔了，他终于坐在了太阳地里，而且朝南一眼瞭老远，可以看见他做梦都想见到的碧绿的麦田，听见百灵鸟的歌唱。忠诚家是嘘水村最南一户人家，门前就是护村沟，外头就是一望无垠的田野。他闷在屋子里也能听见百灵鸟唱歌，但和坐在胡同里朝南望着听见截然不同。他仰头盯着看，仿佛望见了云彩眼里不大的黑点，仿佛那小鸟知道他今天要出来看它。风走过屋顶，发出劲鸣，树枝上没有舒展的嫩叶全都听风的话，撺掇身子，竭力拔高，树枝也抖动不已。偶尔有一股风掉队，落进了胡同，但一蜷身子马上又跟上了队伍。胡同里背风，刮不着忠诚，要是在溜风口里，忠诚嫂绝不让忠诚出来。还没到吃饭的时辰，只有忠诚家门口有人，停不了一小会儿，忠诚知道那两三家门口都会走出人来，都会凑过来拉话。他渴望有人说说话，他想知道外头的消息，想和人在一起。

等忠诚坐安稳了，粮峰马上端来了他的茶缸。忠诚茶缸不离手，他听从医生的叮嘱，要喝这种银杏叶泡的茶，据说特别管用。有病乱求医，现在忠诚痊愈心切，想试试天底下一切偏方，要是有人说青麦苗能治他这病，他想都不想马上就变成一只羊去田里嚼得嘴角冒绿沫。掉瓷的缸子一端到手上，他的好手感觉出了暖暖烫烫，他的心就更熨帖下来。再说有风有太阳，天气这么晴朗，树全在发芽，泡桐花边开边落，胡同里不远处落了一层桐花，他能闻到那芬芳。紫红的泡桐花被人踩碎，香味就更浓。忠诚张开鼻孔，拼命嗅着花香。麦苗的清香也一阵阵随着百灵鸟的叫声荡漾过来，还有油菜花，还有紫楝花——忠诚竟然闻到了紫楝花的芳香，但紫楝花还要等半月才能绽放。也许是他的嗅觉变得过于灵敏，也许是他想看开花想得太痴，他靠墙坐在胡同里，仰着鼻孔侦探各种气味。

接着犁铧端着饭碗就凑过来了，他娘也过来了，他爹也过来了。犁铧的大哥立冬去他姥娘家帮着干活了，不然早就偎过来了。不大一会儿东运家娘也端着饭碗过来了，好久没见忠诚了，都要过来搭个话。再说太阳这么暖和，树叶没有布起阴凉，太阳一晒趁着吃饭的热气儿，浑身沁出细汗，又这么拉着长长短短的柔和话语，舒舒坦坦。几家人围作一堆，话声和呼噜声响成一体。忠诚嫂和花枝因为炝油耽搁，端饭稍晚了一些，但也很快端碗出来了。

忠诚嫂碗里见了肉，当然要先给邻居们尝尝。她和花枝各端了一碗肉屈连咸稀饭，送给犁铧家和东印家，然后才给忠诚端饭。咸稀饭确实香，几家人赞不绝口，尤其是加了小茴香，格外出味。这是啥呀，尝着像粉条又不是粉条，咯咯吱吱，一嚼脆脆挺挺的，太好吃了！他们赞叹，但谁也弄不清忠诚嫂的手艺。忠诚嫂手巧，做啥啥好吃，是出了名的。忠诚嫂被夸奖，只是笑笑，最后才亮底儿。怪不得这么好吃，原来是银耳，是城里人爱吃的稀罕物，晒干了一斤要好几十块钱呢。城里人还没吃上呢，咱们先尝尝鲜。他们又说起了向阳向彬弟兄俩脑子好使，但说来说去还是他们的大姐找了个好姐夫。当然也说说小土屋，说到银耳是不是吸地气，会毁坏嘘水村的风水……粮山不听他们说银耳说风水，一心扑在饭碗上，他也不嫌烫，呼呼噜噜，其他人只说话还没顾上喝几口呢，他已经喝掉了一碗。粮山回去又盛饭，忠诚嫂说他嘴太馋，一群人笑得合不拢嘴。

太阳已过当顶，就像忠诚的眼睛一样稍稍有点歪斜。大风不过午，似乎风有停息的征兆，但发黄的嫩树叶仍在抽搐，像是很冷。百灵鸟不唱了，大家都没在意百灵鸟停止了歌喉。偏斜的太阳变得更小但也更亮，有点发青，根本不让人看。太阳扎人眼。就像老虎或豹子捕获猎物的前一刻瞳孔紧张得越缩越小，太阳似乎在变小变青。粮山已经第二次从圪蹴的地方站起来，他现在正在呼噜第四碗。他的嘴就像不知餍足的水泵在一个劲地吸啜。犁铧端起了那碗咸稀饭倒在自己的空碗里，又把剩下的一半倒给了他娘。他把碗递给忠诚嫂，她接过碗也端着自己的空碗回了厨屋。东运娘不再作假，干脆地端起那只稀饭碗倒在了自己碗里，马上就伸着嘴，呼噜呼噜的吞噬声山呼海啸。忠诚只吃了一碗，他想歇一歇，他有点胃里发烧。他端起了那只掉瓷的白茶缸。有一只鸡从院子里跑出来，像是在被人追赶，咯嗒咯嗒一路急促地叫唤。"是不是看见啥了?"花枝有点惊疑,"没见过鸡这么害怕啊。"粮峰马上回了院,他要察看一番。那只鸡仍在叫,但已经跑去了院墙南面,没人再管它。

犁铧伸着头喝稀饭,他穿的毛衣太瘦了,紧巴巴贴着皮,下摆上吊,袒露出一溜肚皮。他娘低头喝了一口稀饭,但仍操着他的心。"犁铧长得太快,毛衣该换换了。"她有点欣慰又有点愁戚。她喝了一口又看犁铧。

东运娘只顾喝稀饭,没有管他们。她不再接话。她的碗里响起拉大车的连续滚动声。她吃饭快,很快就喝完了。她没当过兵但还是吃饭快,是一九五八年、一九五九年吃食堂养成的习惯。当时你吃慢一点儿你就吃不到嘴里啥了,许多人后来都饿死了,但她没死。东运娘命大,她吃饭快。

粮山正吃得起劲儿突然不吃了,他伸着头,脸朝一旁歪。他想打嗝但打不出来,他伸了伸脖子顿了顿,就像吃干馍没喝水噎着了一样。他又伸一下脖子。忠诚嫂早已看见,她走过去对着粮山的后背轻拍了几下:"是不是噎着了啊?"忠诚嫂伸手替粮山擦去了嘴角的流水。"你怎么了?"她有点上心了,她觉得哪儿不对劲,"是不是胃疼?"

但粮山噢喽一声要干哕。他的头一伸,但没有哕出来。也许是吃反胃了,是不是没吃过大油一吃大油胃肠受不住(他们称猪油叫大油）。忠诚嫂没有多想，仍然在拍粮山的后背，好让他吃的稀饭从胃里下去，不再呕吐。但她的拍击没有任何效果，粮山的脖子再一次伸长，哇啦一声吐了一大片，差点溅射到忠诚嫂身上。"花枝，花枝，去拿毛巾，端水！"她叫嚷女儿去拿毛巾，粮峰已经送回去饭碗，立即回院去压水井端脸盆。

半盆水刚端来，粮山又吐了一回，这一次吐得更厉害，昏天黑地。忠诚嫂心里开始打鼓，莫非是割的这肉有毛病？毕竟是一块剩肉，是最后一块。她的眼前又浮现出卖肉的那个魁梧男人，她否定掉了这个想法。莫非是银耳……她也不敢往下想，她不让自己往下想。

第二盆水不是粮峰端的，因为粮峰也开始捂着肚子，他也想呕吐。这时忠诚嫂再次想到银耳，她让粮峰压水一遍遍淘洗，择干净了可能的烂片。"不可能，不可能。"她对自己说。我淘了好几遍，淘得够干净了。哗啦啦的井水足以冲去所有不干净。但是粮峰像粮山那样呕吐，有点昏天黑地。

忠诚两手扶着方凳弯着腰站起来，他紧张地看着两个儿子。"得去卫生所，得找风华爷！"他说，"别是食物中毒啊，得找风华爷！"

这时候犁铧爹赖娃走过来。赖娃精瘦干巴，面色红润。他的个头不高，但干事利落。左邻右舍家里有了事全找他过问。赖娃一碗水能端平，又有心计又有能力。别看他精瘦，干活一个顶俩。他走过来。这时花枝也有点想呕吐了。

赖娃说："是食物中毒，赶紧去集上。风华爷那儿估计治不了。"他说着指挥犁铧去拉架子车，但犁铧也开始捂肚子，他的胃有点疼。赖娃心里咯噔一响："乖乖，恁厉害吗，就吃半碗就能中毒吗！"他知道不是小事了。他立马高声叫人。听他扯着喉咙吼叫，好几个人围过来。赖娃发出的是只有失火时才发出的呼叫声，有点类似防空警报，大家伙儿全被他的叫声吓着了。人们在围过来，只要是在家的大人孩娃全都在围过来。

住在嘘水村北头的大队支书二垛也有人去叫了。这种紧急情况得有个伸头的，而二垛是不二人选 。二垛有威望，从一九五八年就开始当支书了，一村人全听他的。二垛从不为自己着想，麦秸火性格，动不动就骂人，有时还打人呢。他曾经因为一件什么事扫嘴打了一个小伙子两巴掌，小伙子不服气要找他的事儿，但村子里几个七八十岁的白胡须老人不愿意了，直接去找小伙子他爹。他爹又去揍了这小伙子一顿才算平息了事。二垛只讲公平，一九五八年他才二十郎当岁，正是吃食堂饭食紧张的时候，他每天吃过饭当众称好馍和面的斤两，第二天一大早再当众称一遍。要挨饿大家一起挨饿，但决不能不公平，让有人贪便宜有人吃亏。二垛就是凭这一点，支书一当几十年。

二垛不是一个人来，他的身旁还跟着赵风华。赵风华背着他那只药箱，那还是多少年前上头配发的红十字药箱，但那药箱是真牛皮的，再用上三二十年也不见起会磨坏。赵风华也是老赤脚医生，当年他的诊所叫大队卫生所，当时每个人看病只需拿五分钱就可以了，因为每个人都参加了合作医疗，看病是免费的，只是药品有限医术也有限。但赵风华从没识过闲，几个村无论谁生病他都是最先到场者，无论冬春秋夏，无论白天黑夜。只要有赵风华在场病人就安帖多了，心里踏实，好像天底下再重的病都能扛过去。赵风华给所有的病人带来最深的安慰，这一点强过医药的作用。赵风华这三个字在嘘水村最响亮也最深入人心。

忠诚也瘫在地上了，正在呕喽呕喽地朝外吐。三个孩子吃稀饭最多也最严重，已经吐得一塌糊涂。忠诚和忠诚嫂吃饭都是先尽孩子们，两口子最后吃，吃得慢也吃得少，所以症状相对轻一些。忠诚嫂被吓傻，一边捂着心窝呕吐，一边懊悔得捶天跺地。她的心比她的胃更疼。赵风华皱着眉头，一个一个检查一遍，确定是中毒，而且确定是吃了毒银耳。那只雏雏乱叫的鸡已经死在了院墙外头，它临死前翅膀扑棱得一定很疯狂，地面上的尘土都像扫帚扫的一样光净。这只鸡的嘴角流血。赵风华一边让人准备家伙送往镇卫生院，一边用一根手指插病人嘴里催吐。他在一本书上看过食物中毒最重要的是催吐，吐出有毒物质。

二垛的光头在人群中晃来晃去，他的头皮发青，衬得他的脸膛更显赤红。他神色严峻，大声地叫唤，不停地骂人。"赖娃，把南队能打能跳的全找来，赶紧摞软床！"但赖娃不想买账，赖娃不停地抓自己不多的头发，他一着急就这样，这是习惯。赖娃有点毛头，顾不上二垛的话，这激恼了二垛，他开始大骂："妈的 ×，你再不赶紧看我不扇你！人命关天的事儿，你敢怠慢！"赖娃窄红的瘦脸扭向他，全是无奈："二垛爷，你看我……犁铧和他娘也都躺倒了，我得先安顿他们啊。"赖娃辈分低，比二垛低好几辈，张口合口只能叫"二垛爷"。二垛斜眼瞪瞪他，知道训错了，但他不会当众承认错误。他又接着叫另一个人，叫他们赶紧去摞床。

其实哪用得着二垛指令，所有人都在行动，已经有好几张软床搬过来了。男人们全都在忙碌，他们不用人催，有条不紊地在准备。扁担被苎麻绳绑在了床帮上，七张软床已经一一摞好单等出发。三个病情厉害的孩子被抬上了软床而且马上喝闪喝闪运走。四个人抬一张床，他们全在小跑。时间就是生命，他们不能耽搁分秒。接着忠诚和忠诚嫂也抬走了，犁铧和他娘也抬走了，东运娘也抬走了。忠诚年迈的父母被接来看家，照护一院子张嘴货。二垛让东队的建成骑车先去卫生院。建成嘴会说，有一套与人交际的本领，派他打先锋最合适。二垛没有把剩下的人放走，他让赵风君记账，让有钱的要立马出钱。这是紧急情况，谁有钱先拿出来，秋后算账，村里从来不会亏待谁。兵马未动粮草先行，村子里这么住院一大群人，天塌下来的大事，首先需要的是钱。

向阳向彬兄弟俩像是对众人犯了重罪，一脸沉重，不到万不得已一言不发。他们已经拿出了所有钱，都交给了赵风君。向阳给二垛请假，要他放向彬去大哥家拿钱，大哥有钱。二垛不吐口，二垛都没有正眼看向阳。尽管弟兄俩没有做错什么，但是他们把银耳这玩意儿引入了嘘水村，不讲其他，这就是大错特错，不是你的错也是你的错。不能离开，还没究讲你们呢！二垛已派人锁了银耳房，要保存证据，等待派出所或者其他上级部门来检验。向阳说："不用检验也是银耳的毒，我是真不知道，我只知道种了能卖钱，谁承想这么毒。我要是知道这毒再多的钱我也不种。"二垛不想搭理他。二垛脸朝向一旁不愿甩他一眼，说："你别跟我说，你跟老少爷们说！"

老少爷们没人吱声，最后还是一位拄着枣木拐棍的老人说了话，他颤颤索索地说不囫囵话，但意思却明白：也不能全怪向阳向彬，他们也不知道这东西有毒啊，还不是想多挣几个钱吧，还不是都穷吗？他要是有金山银山，你叫他剁着根了去种这东西他还不种呢。不知不为罪，事情既然都这样了，就放他们一马吧。

村东头的建疆交了钱，二垛一看他只交了十几块钱马上就大发雷霆："你擀烟赚了多少钱你以为我不知道啊，你赶紧回去拿钱，不要给我卖穷！"建疆说我是有几个钱，但都借出去了，俺姐盖房子你还不知道嘛，来拿了几回钱。二垛说别连上你姐，不提你姐我不生气，听说为了那俩臭钱你和姐夫还吵了一架。建疆说都觉得我是摇钱树，你说就擀了两个冬天的烟都是钱我能赚多少。建疆有点委屈。二垛说你赚多少钱我不管，反正你今天得拿钱来，你就拿这一点钱是过不了关的。你打发讨饭的啊！建疆没有办法，打头回去拿钱。还是二垛面子大，建疆交二茬钱时就是厚厚的一大卷钞票，可不是头一回稀不棱登的几张。

六

　　杨忻脱掉白大褂，又检查了一遍值班室，然后就掏出了钥匙要锁门离开。他忙乎了一整个上午又加小半个下午，太阳已经歪到西边他仍没有吃午饭。别说吃饭，他一上午连水都没打打牙，一刻不停地在说说说。他坐在值班室里真有点厌烦这些病人，问个没完，啰里啰唆，絮叨无关紧要的各种症状。他不想听，不想听也得听，他耐着性子不发火，而且要堆上笑容听他们无休无止地讲下去：睡不着觉，身上某个部位跳痛，吃饭时打嗝，某根肋骨无端地往上跷，走路快了就放屁噗噗噗噗……只有你想不到的，没有你碰不到的。常常是诊断明确，却被他们这些事无巨细的自叙搅乱。杨忻想尽办法掌握说话的主动权，要让他们的话题拐弯，但事倍功半。他只有耐心地听下去，一边听一边笔走龙蛇。他在那张长方形的处方纸上写下各种药名，然后再签上自己的大名。他尽意随手乱画，只要药房工作人员能看懂就行，最好每个病人都不会看懂。

　　在这里上班根本不分你值班不值班，病人都是直接找你，他们找的不是医院而是某位具体医生。杨忻虽然年轻，才二十郎当岁，刚刚剃胡须，但已经远近闻名，算是一方名医。他是正经八百的医专毕业，当时大学生实在是太少，读了医学院校谁也不会再来这个乡旮旯里的小镇当医生。那些四面八方村子里来看病的指名道姓要找他，门诊与病房隔俩月一轮换，按说病房医生不再看门诊，可是病人照样找到病房。杨忻只能照单全收，把病房医生办公室当成门诊。反正这个小镇卫生院根本不分门诊和病房，就像不分你值不值班一样。小镇隔天一逢集，逢集病人多，背集病人少。今天是逢集的日子，杨忻本来已经值了夜班，而且夜里来了急诊，两帮年轻人打架，一人的头部被棍棒敲出重度脑震荡，处于轻度昏迷，杨忻整夜没合眼。他给病人用止血药，用降颅压的甘露醇，等到病情稍稍稳定才让他们转去县医院。病人早饭时刻才被一辆机动三轮车拉走。他已经尽力，他也知道这个时候病人应该禁止搬动，但这个卫生院条件实在太差，除能推过去炮弹一般的氧气瓶吸吸氧外他几乎束手无策。要是这个年轻人是硬膜外出血，需要紧急开颅手术，他只有干瞪眼，一点儿办法也没有。他得让他转院，尽管知道到了县医院也做不了开颅手术他也催促他们转院。这个颅脑外伤的病人一走他长出了一口气，心里一下卸去了千钧负担。他没有补觉，坐在医生办公室接诊络绎不绝的病人，但他没有感觉到困倦和劳累。心累是最累的，比干重活更累。万事大吉。他锁上门，眨巴眨巴涩酸的眼睛，突然想哼一首歌。他已经好久没哼歌了，他哼起一首校园歌曲，熟悉的乐曲让他抚今追昔，突然就想到读医专时期的文体委员。她长得颇有风韵，当时站在班级前头教他们唱这支歌，后来他们班还参加了全校歌咏比赛，就是靠这首歌拿了奖。

但他刚刚哼了歌曲的开头，一个急急慌慌的小青年就让这歌戛然而止。他的个头不高，还没长开，头发乱蓬蓬的，穿着一件绿色的旧毛衣。他闯进病房院子里东瞅西瞅，两只眼睛不使闲，好像他养的狗跑进了哪间屋，或者他正追一只兔子，而兔子一蹿就跳进了这院里。"你找谁?"杨忻问。他觉得这个小年轻脑门子上沁着汗，有点不正常。他应该不是精神病。他在找什么东西。

"杨医生，杨医生在哪儿?"小伙子已经来到了他面前，他在大口地喘气。他睁大眼睛盯杨忻，他想从他这儿找到答案或者伺机向他发起进攻。他胸脯一起一伏大口大口呼吸，他用这种猛然暂停的方式等待答案。

"你找杨医生有事? 啥事?"杨忻甚至没有正面看他，他只是微微侧歪着脸，他想赶紧走掉。他实在应该休息一下了。

他有点困了。

"啊，你就是杨医生吧！快，快，不得了啦！吃银耳中毒，中毒，一下子好些人……我们村的人都来了，摽床抬来了……马上就到，马上就到，我骑车打前站。"小伙子有点激动，他想给杨医生磕头。他不知道该如何说清实情，抬病人的大队人马很快就要到来。他急得右脸颊上的一条小横肉嘣嘣乱跳。他两只手舞扎着想叫杨医生赶紧准备，人命关天，别耽误了治病。

"哪个村?"

"是，马上到……啊不，是嘘水村……石槽集东南的嘘水村。七里地。"

"几个人中毒?"

"一群人，一群人……一个，两个，三个……是七个，不，是八个……我不知道，就是一大群人……摽床抬了一长队，从这儿排到，大门口。"他说不囫囵话。他的情绪无法稳定。他已经不会数数，或者失去了计算能力。他抬起手背擦拭额头。说话让他很累，有更多的细汗正在沁出来。他的两只脚停不住，他想跳跳，他就不住地跺脚。

他打开已经锁上的办公室的门，请小伙子进屋说清原委。如果是七八个人食物中毒也不是小事，卫生院的医务人员又都得动员起来急救。食物中毒多发在夏秋季节，去年夏天杨忻救治过一批三十多个患者，参加婚宴，猪肉被大肠杆菌污染变质，上吐下泻，他开始还以为是霍乱暴发流行。当时病房院子里躺满了患者，呕吐声响成一片，门诊前头的空处全摆着摞床或架车，全都需要紧急输液。病人迅速脱水，如果输液跟不上就会导致失液性休克。医生和护士不是在工作而是在战斗，按说医生是不负责扎针的，但那次每个医生全在捏着针头拍着病人的胳膊找静脉。好在结果不错，虽然患者众多而且病情严重，最终没有死亡一个人，全都抢救成功。但杨忻拿不准这次又是哪种中毒，他弄不清银耳中毒是什么，他甚至不太清楚银耳是什么。他一边听小伙子东一斧子西一榔头地讲述，一边翻开一本紫红色封面的内科学寻找，但他翻来覆去没有找见银耳中毒的章节，这本书的作者们很可能和他一样对银耳所知甚少。

接着院子里就填满了匆急的嚷嚷声，病人们抬来了。软床上摞着扁担，四个男人抬一张床。男人们浑身都被汗渍得黑湿，他们已经甩掉了厚衣裳，身上只剩一件粗布单衣。他们被跑步带起来的急切一时缓不下来，说话短促，动作敏捷。杨忻先检查一个男孩儿，他的病情最重，已经陷入半昏迷状态。他一直在干呕，发出呕吐的声音但呕不出来胃内容物。他是反射性呕吐。他表情痛苦，嘴角咧到耳根，两手总往肚子上抓挠。他有腹部绞疼，但他不会说话。旁边站着的人说他自小就听不见声音，他是一个先天性哑巴。

病人仍在抬过来，真像那个小伙子说的有一大群。杨忻顾不过来了，他明白形势严峻，他让年轻的护士先别给每个病人进行常规检查测体温量血压什么的，得赶紧去通知刘院长。刘院长是业务院长，是老医生，专业水准谈不上多高但能处理一般病人。他得让刘院长动员医护人员参与抢救，尽管他们对银耳中毒所知了了，但食物中毒的抢救程序大同小异，现在要紧的是清出胃内容物，能催吐催吐，昏迷病人不能吐就下胃管冲洗。还要赶紧输液，大量呕吐会导致水和电解质平衡紊乱，亟待纠正。而后者同样能导致昏迷，中毒的昏迷和水电平衡的昏迷搅在一起更增加救治难度。

杨忻的瞌睡虫全被撵跑，他精神饱满动作伶俐两眼放光，没有了一丝疲倦，好像他不是一夜未合眼而是睡得餍足一觉方醒。这就叫应激状态，此时他的肾上腺皮质激素水平一定很高，好让他应对这突发事件。赖娃心细，在忠诚家压杆井边找到了择掉的一堆银耳碎片，他用一块靛黑旧布包着拿来让医生明鉴。杨忻拨拉着那些略微发黄的薄薄的碎片，拿出一片放在一张白纸上想看个究竟。赖娃说这家忏毒得很呢，那只鸡只叨了几下就扑棱扑棱翅膀死了，死在院墙根儿。赖娃家里中毒两个人，他精神抖擞，看不出他有发愁的地方，只要到了卫生院他心里就踏实了。

刘院长当然不用叫，已经腆着肚子自己过来。卫生院来了这么一拨病人他哪能不知道，这个大院里有个风吹草动瞒不住他的，何况这么鸡飞狗跳的。他大致知道了情况，通知所有医生和护士马上到病房帮忙，投入救治，其他科室也要严阵以待。他在这儿已经待了十几年，啥事都经历过，明白这种事件的性质。群体性食物中毒要立即上报的。他先了解清楚情况，然后上报乡政府和县卫生局。

刘院长平素从不戴工作帽，他嫌白帽子戴在头上别扭，他不喜欢戴帽子，但现在他不但戴了白帽，而且穿着白大褂，显得周吴郑王。病人们已经安排进了病房，救治程序已经展开。杨忻坐在办公桌前不断地开处方，开出一瓶瓶液体。哑巴少年陷入深度昏迷，胃管已经下好，正在洗胃。护士问要不要接着洗胃，她担心一旦昏迷再洗胃，液体会呛进呼吸道。杨忻安排洗胃不能停，毒物会持续吸收，如果洗不干净所有治疗都不起作用。进入胃内的时间不算太长，现在洗胃效果最好。刘院长检查了黄色的银耳片，和杨忻讨论中毒的性质。他站在那儿，扎个来回走的架势。杨忻说："我觉得是黄曲霉素中毒，不然不会这么凶险。"

"黄曲霉素？"刘院长其实不知道黄曲霉素是个什么东西，也不知道这玩意儿中毒症状是什么。但他不能让人看出他不懂。"黄曲霉素中毒太厉害了，银耳怎么会有黄曲霉素啊？"他不懂装懂。他的两手不停地抚摸腆起的肚腩，围着肚脐交替画圆圈。当他皱眉头思考的时候总习惯做这个动作，好像他是用肚腩思考而不是头脑。

杨忻也没接治过黄曲霉素中毒患者，他只是课堂上听老师讲过。黄曲霉素是一种毒性极强的物质，是黄曲霉菌产生，霉变的花生、黄豆最容易生长黄曲霉菌。它的毒性堪比氰化钾，一粒被黄曲霉菌污染的花生可以毒死一头牛。杨忻提议让另外两个参与抢救的医生也过来会会诊，提提自己的看法。但刘院长说："请他们会什么诊啊，我们两个讨论就是了，就是最高会诊。"他对那两个医生充满轻蔑。"就按黄曲霉素中毒治疗，按你说的办。"他说。

二垛和赵风君带着集资款火速赶来镇上，他们先去了镇政府，汇报了银耳中毒事件。这是一起严重的群体事件，说不定要死人，要死不止一个人。二垛看出势头不妙，他必须第一时间向上级汇报。他们赶到卫生院时，八个病人分住六间病房，全在输液，有几个在床头斜躺着、漆成蓝色的大铁柱子一般的氧气瓶，他们在输氧，病情肯定很重了，不然不会推来这么个大玩意儿。二垛有先见之明，最严重的粮山已经奄奄一息，他竟然胃里有出血，洗胃的时候从胃管里抽出的全是鲜血。刘院长也报告了乡政府，而且报告了县卫生局。卫生局正在指派医疗救治小组前来卫生院。这么多病人不便转院，救护车都没有，没有条件转院，只能就地治疗。

接着孙乡长就带着派出所所长来了，还有一个政府梁秘书。孙乡长又瘦又小，个头竟然比刘院长还低，看着像个少年，但办事很老成。他们在医生办公室碰头，商量如何处理这起事件。他们已经向刘院长和杨忻了解了情况，尽可能详细。孙乡长问二垛："要把银耳保存好，那是证据。你采取措施了吗？"二垛照实回答，说已经锁上了种植屋的门。孙乡长说："不光是锁上门，外头晾晒的银耳你派人封存没有？"二垛一拍大腿说："唉，忘了！我现在就找人去收好，一同锁进银耳房。"

年轻的梁秘书瞪大眼睛说："把种银耳的人抓起来再说！说不定是故意搞破坏。"

二垛正往外头走，马上又折身回来："向阳向彬弟兄俩没问题，我敢保证不是故意的。他们就是想挣俩钱，他们也是真不知道这银耳这么毒。"他有点着急，脸膛憋得更红。

派出所所长一直不说话，他穿着警服，还戴着大檐帽，显得威严。他的个头很高，是几个人中最高的。他当过兵。他说："种银耳又没犯国法，不能随便抓人。"他的表情很严肃，没个笑色。

梁秘书说："他们跑了怎么办？"

二垛搓搓手，说："他们有家有院的，孩子老婆一小窝，你让他跑他也不跑。"

孙乡长摆摆手，朝门外看了一眼："不能抓人，但要对他们采取留置措施，不能随便离开，得随时接受调查。"外头厦廊下有人在偷听，能听见他们的叹气声和轻微的脚步声。

孙乡长临走给刘院长下了指令，让他不惜一切代价治疗，至于医药费乡里会想办法解决。现在不要考虑费用，人命关天，治疗最要紧。刘院长不失时机给孙乡长提要求："乡里去年的拨款还没到账呢，你看医生们辛辛苦苦都快拿不上工资了。孙乡长你得多想着我们点儿。"

孙乡长点点头："拨款的事儿另作一说，现在最要紧的是抢救病人。你放心，得空我会催催财政所。"

卫生局的工作效率真是不低，两个小时后那个所谓的医疗小组已经抵达卫生院。小组长是县医院的内科主任，名医于有德，大家都喊他主任。于主任是老牌大学生，省城医学院毕业，在一线医生岗位摸爬滚打几十年，医术还算精湛。他们把乘坐的救护车停在门诊院里，然后一行人阔步走过来。刘院长出门迎接。他们一个接一个走进医生办公室，听杨忻汇报病人情况。然后于主任又去了病房，每个病人都仔细看一遍。此时粮峰和花枝也开始昏迷，有点谵妄，乱说胡话。于主任转了一圈，一句话没说。回到办公室，他们又坐下来商讨，而其实是听于主任教诲。于主任表扬了刘院长和杨忻，说他们救治及时正确，而且他同意黄曲霉素中毒的诊断，他诊治过此类病人，当然没有这样严重也没有这样集中。要明确诊断只能对银耳进行化学检验，而这种检验县医院也不能做，还得去郑州的省防疫站。当然不能等待化验结果，再说结果也没有太多临床意义，现在关键是治疗。而黄曲霉素中毒又没有解毒药物，只能是保肝，输液帮助毒物排泄。病人严重时会有肝坏死，会有各器官出血，会昏迷……急性肝坏死是最可怕的，现代医学几乎束手无策。最后于主任说："如果出现严重肝坏死症状，我们只能进行腹膜透析，这是唯一有用的手段，但也是姑息疗法。"

于主任老成持重，丁是丁卯是卯，不多说一句话。这是他多年从医生涯恪守的老习惯，医生的话会被患者解读，一旦有变故就成了把柄。医疗小组也是一阵风，来一趟马上走，算是到此一游，算是向上级有个交代。他们没有在卫生院吃晚饭，但答应当晚就派医疗组来做腹膜透析，需要时可以驻扎卫生院几天。他们来得急慌，没有带相关设备。他们说的是实话，杨忻也没亲手做过腹膜透析，他知道个中原理，但他不会操作。杨忻面临的事情太多，八个紧急病人随时生病，都需要应对处理。粮山突发高烧，竟然升到了 39.5℃，而且还在攀升。杨忻让护士立即使用物理降温，用百分之五十的酒精擦拭全身。他不太敢用退烧药，所有退烧药都是通过肝脏解毒分解，而现在粮山的肝功能严重受损，他得尽可能减少继续的损害。忠诚和忠诚嫂开始谵语，屈指半空说胡话，让护士有点害怕。只有那三个进食银耳较少的病人情况算是好些，输液后呕吐正在减轻，神志清醒，也没有发烧。杨忻为忠诚家这五口人担忧，这个家庭凶多吉少。

杨忻饿过了头，已经不知道饥饿。他也不困，一饿反而更精神，反而忘了睡眠这回事儿。刘院长还是挺体贴人，他让杨忻趁空儿去吃晚饭，两顿合一顿。他知道杨忻午饭没有吃。他让杨忻饭后回屋睡一会儿，晚上还得接着值班。即使他不说，晚上杨忻也得接着值班，这么多紧急病人，他怎么可能离开。

病房里空前热闹，人们进进出出。病人们的亲戚邻居全被惊动，都前来问候，看能帮上啥忙。尤其是忠诚，一家五口人全部病危，也只有叫来亲戚邻居。忠诚有两个弟弟，但碰巧都不在家。只有忠诚嫂的一个弟弟前后忙乎，守着这个落下那个。二垛已经回村，他要安排新一拨值班的人来，要叫来一些适合伺候病人的女人们来。而女人们都有一堆家中的事体，都走不开。二垛在想办法，他终究会有办法，世界上的事情没有能难住他的，这也是他在嘘水村说一不二的底气。

七

　　小镇卫生院病房里一夜灯火通明，像夜市一般热闹。县医院来的人在给病人们做腹膜透析。他们要在脐旁切口放置透析器具，但病人处于昏迷或半昏迷状态，根本无法搬动。后来他们只能把手术室里的无影灯抬到病房，安放在病床前。好在卫生院只有这一台简易无影灯，可以移动，平时没有使用过，只有每年的计划生育运动开展季节打开过几次，做简单的男性输精管结扎术。那不算手术，几分钟就完事，没有无影灯照行不误。

　　正像预想的那样，腹膜透析也没能缓解病情。第二天上午粮山出现黄疸，最初是眼睛里的巩膜发黄，很快浑身就都黄起来，像是刚从染缸里跳出来。他的呼吸越来越急促，虽然高烧已退，但总体情况正在走向衰竭。每检查一次病人杨忻的心就沉重一回，他明白必来的后果，但他却无力挽回。一种深深的无力感让他沮丧。他灰心丧气，甚至有一种绝望感。那种感觉像火焰一样烧灼他，让他总是莫名地急躁。他克制着自己，看上去他平静冷漠，从容不迫，但谁又知道他心里深藏的困惑！

　　该来的总归要来。傍晚时分粮山已处于弥留之际。他的身体在抽搐，呼吸时断时续。他的两条小腿肿起来。护士拿来了急救包，杨忻指挥她注射去甲肾上腺素，粮山的血压已经测不到，接着心跳也时有时无。杨忻站在病床边，看着这个抽搐的身体，知道他已经濒死。他的心脏马上就要停跳，当然他会遵照程序给他注射急救药物，还要给他做心脏按压，但这些措施也只是做给活人看，一种心理安慰而已。没有任何效果，还不如听之任之。人活着，人死了，就这样。这是一棵庄稼的一生。

　　粮山是第一个，接着是忠诚。忠诚有基础病，中风还没有恢复，经不住中毒的摇撼。父子俩前后也就差几个小时。他们上路了，路上算是有个伴。病房里没有哭声，只有压抑的空气，每个人都很沉重。这么短时间内两个人死亡，在这个卫生院并不多见。

杨忻一直守在病房里，他现在已经没有时间观念，他的睡眠已完全错乱。他只能瞅空打一个瞌睡，坐在藤椅上，有时就顺势躺在病人待诊的那条长椅上。他去夜班值班室的床上小憩一刻的机会极少，因为常常还没躺牢稳就又被叫起来。刘院长赔着笑脸说："这几天你辛苦一点吧！"杨忻根本顾不上回住处，随时有事。这个高烧了，那个要下导尿管……他接诊的病人交给别人他也不放心，再说在这个卫生院又有谁可以交接呢，这也是刘院长赔笑脸安慰人的原因。

忠诚的遗体还没有抬走的时候，二垛走进了医生办公室，他坐在那条长椅上，郑重其事地问杨忻："杨大夫，我问你一个事儿。"他伸出右手手掌抹拉了一趟泛出青光的头皮，从额头经过头顶直达后脑勺。他吸溜了一口长气又接着说："你觉得剩下的娘仨还能撑多久？"他没有问能不能治好，因为结局已经确定，能治好的别家的三个人正在好转中，已经能够喝水、进食流质食物，而忠诚嫂和花枝、粮峰的昏迷越来越沉，像是执意要走进睡梦深处。二垛很清楚他们治不过来了，但他得让医生确定一下，有时他自己真的也拿不定主意。村里得为他们料理后事，要给他们置备棺材，而现在的村委会不比从前的大队部，没有星点儿来钱的门道，连他每月几块钱的补助乡政府都往后拖，他没有一块钱的权力。无论你有没有钱，事情都在那儿等着你，还是得你伸头办理。二垛和几个村民小组长讨论，看能不能砍掉那几棵大杨树来做棺材——那是大集体时期的白杨树，前几年取消了生产队分成村民小组，这几棵杨树长在护村沟堰上还没成材，也没法分配，于是就让它们长着，现在终于派上了用场。一排白杨树都长得歪瓜裂枣的，只有两三棵像点样儿，能够砍了锯成棺材板，勉勉强强做几口棺材。但是究竟要做几口棺材现在得定个数，好决定锯成几分厚的木板。要是做的棺材少，就能用厚点的板材，甚至可以三分厚。但要是忠诚一家人全要用这白杨树做棺材，木板就要硗薄一些。用二分厚的白杨木做棺材，二垛心里有点不忍。他想给忠诚用厚一点的板材。嘘水村人家再穷，正常情景下也决不会用白杨木做棺材板啊，最差也要用桑木板。村子里要是有大桑树，二垛一定做主伐掉为忠诚他们营葬的。

杨忻给不出准确答案。他盼望有转机，也许忠诚嫂中毒程度浅一些，能够抢救过来。也许花枝年轻抵抗力强大，能够挨过这场厄难。还有粮峰……他想让他们好转，让他们清醒。他不能在他们没有死亡前就给出死亡的结论。他有点不忍心，更多的是拒绝承认这结论。

无论杨忻承认与否，这结论都已成定论。忠诚嫂熬过了第二天，第三天下午她告别了人世。花枝是第三天夜间走的。花枝走得安静，甚至没有肢体的无意识躁动挣扎，她无声无息地走了，也许她仍在做梦，为她即将拥有的一支"英雄"牌钢笔欣喜。

粮峰，这个最有活力的孩子，于第四天清晨离世。他灵活而腼腆。他要殿后，护卫着全家人安然走向另一个世界。

忠诚一家另辟新茔，埋葬在他家承包的田地里。那簇拥的新坟上青草还没长起来，嘘水村就又有了新消息：有一种叫白术的中药价格竟然攀高到一百多元一斤，这让大半个村子激动不已。嘘水村西北三十公里就是安徽的亳州，是著名的药都，全国中草药交易中心。近水楼台先得月，嘘水村一众人马虎视眈眈，已经打算好要开辟田地种植这黄金一般贵重的药草。有人三上亳州，探听药价走势也学习种植技术。一场新的战争就要打响，嘘水人太善于打这种战争了，三天不打手痒痒。

至于种植银耳，即使长出的全是金子，也没人再去想。向阳向彬兄弟俩，终究还是心存深深愧疚，一有机会就远走高飞了。他们去了深圳，把家里人全都带去了那座南方大城。他们没有回来过，他们想忘掉嘘水村，一刀两断。

飞上云霄

一

青海坐在绳襻软床上，盯着那头悠然自得的驴，心头火起，胸脯起伏无定。他扔掉手里翻开的那本书（那是一本叫《机械原理》的书，其实他并不喜欢，因为这书让他失望），身子绷紧，随时要一跃而起挑战那驴。那驴的个头并不大，有点缩肩耷背的，浑身的毛发也不油亮，两眼愁巴巴的，可怜巴巴的，一副挨打相。青海是有点可怜他，可怜饲养员钢锯克扣了它的口粮，那些应该拌在它大口大口馋吃的麦草里的豆料不知道撒到哪儿去了，让它这样瘦骨伶仃还这么烦人！驴从没好好站在那儿过，只要一牵过来一拴上桩，你看它的戏吧，简直眼花缭乱。最不起眼的角色总喜欢表演，只有这些表演才能给它们日常平淡无奇的生活增添光彩，让它们一时间趾高气扬。这驴没拴上桩之前要先围着钢锯转儿圈，然后冷不防滚倒地上，四蹄乱弹，甚至肚腹朝上，没见过这阵势的妇女小孩儿会吓得哇哇乱叫（好在牲口院不是妇女孩子常来的地方，这驴还有牵驴的钢锯尽可以随着性子胡作非为）。它激惹起一团一团的尘土，让它、让钢锯都被尘土包围吞没好一阵才露出头影儿来。真不知道这钢锯葫芦里究竟卖的什么药，自己弄一身灰土灰鼻子灰眼倒很受用，好像他是土排子（田鼠）托生的，好像他就喜欢尘土一样。傍地而起的尘土劲儿极足，有时都飞到机器房里，有时拾掇机器的两个人都会被傍半身土。但他们都是年轻人，他们总是不声不响。按辈分他俩是平辈，都应该向钢锯叫钢锯爷。但他们从来不叫，起码青海没有叫过。青海也不是不管钢锯叫爷，而是从不轻易开口说话。他的话金贵，自小就是，天生的口拙。但青海话少脑子好使，好像他那脑子不是人的脑子，比那台红八匹机器的轮子转得都快。也就是因为他这话少他这脑子灵活，高中一毕业马上就进了机器房。机器房啊，钢锯多想让他的小儿子斑鸠进去，跟生产队长大雁不知下过多少小意儿，赔过多少笑脸，但最终还是让青海这边出学校门口那边就趴机器旁边倒腾那些零件了，而他的小斑鸠天天仍然跟着人群上工下工，搬运土坷垃。这就是命，你不服不中。但你的命好可以，你只要在这处牲口院里，你就得受他钢锯管理，像这些牲口，像这头驴。

你要是以为这驴打个滚后就好好地站着了，那你就想错了。打滚仅是报幕亮相，尘雾一起，大戏就要一出一出花样迭现。你别看这驴低眉顺眼的蔫巴相，它的拿手好戏全在不动声色中上演。只要它一站稳，马上闸门启动，哗啦啦哗啦啦，尿注从它的肚腹底下朝地面瀑流，这回荡起的不再是尘灰，而是尿星尿臊。青海总觉得尿星子像细雨一般朝他飘落，那股新鲜的刚从那堆悬在半空的驴肉里冲出来的热烈水液确实不好闻，令他时时皱起眉头。青海赶紧挪床，把床搬得离起尘喷水的驴远一点儿。好在绳襻软床不沉，青海只要一只手就能贴地拉着它走动，只是机器房、驴、藕池之间的三角地带并不宽敞，随他挪动也挪不太远，仍能看清那驴的一举一动。尿完了这驴连屁股都没撅一下，只是无声无息地咧开屁股上头的某只洞眼，像钢锯要说话，扑扑塌塌，驴屎蛋儿会接二连三砸落。驴屎蛋像熟透的果实，像天上下的黑冰雹，一落地就钻进尘土里，像是那片铺满尘土的空地没在牲口院里而是在大田里种了满地的山药蛋。玩完了尿完了拉完了你就以为结束了清闲了，那你全想错了，这驴是个马戏精，接着会从肚皮那儿吊下来它的那玩意儿，从没想过害羞这事儿，只是那样自玩自乐。它越吊越长，差点儿挨了地，差点儿沾满尘土。但它不会那么傻，它像钢锯一样精明，它只让它离地有半拃高，但从不与尘土碰面。它能精准把握高度。它不动声色地站在那儿，成了一头五条腿的怪物，像是一尊没有丝毫艺术气息瘦骨伶仃的伪劣仿制铁塑。成为一尊铁塑不是它的目的，它还要成为摆钟，它让第五条腿前后周期摆动，映得从树荫外溜过来看热闹的阳光一明一明……青海静等着这一切结束，他可无心观看大戏，他有太多的事儿要做。但这驴打乱了他今天下午的计划，让他窝着一肚子怒火，当他挪远软床仍然被尿臊味侵扰时，他想去东厕房找钢锯说理了。

就是这个时候队长大雁来了，他是冷不防站在青海面前的。青海正在生气，有点措手不及，没有搭讪但还是从坐着的软床上站了起来以这样的动作表示恭敬。村子里能让他站起来的人不多，但大雁绝对能排到第一个。青海嘴里半截肚里半截呜噜了半句话，啥也没呜噜出来，最后只是叫了一声"大雁爷"就搁浅那儿了。大雁是不会在这些小事上计较他的，他是队长，是好几百人的人头。他当然知道青海的德行，知道他压根儿不说应酬话，但他觉得见了面问个好总不费事吧，就会叫个连狗都会叫的"大雁爷"。但他不能与他计较，他是个奇才，奇才有奇才的骄傲与不屑，这他是能理解的。他的个头比青海高出一头，身板笔直而魁梧，像是真的当过兵似的。有人问过他当过兵没有，他总是马上把手扬到耳朵上头与前额平齐（不是敬礼）做呼扇运动来否定，而知根知底的人也都会笑笑，因为他别说当兵连枪都没摸过呢。但他走路的姿势、干脆的表情就是军人风格，这一点青海无数次领教而且青海也认为大雁爷应该是当过兵的，尽管他否认，但他固执地认为没当过兵的人这么干脆是不可能的，这么挺着胸膛走路也不可能，但大雁无论从哪个方面看都是训练有素的军人作风。比如他支持青海造飞机，要是他没出过村子这又怎么可能。大雁站在青海面前却没有理会青海，而是大叫钢锯。"钢锯，钢锯！你咋弄的事儿啊，为啥还没挪走这驴！"夕阳使树荫下变得澄澈，唾沫星子就在澄澈的空气中飞舞，接着又无形地飘坠。

要是搁一年前，扫见大雁的影儿钢锯早就忙不迭笑脸相迎了，哪还用得着他亲自去喊。但今非昔比，当队长的仰着脸喊了好几声，既没听见回声也没见个人影，这让他有点挫败，尤其当着青海的面钢锯竟然不买他的账让他更加挫败。他扭歪着脸长出一口气，支棱着耳朵想听见回应，找到下台的阶级。回应从对面黑咕隆咚的厨房里终于冒了出来，接着冒出的是钢锯那张苍老的皮笑肉不笑的方脸。"来了——"他就这样扯着长秧子回答，像是在唱戏，像是在揶揄他，气得大雁的脸眼见着拉长。"叫你挪走这驴咋还没挪走啊！都好几天了它咋还赖在这儿不动窝！"大雁寒了变长的脸，为他的话被当成耳旁风而发火。"是，是。"钢锯笑得谄媚又灿烂，略微躬着腰身小跑着过来，说明他是一个不但听话而且把队长的话一句当一万句的"五好"饲养员。他不但听队长的金口玉言，还能把牲口喂得膘肥体壮。当他走到驴跟前时，他"嘚——"的啧长声调让驴老实下来，驴确实识号，马上四蹄立正双目平视，只有尾巴在悄悄地灵巧地甩动着卖乖。至于肚腹底下能做钟摆运动的那只细长肉棒槌早没了影儿。它只敢猥亵青海这样的束手无策的后生，一见了队长和饲养员马上装出一脸童稚，好像压根儿不懂春风浩荡的含义。钢锯对棒槌驴面色极其严肃，而对队长则恭敬地诇笑，对青海则是冷眼乜视。他的三种表情在似乎愈来愈阴暗的阴凉里变换，像是长夜梦境。

　　然后大雁就大步走到了藕池旁边，不看青海而看荷花，好像他骑着自行车风尘仆仆来牲口院就是为了观赏荷花。那荷花正在盛开，早晨的时候花瓣还撮着，中午就绽放了，得意扬扬端出深藏的一撮黄色花蕊，芳香丝丝缕缕，和花蕊一样纤细深幽，浓一下淡一下朝外拂扬。青海把软床搬到藕池边，也是为了赏荷。外头艳阳高照，土地被晒得能烫得脚板起泡，玉米叶子都软软地朝下耷拉，而树荫里小风围簇是这样凉快，凉快中还沁着清香。青海喜欢白杨树的浓荫，喜欢烈日下密密匝匝越发葱翠的硕大荷叶，当然，更喜欢张开红嘴吐放幽香的荷花。他已经把机器房里的一应活计拾掇利索，享受凉爽和花香萦绕谁也说不出什么，就是钢锯也只能干吧嗒嘴。青海事事想得周到，浇田的水泵他上午就用架车拉到了机器房前，单等第二天再挪去另一块大田。那台红八匹柴油机也好好地蹲在机器房门口，正在休整。青海已经拆开了机器，换了出毛病的火花塞。一听火花塞啊连杆啊油嘴啊轴承啊这些零件名称大伙儿马上肃然起敬，村子里懂机器的人实在是太少了，一看青海和东方天天两手黑油所有人都觉得他们高不可攀，竟然能让那堆支离八叉的铁疙瘩浑身抖动着吼叫不停，还使出蛮力带动轧花机榨油机磨面机打粉机风风火火干活有使不完的劲儿，竟然还能从地心里哗哗哗哗抽出水来！大伙儿怎么也想不明白为啥那铁疙瘩有这么大的力气，为啥它不知道累！能役使这铁疙瘩的人自然受到崇拜，媒婆介绍小伙子时总不忘说会开机器，就像后来某个时期报纸上登征婚广告个人介绍都要热爱文学一样，会开机器一般都能使姑娘笑逐颜开。

　　大雁笔直地伫立于藕池堰埂，荷叶不时探出大手掌般的身子摩挲一下他，要试试这个威严的人对挑弄的反应。但他一动不动，两只眼睛眯缝着望着藕池对面的玉米地，好像玉米棵里藏着一只人脚獾子。前不久传说藕池里深夜来了一只人脚獾子，蹚坏了一片软床大小的藕荷但也没有造成过多的毁坏。当时大雁视察了灾情，他并不关心折断的荷叶和污泥浊水下头踩断的莲藕，他最关心的是那只人脚獾子。人脚獾子在这一带已很稀罕，可以说多少年也没碰上过一回，似乎早已消失。说是人脚獾子比人更精明，不仅偷东西还会找女人，还专找黄花闺女。这次人脚獾子的出现让村子里人人自危，尤其是有女儿的人家一到落黑就关门闭户，时时提防那妖精钻隙逾墙。事实上踩倒荷叶的祸首是不是人脚獾子得打个问号，照青海的看法是十成没有一成可能。那应该是一头打野的母猪，而钢锯则拨开残梗烂叶在薄水之下找到了和人脚差不多大小的脚印，而且伸着脚比试一番，确信和他的臭脚大差不离。偏偏大雁对一切奇闻逸事有着浓厚的兴趣，总想刨根究底。他不止一次问青海夜里听没听见声音，哪怕是梦中的一声粗重喘息。青海总让他失望。青海没听见任何动静，也没发现池堰上有明晰的大脚印（大雁莅临现场时湿脚印没有等他，已在初午炎热的大太阳下变干）。青海除有用的飞机制造信息外，总是一问三不知。尽管大雁睁大渴望的眼睛望着他，他仍然编不出深夜里人脚獾子藕池出没的哪怕仅仅丁点的细节。

但现在大雁对玉米棵里的人脚獾子不再感兴趣，他也不想欣赏沁黄沁香的荷花。无事不登三宝殿，他来牲口院与荷花与子虚乌有的人脚獾子风马牛不相及。他仍然站着不动，身子的一半被凉荫覆盖，另一半炎热的阳光已经悄悄爬上支棱着短发的头顶，一层细小的亮晶晶的汗珠在他红赭色的额头和黑暗的头发里沁出。他想把挂在自行车把上的麦秸编制的草帽拿过来扇风凉快，但最终也没有去拿。他的尼龙布褂子在微风里招展，透过染黑的薄如蝉翼的布层能隐约看见里头的皮肉。这日本制造尿素包装袋布料确实像传说的一样菲薄凉快，但只有像他这样的干部才能穿上，像青海这样的升斗小民无缘问津。为了显示某种威严，按当时的习俗大雁穿的是绿色军装裤，军装是地位的象征。日本尿素褂和军装裤是绝佳搭配。

青海一直站在大雁的身后一步远的地方，有点毕恭毕敬。他的两只手不知该放在哪儿合适，一会儿挠挠并不发痒的耳朵，一会儿蹭蹭大腿，但终究还是两手交叉搁在了肚脐旁。他单等着大雁发话。他知道马上就会有指令发出，而且这指令是关于飞机的。飞机是青海的命根子，这个世上他只关心他的飞机。他的一切都围着他的飞机转。他又伸展手掌往大腿根儿那儿摩擦几下，以缓解等待的焦灼。他扭头看了一眼软床一角平躺着的他的那本厚书，他的心像被轻风拂过，一下子安定下来。就是这时候，大雁终于发话了，而且向他转过脸来。"它能飞起来吗?"他甚至将他笔直的身体转过来正对青海，一股风马上扑向他，要摸摸葱叶般菲薄的布料，那布呼塌呼塌几下就贴紧在他肚皮上。他的隐黄的肚皮从布丝间显影，让威严减低几分，也让年轻的青海有点替他尴尬。青海吧嗒吧嗒嘴，不知该如何回答他的问询。"打算好秋后试飞，那时场光地净，能施展开身手。"青海抬起倾斜的目光，与他的目光碰在一起。一旦谈起飞机，两个人目光交融也不可怕了。青海隐隐觉得他的计划要改变了，他替他的飞机担心。

　　大雁的声音既不低沉也不洪亮，而是略略发憨，像是圆柱般明亮的声音体周围迸散着闪光的沙粒。不知为什么，青海倒喜欢听他说话，也喜欢发出这声音的那张红红的窄脸。一个人喜欢另一个人常常是莫名的喜欢，说不清理由。青海喜欢大雁就是这种喜欢，尽管他们隔了二十几年的岁数，而且他的辈分比他高两级。青海很少叫他大雁爷，一般碰面了啥也不叫，两个人总能心照不宣。

他们就这样站在藕池边说话，也没避讳看上去在东厢房忙碌其实是在打探偷听消息的钢锯。大雁督促青海改变计划，等不到秋后场光地净了，一两天就要试飞，越早越好！青海睁着疑惑的眼睛几乎是乞求地望着大雁，但试飞时间并没有因为他的哀求延后。大雁告诉他世事大变，他刚从公社开会回来，按上级要求，秋庄稼一收割立马分地。田地包产到户了，谁还要这处牲口院！连机器房的命运都不可测知，这作为飞行核心动力的红八匹机器更是前途黯淡。到了秋后，说不定他这个队长也不是队长了，青海这个机器员也不是机器员了。"各回各家。"大雁叹一口气，为了增加话语效果伸展手掌在耳朵旁呼扇了几下，好像有一只苍蝇要钻他耳朵眼儿里。说到底这飞机的事情需要明朗，不能再延搁。要试飞！哪怕是离地只飞二尺高也要试飞，也不枉造了一回飞机。

"你说，生产队要解散？"青海的眼睛瞪大了，他忘了拘谨，被猛然降临的消息震惊。生产队从他出生时就存在，伴着他长大，现在说没有就要没有了，他有点吃怔不过来，他无法想象没有了生产队这个世界还成啥体统变成啥模样。他咽了一口干燥的唾沫，他有点失落，为他的飞机担心，但又有点欣喜，为即将发生的变故。只要是年轻人都喜欢变故，无论这变故的结果如何，是有利还是有害。是啊，要是生产队真的没了影儿，这台他们当成宝贝的红八匹机器还能不能叫唤另当别论，而他们配合默契倾注心血制造的飞机肯定要烟消云散！青海不能接受飞机胎死腹中的现实，他身上的木讷和传说中的人脚獾子一样溜得没了影儿，他一下子变得机敏伶俐。当大雁问他加班加点赶时间最快需要几天时，他只扑嗒了一下眼皮马上回答："后天！最晚大后天！"

这变故让他措手不及，他所有的计划全被打乱。青海皱着眉头结巴地说出大后天，也让大雁心生疑窦——他不相信他能大后天让他们盼望了一年多的飞机飞上天空。他不指望这架土飞机能真的飞高，但只要让这铁疙瘩飞起来二尺高，或者高平头顶，或者更高点，他已经满足。铁疙瘩能飞起来这事儿本身就很揪心，他对青海的本事将信将疑。但他一直抱着死马当活马医的态度，无论飞不飞起来，他都要看个稀罕。是他力排众议，执意让青海做这件事的。他就是对世界上一切他不知道的事物充满好奇。这是他的天性。

因为反对的力量过于强大，仅仅是队长一个人支持青海造这架飞机注定会失败的，他造不成一支飞机翅翎就会被撵出牲口院的。你听听钢锯撇着嘴说的话就明白了："造飞机？你日天，可惜鸡巴太短！"事实上钢锯一直冷眼旁观，饲养员根本不相信一个乳臭未干的蛋籽籽娃娃能够造成飞机。你看见腾腾腾腾乱响的柴油机就当成飞机了，这和看见牲口院里的垴子堆就当成高山一样二货，让人笑掉大牙！真是脑子被驴踢了！每年秋收一毕，生产队里的少壮劳力就开始拉起架子车，从大田里一车一车朝牲口院里运土，将大院正当中的空地堆起一座山包。那山包竟然高过门楣，有点欲与屋脊试比高的架势。他们叫这座山包垴子堆。在接下来的漫长的大半年时间里，这些干燥的壤土会被一布兜一布兜抬进厩房里，用来垫牲口们的铺位，但绝不仅是为了让畜生们干爽舒服，而是让水和草料通过它们庞大的身体后再掺和进这些干土里造出上好的粪肥。庄稼不上粪，等于瞎胡混。想让庄稼卖力地结出果实你又不兑点本钱，这天上掉馅饼的美事压根儿就别想。那些牲口用四蹄搅拌好粪肥再被饲养员一锹一锹从后墙上的一处像窗口那样的洞口里甩出屋外，然后再被架子车一车一车运去田里，完成一个循环，一个圆。土的命运和人的命运一个样，无非转了一个圆圈又回到了原点而已。

围簇着这座垴子堆的东西北三面是房子，南面就是这会儿正轻风徐徐荷花吐香的藕池。青海当然知道钢锯的嘲笑，也知道生产队里嘲笑他的人不止钢锯一人，甚至不只是几个人，大家伙儿都抱着看热闹的心态嘴角溢着笑意等着他的飞机升天。在饭场里，在几个人聚堆打扑克或者下地棋时，或者下地劳动在田埂歇息的间隙，他和他的飞机一次次成为话题的调料。让青海欣慰的是钢锯管理的东厕房和机器房隔着这座大坟般的土堆，这样他就看不见那个矬实的磨石般的身影了，也看不见那张宽脸上爬行的讥讽了。

但花无百日红，垴子堆日日缩小，空场地越来越大，终于有一天他站在机器房门口一眼就能瞭见坐在小马扎上吸旱烟袋的钢锯了，他的心里猛一沉。钢锯垫好铺位，把牲口们从拴桩上一一牵回厕房，又在临门的水缸里淘草添满两排石槽，让沉默的咀嚼声扯响在光线黯淡的角角落落。他干完了一应活计，他要坐在门前的那株合抱粗的白杨树下的浓荫里抽袋烟，但他没想到他会碍别人的眼。他从来不顾及别人，也不想顾及。他顾及别人的时候被顾及的人肯定要皱眉头了，比如那头毛驴，完全可以拴在厕房后头的大空场里，但他就是要在机器房前头刚刚腾空垴子的地方栽一根木桩，毛驴喜欢在绒土里打滚就像他喜欢旱烟一样，他让毛驴享受剩余的一薄层干燥的垴子是天经地义。他不是不知道那些薄土会飞起来会钻进机器房或者机器房人的鼻孔，但他的目的偏偏就是想让土胡乱钻钻，这样让他开心，让他出一口不能实现筹划的恶气。他一想到进出机器房的不是他的小儿子就如鲠在喉。

北面的那排房子是正房，东头三间也是厩房，和钢锯一样充当饲养员的是老板凳，青海应该叫他板凳叔，但叫的次数也能数得过来。老板凳对青海造飞机这事持中立态度，他不会支持，但也决不会反对。他不反对任何新生事物。他明白所有新生事物都超出了以往的经验，而你反对则是基于你曾经的经验，十有八九会出错。所以他经常去看一看青海，主要是探听虚实，想近水楼台先得月看个稀罕。

青海喜欢板凳叔的清平幽默，更喜欢的则是他裤腰带上挂着的一只白中泛绿的玉蛤蟆：据老板凳说这只玉蛤蟆是他爹传给他的，贴皮共处了两辈人，传到第三辈人吸渍足了体温和汗水它就能蹦起来了。青海剜着根子问："它真的能蹦起来吗？"老板凳对这一点信心十足，而且告诉他这蛤蟆已有异动，不止一次深夜里想打哇哇，那低微的哇哇声他是能听见的。青海说我要是跟你睡一晚，我能听见吗？老板凳盯着他看一会儿，又伸手到屁股后头抚摸一番他的玉蛤蟆："你要是能让红八匹机器飞起来，你就能听见它打哇哇。"青海不可能和他睡一晚，他嗅到他身上有一股酸味，再说北厩房里的浓重味道成分复杂，牛粪马尿淘草缸，别说睡觉，一迈进门槛就头晕憋气。

紧挨着老板凳的北厩房的一间屋子住着哑巴——他说出

的话只是一连串的咿咿呀呀，既说不出一个词更连不成一句话，所以大家都叫他哑巴。他有姓无名，他的身份和地位似乎也不需要一个正式的名字，因为你根本不知道他是从哪里来的，似乎没有父母也无兄弟，也看不出他有多大年纪。据说他和钢锯门第不远，虽然是一个院子的邻居，但钢锯也没有正眼看过他一次。哑巴住在牲口院里，不但看管着这个院里的一切，收获季节的打谷场也在他的管辖之中。他像一条狗一样忠诚，只要哪个孩子试图拿走一根打谷场上柴垛里的高粱秸，他的咿呀之声就会成串炸响，像一挂鞭炮。孩子们全怯他。小孩子对各种残疾人怀着浓厚的兴趣，但也有着天生的畏惧。哑巴瘦削的身影伴随着咿呀声只要一出现，呼哨一声，孩子们马上鸟兽散。生产队的粮食和秸秆安然无恙。

青海看着大雁推起那辆半新的"永久"牌自行车，稀里哗啦走过那片低矮的坷子堆，走过板凳叔的厕房门口。他有一肚子心事，走路显出沉重。他没有和任何人打招呼，也没有再管东厕房的钢锯，就那样一路稀里哗啦叫嚷着走出了牲口院。青海仍然盯着那早已没有人影的空气，歪着头，眼光直愣愣的，像是两根长长的竹竿但谁也不可能看见。汗水从他的额头爬出来看稀罕，它们也知道发生了不寻常的事情，但纷纷滚下脸颊并没有看见不寻常处。青海像是被木头镌成的凝止不动的雕像，他的胳膊和腿保持着一种不变的姿势，像是他的两柱看不见的眼光支撑固定着他僵直的身体。牲口院里静悄悄的，只有厩房里牛和马的反刍渗透在空气中，在炎热中缠响。蝉声刚才好像一直没听见而现在全是这种声音，堆积在空中，像是一堆檀条，直楞楞的，像是这檀条已被虫蛀空，掉着那蛀虫蚀出的渣渣。蝉声和牲口的反刍似乎各走各的路，互不干扰，你在这个大院的每个角隅都能听清两种音度高低截然不同的声音。汗水腌渍眼睛让青海警醒，他突然坐起来，如大梦方醒。他的眼珠开始活泛，接着活泛的身体噌地离开那张软床。他急急慌慌朝仓库后头的菜园跑去。是的，他是跑去的。他要找三爷，要拿出他的所有宝贝。刻不容缓，他要立即进入工作状态。他要组装他精心准备了两年多的飞机。

要是只有大雁一个人的支持，无论青海多么专注精心，他都不可能做成飞机的一个小小的部件。大雁不可能天天跟着他，他只是表个态而已，具体事情他也管不过来。青海遇见的麻烦三天三夜也说不完，有时他觉得没有一点儿希望了，全是妄想。他笑自己钻进了牛角尖，让自己骑虎难下。他根本做不成飞机。你生来是与土坷垃摔骨碌的命，你不该想什么朝天上飞的事情。他不止一次打过退堂鼓，但他最后还是没有停止手头的事情，因为等着看他收成的不是队长一个，也不光板凳叔，还有三爷呢，还有其他更重要的人呢。你别看三爷从不多说一句话，天天黑着脸，但他歪别的脸一听到做飞机就马上放端正。他盯着你看的时候你才发现他的眼睛竟然也能睁开，也能闪闪发光，而平时你竟然觉得他从没睁开过眼睛。他的眼睛不是微眯，也不是乜斜，天知道那是怎么回事儿，竟然让人好像没有看见过他的眼睛，他耷拉着的眼皮完好地遮挡住眼睛，让其藏而不露。

三爷是仓库保管员，他的腰窝里别着仓库的钥匙。这可不是个小事儿，全生产队几百口人的性命差不多都悬系在那把钥匙上。他这个保管员在某种程度上说比队长还要重要，让每个人都敬重三分。但三爷从不多说话，好像他的心思全在那三间屋子里。那屋子里有各样粮食种子和各种最重要的农具，比如耩地播种的木耧，比如各种农药，还有备好上缴公社粮店的小磨芝麻香油，还有分拣好等着缴送的烤烟……当然，现在多了那些抹着黄油被厚厚的透明塑料纸包着的铁制部件，它们堆放在角落里，任何人都不许碰一下，连三爷本人也没有碰过。三爷觉得那是飞机零件，它们蹲在仓库里金光四射，让死气沉沉充满各种气味的黑暗屋子里一片亮堂。它们是神圣的，有一天它们会飞到天空去。三爷恩准青海藏放在他管辖的神圣房间里。三爷可是轻易不让人进他的宝贝仓库的，他是一个忠实的勤恳的保管员，连大雁想进仓库里转一圈都会遭受三爷的白眼。他不想让任何人进入他的领地，他有充足的理由。但飞机让他甘愿腾出他的宝藏洞府，而且还是他邀请青海将那些神圣之物放在这仙洞里的。现在青海跑步去仓库后头的菜园里找三爷，告诉他变故，要他打开宝藏悉数亮相那些能够升天的"珍珠玛瑙"。

光是腰里别把仓库的钥匙，三爷的眼皮子或许没有这么沉重，或许适当的时候会抬一抬，嘴角也会露出丝丝笑意。但是三爷还是仓库后头那一片菜园的主人，那可是两三亩或许更多些的一年四季连绵青翠，生产队三百多口人想吃蔬菜别无指望，只能眼睁睁盯着这菜园，盯着三爷。每到分菜时节，三爷是最神气的时候，掂着有着长长秤杆的大秤，眼睛只看秤星和账本，不可能看一眼即将拥有那些可怜的一小堆萝卜白菜的人。三爷认字有限，斗大的字识得不满一笸箩，勉强能写全自己的名字。其他人的名字大多是能写出来的，写不出来的字他会用一种奇怪的符号代替，决不会弄错。即使没有那揉成一把枯豆叶的账本，三爷仅凭记性也不会出差错，许多时候他要盯着账本看不是因为必须看账本，是要显摆账本的权威。眼下没有要分的菜蔬，黄瓜即将罢园，萝卜白菜都还在起劲儿长大，而一个月一茬的韭菜也还没有长够生长期，此刻正过瘾地渴饮清水——三爷正在浇菜，他忙碌的身影活跃在水井和韭菜沟垄之间。他神气十足，罔顾左右。他不停地吆喝那头绕圈的灰驴。辔头遮挡了驴的眼睛，它只能昂立双耳倾听三爷的吆喝，但是否执行那吆喝不得而知。水车的铁链子哗哗啦啦响个不停，汲筒里黑暗的清水不情愿地被铁制的转动着的轮盘提出地面，倾流进水沟里。最欢畅的倒还不是韭菜，而是水沟里茂盛的青草，它们在水面上击出涡纹，早已吃饱喝足，开始尽情耍闹。可供它们这样玩水的时光不是太多，它们倍加珍惜。清凌凌的、能够镇压炎热的井水伴着水车的低唱流过长沟，拐个弯不多久就到达目的地——那些眼巴巴等得焦急的韭菜。三爷就站在垄头，拨弄开先下手为强的青草，推开竭力要洇透自己才放行的埔土，让水流顺畅和韭菜约会。三爷穿着靛黑粗布裤子，汗水漏透粗布，让耀眼的阳光一衬浑身就更黑，就像一截烧了一半又被雨水洗劫的树桩。他的眼皮沉重，但他的动作灵活。他一会儿要那头毛驴这样那样，似乎哪样都不太合他的心意；他吆喝着毛驴也没忘手里的铁锨，不时修改水沟，不时让逸出行列的韭菜归队。他瘦。他不怕热。他站在劈顶而下的大太阳下，根本没有躲到楝树荫下的打算，而其实此刻阴凉正浓。树荫与阳光总是成反比，阳光愈亮阴凉愈暗愈黑，像是故意要引君入瓮。就是三爷和井水和驴和韭菜们周旋正热闹之际，青海蹿过仓库屋角，推开菜园的那处枯树枝编扎的栅栏门，急匆匆走过狭窄的田埂小径，一看就是要给三爷诉说要紧之事。三爷初开始仍没有抬起他沉重的眼皮，这个世界上确实没有什么值得他轻易就抬起眼皮。但青海拐过水沟，差一点一脚趄进沟里，这不能不让三爷抬眼端详。他看着冒冒失失的青海。他知道发生了什么事情，但绝不是钢锯的毛驴尿尿的事情，而是更重大的事情。能让青海这么急慌慌横冲直撞的事情，同样会让三爷抬开他沉重的眼皮。

"要分地了，"青海语无伦次，"生产队，要解散了——"

"你说什么？"三爷拄着铁锨，扭过脸来张望他，"你先洗把脸……看你热的。"可能是因为阳光明亮的缘故，一切都变得轻飘虚浮，三爷的眼皮此刻并不滞涩，他的眼珠也没有被阳光晒淡，仍然能够看出一小团灵活的漆黑。

青海意识到他的心跳与此刻的缓慢安详节奏不太协调，他竭力压住跳荡捋顺呼吸。他就站在水沟侧畔，水流汩汩经过他的脚旁，镌刻着浅浅的黑色纹理，透出沁凉。他的小腿上感受到了丝丝凉意，在伏天（已是三伏天中的最后一伏）的燠热里那清凉就像一只胳膊拉他蹲下。他撩起发黑的水往脸上泼溅，他的眼睛有点发涩，但很快脑子就清醒了，心跳也不那么惊天动地。他出气回气匀和些了。他用双手掬起水来唧哩唧哩喝起来。那水甜滋滋的，有点生铁锈味儿，有点青草味儿。他觉得汗水正在重新回到它们原来待的地方，找不见影儿了。

这时一根红红的萝卜递到了青海面前，三爷仍然不说话。青海接过来，但只是拿在手里，没有动作。三爷说，你还不快洗洗吃了，等人瞧你跑到菜园里吃萝卜啊！青海呸怔了过来，慌忙在流水里冲洗。水流拧着波纹，一直朝前走着，像是谁的辫子。是谁的辫子呢？青海有点恍惚。他不想吃萝卜，但他拒绝不了三爷的好意。并不是谁想吃就能吃到萝卜的，这是三爷的零星权力，几百口人指望这十来沟萝卜过冬天呢，秋后一家才能分半笼头吧，哪能谁想吃就能吃到嘴里的。但三爷自己都舍不得吃的萝卜轻易递到了青海的手里。青海知道这萝卜的分量，也知道三爷对他和他的飞机寄予的殷切期望。

天底下的事情没有什么能再让三爷惊奇，解散生产队的惊雷也镇不住他。他面无表情，只是吆喝住了毛驴停止了浇水。接着青海就跟在三爷屁股后头走出了菜园，走进了牲口院，仓库的门锦子哗啦响叫一声，黑洞洞的两扇木门豁然敞开。屋里漆黑一片，青海走进去好一阵儿啥也看不见，但三爷却熟门熟路根本不需要眼睛帮忙。青海的宝贝在东山墙上倚墙堆放，下头衬着厚厚的塑料布，上头不但遮了一层反折的塑料布，而且还盖了一层麻袋，好像那些宝贝怕冷怕热，需要覆掩严实才能舒服。要不就是它们更怕明亮，只有阴暗处才能自得。青海抚摸着那些熟悉的抹了黄油防锈的轴杠、圆圆的轴承、紧密包裹的各种型号的螺钉……像是开学时小学生拿着新发的课本和铅笔，欣喜又惊异，爱不释手。

二

要是青海把机器房当成他的装配工场，也许不会像吸铁石招惹铁屑一样乌压乌压引来那么多人。尤其是孩子们，正放暑假，一听说青海在牲口院里装飞机，我的天，简直炸了窝，噌噌地朝牲口院蹿。各种零件摆了一地，围来这么多对啥都稀罕的小孩子，总想摸摸这捣捣那，手脚不会识闲。老板凳给青海搬来他的小马扎，让他在一堆零件中间稳坐钓鱼台。青海又要操手里机件的心，又要操兜头接脑的孩子们的心，有点顾不过来。好在老板凳在，他替他哄弄那些孩子，甚至有一会儿用他腰里的那只玉蛤蟆引走了那些调皮蛋。哑巴也来帮忙了，他不声也不响，笑眯眯地看青海忙乎，一脸羡慕。有哑巴守望，青海就可以不再抬头，因为只要有人碰碰地上的宝贝，咿咿呀呀的叫唤就会在半空爆响，让伸直的细小胳膊马上蜷回去。

机器房里太闷热，不适合当作精细装配工场，但这藕池旁边的三角地也不理想，荷叶田田花儿朵朵倒是很舒心，可冲鼻子的驴尿味在酷热里翻滚，再加上让莲花吐溢芬芳的池底污泥偶发的臭气，而最要命的是蚊子——一到傍晚，蚊子稠密得打脸，你好像不是待在牲口院里，而是戆在打麦场里正在扬场。好在还有蚊香，能让蚊子退避三舍。大雁心不定帖，一下午视察了两次牲口院，而且特意给青海带来了好几盘深绿色的熏蚊盘香。他无微不至，最小的细事也不放过。他督促青海把大姐夫春雨快快喊来助阵，并马上吩咐东方骑车前往县城机械厂送去十万火急的鸡毛信。

不但是大雁明白春雨是关键，青海娘更明白这一点。太阳西斜到就要挨着树梢时，青海的小妹妹小菊斜骑着自行车闯进了牲口院。小菊刚过完十一岁的生日，春天才学会骑自行车，但她个头还太矮，不能一偏腿就坐上自行车高高的座位，于是只有抄近道——她是掏腿骑车，右腿从车架中间的三角空当里穿过踩到对面的脚踏，虽然斜着身子蹬车有点吃力，但总比走路快。青海动手做飞机的事儿当然瞒不了他娘，尽管她极力反对他这个飞机，但要紧时刻她还是会帮一把。按她的说法就是青海做的是玩具，我也得帮他弄成让他高兴才是！于是她马上下旨让小菊去四里外的大姐家，传唤春雨明天务必来家，不得有误。

小菊的粗布方格衣衫全溻透了，发黄的细发沾在额头上脸颊上。她艰难地支好自行车，一瘸一拐地走到忙碌着的青海跟前。青海抬头看见了小菊，瞪着她问："小菊，你咋来了？"小菊很少凑热闹，大姐一走，家里陡然忙乱，娘不让小菊乱跑，手底下有永远拾掇不完的家务活。青海知道小菊不是来瞧热闹的，一看她腿不利索，他还以为她受伤了呢，慌忙又站了起来。

小菊说："没事。"她扭了扭身体，舒展一下，又用袖子往额头一抹拉，才说："哥，大哥明儿个晌午来。"

"你去大姐家了？"青海站在那儿伸伸懒腰，黑手里攥着一个轴承。

"咱娘叫我去的，"小菊说，"让咱姐赶紧叫大哥来，帮你做飞机。"她望望满地摊开的零件，又问："哥，你真能做成上天的飞机？我咋觉着你做不成哩。"小菊皱着眉头，有点替他发愁。

"你甭管，"青海说，"看热的，褂子都溻透了，赶紧回家洗把脸凉快凉快吧。"青海朝她扬扬手。

这时候老板凳抱来了一捆艾蒿扔在地上。青海知道他是要点着艾蒿驱散晚间的稠密蚊群，让他免遭叮咬，就说："刚才大雁爷送来蚊香了。"他指了指放在零件中间的那几盘老绿色盘香。

"那东西能帮忙，但济不了事儿，蚊子最怕的还是这艾棵子，偏方治大病。"老板凳剃的是光头，满头都是汗珠，看上去像是一只布满露水的葫芦。他没有戴遮阳的草帽。他赤裸着的上身也全是热汗，他不停地用那条看不出颜色的粗布手巾往额头上身上擦拭。

想帮青海一把的人不少，连哑巴也抱来一抱子晒干的艾棵子，干艾能直接点燃，而新鲜的湿艾还得点着麦秸才能引着。钢锯虽然有一肚子不满，但驴也牵走了，眼看天要落黑他也不便再请出来拴桩上，马无夜草不肥，天一落黑驴马都要入槽吃草的。再说大雁一个下午连来牲口院好几趟，也没给他留横生枝节的空隙。不知为什么，他也不想再生事了，现在他也开始关心青海装配的进展情况了，不时推屎装尿地走近青海的摊子前看一眼，想看出个究竟。但他还是觉得青海是瞎鼓捣，就这一地大小不一的破铜碎铁就想做成飞机一飞冲天？云彩眼里的事！现在他越看越相信自己的早期判断了，青海弄不成个啥景致。他为自己有先见之明而鼻孔朝天，再度吭吭地呼出硬气。

太阳刚刚钻进西侧那株大杨树后边，枝叶将正在泛出赤红的阳光变成一道一道栅栏，斜斜棚放在牲口院里。暑气似乎消弭了一些，有少许凉风从玉米地梢顶跳过来，有一搭没一搭的。坐在马扎上仍然会流汗，青海两手油污，只能扬起胳膊伸着额头擦拭，否则汗水总迷糊眼睛。哑巴已经点燃干艾，蓝烟在院落里萦绕弥漫，让刚刚有点动静的蚊虫们退避三舍。浓重的艾叶气息熏走了蚊虫，但也熏得人咳嗽流泪，一用劲儿咳嗽，身上的汗水像艾烟一样更加层出不穷。好在艾草呛人的芳香一起，驴尿马粪牛屎还有藕池里的污泥异味全都匍匐下去，找不见影迹了。

青海的心思全缠绕在那些零件上，在接下来的黑夜里他几乎没合眼。他一点儿也不困，擦拭叶片，装配轴承，拧紧各种接合螺钉……这些没有太多技术含量又颇费工夫的活计他要早做，单等天亮大哥一来就投入真正的核心装配。大哥才是顶梁柱，要紧的工序需要他动手安装。深沉的黑夜里，牛嚼草的声音渐次清晰，漫长而不屈不挠，永无尽头。田野里正在长大的蟋蟀蚂蚱已能振动鸣翅，虽然没有一个月后那样铺天盖地洪水般盛大，但也像遍地细草生长，蔓延进无边无际的黑暗里。马灯点亮了，但烟炱熏黑了铁丝襻织成方格固定的玻璃罩体，越发昏暗不明。老板凳陪青海坐了一会儿去睡觉了，连哑巴也没有了踪影，只有青海一个人坐在马扎上坐在昏黄的灯晕里凝神干活。艾草仍在冒出丝丝缕缕的烟雾，偶尔会有一只不怕死的蚊子光顾，在耳朵旁嘤嘤飞响。青海摇摇头撵走空中的入侵者，但那飞翔的轻响竟让他产生一种亲切之感，他觉得不那么孤单了。

青海抓着一团油纱擦拭一只锥形轴承，他心里一片茫然，而且越来越茫然。这一地大大小小的零部件真能对成一架可以飞离地面的飞机？他对这个前景一点儿也乐观不起来。要是搁两年前，谁要是说可以动手做一架飞机，他会坚信不疑，但现在他质疑这一切。尽管有大哥，有他肚子里那些莫名其妙的经验，他仍然不会深信。他没有多少资料可以查找并学习，县城的新华书店根本找不到一本与机械相关的书，与飞机沾边的书更没有踪影。他手头现有的这本《机械原理》还是大哥在他们工厂的所谓的图书室借的。但就是有专业书籍也是白搭，青海发现自己看不懂那些书，弄不清流体力学啊空气动力啊之类的天方夜谭概念。他只读过两年高中，确实学过物理学，但也仅限于压力压强速度里程，其他理论他都有点模糊不清。那是最初级的中学物理，与实用物理风马牛不相及，相差十万八千里呢。所以青海对机械的知识除来源于大哥的粗糙讲解外，只有靠自己琢磨。

大哥的讲解确实极重要，不但是物理现象，青海的许多社会知识也是通过大哥这个渠道获得的。他第一次真正认识大哥是那年中秋节，大哥和大姐结婚第一年，走娘家送月饼当然很隆重。大哥骑着自行车，车把上挂着四只小公鸡，大姐挎着的大竹篮子里不但有月饼苹果，还有饼干、小金馃、果脯等平日根本见不着的稀罕吃物。从说媒开始，青海天天听到关于大哥的各种信息，但没有见过本人。他知道他是军人，在部队里顺风顺水，曾经在某次事故中立过三等功，得到上级奖赏，甚至有一段时间传说他要提干，一度让青海娘还有青海大姐很是紧张。要是他提了干，那他就不可能再来家里送月饼，说不定现在他已经成了城市里某一家的门婿，但不会是青海家。好在甚嚣尘上的提干传闻很快就平息了，因为明显是泡了汤，不久之后大哥就转业到了县城机械厂，当了一名技术员。青海与他相见恨晚的这次初逢就是他刚刚当上那个小厂的技术员时期。

大哥是汽车兵，不但能开着汽车飞跑，还会修理汽车。青海总想象大哥满手油污在卸一辆抛锚了的大汽车的轮子，而且让那辆瘫痪的汽车很快又汽笛一鸣死而复生。所以青海一开始就极崇拜大哥，崇拜他当过汽车兵，崇拜他会修大汽车，崇拜他秀才不出门知晓天下事。

大哥生得俊朗，这是让大姐最满意也是最自豪的优点，从大姐说起大哥时或者与大哥在一起时的举动能看得出来。大姐把大哥当成宝贝，而这宝贝又独属她一人所有，所以她极其满足。看大哥给小弟讲这讲那，大姐也凑上来听一听，但她不会真听，她就是想听听大哥的声音吧。就是她不过来听，她干着其他事情也操着他们的心。大哥给青海讲解无线电波的原理，他把那台秀珍收音机打开，让它哇哇唱响，然后让青海找来一只白搪瓷盆。大哥把正唱得起劲的小收音机搁进盆里，那个清脆女声猛地不唱了，像是被刀切断了。尽管青海学过无线电，甚至也知道屏蔽效应，但真正在他的面前演示这试验时他还是大吃一惊。真的有无线电波？以前他总是质疑，总觉得这些看不见摸不着的事物都是假的。眼见为真，你说这空中有这波那波，谁会信啊！但事实让他相信了这看不见的波的存在，这一下子切断的声音是再好不过的证明。青海看着大哥，有一种如梦方醒的感觉。

大哥只要来家青海都会若隐若现地跟着他，听他天南海北瞎扯。他还喜欢听他说当兵的事情，说部队里发生的各种奇闻逸事，当然，他所在的县城机械厂也成为他向往的地方。大哥并不喜欢这个小厂，他觉得自己在这么个小厂当个破技术员是明珠暗投虎落平阳，他是干大事情的材料，但现在也只得暂时委屈在这个区挪隅角。青海当然熟悉那个小厂，无论大哥如何不喜欢那处溢满机油气息的大院，青海还是想看巨大的车床、铣床，还有发出隆隆声音的机器，甚至对那里头弥漫的生铁味儿也觉得亲切。只要有机会，他总是踊跃去那家小工厂，想在那里头多待一阵儿。

但生出动手做飞机的念头却与那家工厂无关。这时候青海已经高中毕业进了机器房，成为一名光荣的生产队机器员（姑且先用这个名吧）。当时回到村子里前景一片渺茫，大哥想帮他在机械厂谋一个临时工的差使，一直在努力，一直也没结果。大哥不是厂长，连车间主任都不是，想让自己的内弟走进这个工厂当工人，可能性不是零，但也接近零。大姐也知道这事儿，之所以没有改变打算，似乎是想安慰弟弟，让他心里踏实一些。大哥每次说到这事时有点支吾，青海就知道不太顺利，口口心心地想问，也只是话到嘴边再咽下去。他知道大哥会为自己的事儿尽心尽力，他就是不催问，他也会当个事去办的。既来之，则安之。既然进了机器房，再说青海也喜欢机器，那就先待下来吧。于是他天天与那些柴油机、轧花机、榨油机、水泵……打着交道，不知不觉已过去好几个月。

转机发生在来年春天，机器房里突然添了新丁——一台红八匹柴油机虎虎生风地蹲在了机器房里，红彤彤一方，敦实得像个石磙，灵巧得像一头豹子，似乎根本没把其他油渍麻花的机械放在眼里。原先用的一直是十二匹的灰绿色立式柴油机，体积庞大，显得笨重无比，只要轮子一转动，我的天，有一处火花塞什么的机关就上下跳个不停，跳出一团虚影，唯恐人家忽略了它。这台绿十二匹柴油机马力并不大，连抽个水都会憋得冒黑烟，水还没上到地面，它已经憋灭好几次。摇机器也费力，青海手脚够麻利的了，他左手打着减压阀，右手握着曲柄插进轮子轴心里猛摇，摇上好几圈，听到机器有自己转动迹象时得及时薅掉手柄，不然那曲里拐弯的手柄会甩你脸上或者身上，肯定饶不了你。但青海没有受过一次伤，尽管这机器特别难侍候。

现在好了，红八匹新机器来了，一摇就开，而且马力不小，抽水根本不冒黑烟。最难能可贵的是它的轰鸣竟然能够不分瓣呈连续嗡响，让青海想起飞跑的汽车甚至飞机——对，飞机！偶然从村庄上空飞过，发出神秘而单一的轰鸣，不慌不忙飞近又飞远，有时呈灰红色有时也映着阳光泛射银白。青海发动他的想象，起初是把红八匹柴油机放在架车上，通过传动装置将机器轮子与架车横轴关联，然后随着红八匹没命的号叫，架车变成了汽车飞一般奔跑……但是架车横轴实在太薄弱，车胎也太细窄，一旦上了速度，哪怕仅是每小时三十公里，不出十分钟，你就无法再找到架车的影子，它肯定会零散成它没有成为架车时的模样……那就飞机吧，在空气中滑行没有颠簸，不会零散，把这红八匹往上一放，动力驱动向下的气流还有向后的气流于是就飞了起来，边升高边向前，就像一只翱翔的秃鹫……啊！青海被自己的想象吓呆并沉醉——也许真的能制出飞机来，好像大哥提到过和飞机相关的事儿，但具体环节他记不太清了。

下一次和大哥春雨在一起时，青海就问起飞机的事儿，但他没有马上提起新来的红八匹柴油机。春雨给青海说过的事儿太稠密，猛然间他也想不起来曾经说过有关飞机的什么事儿。"你是说我想当航空兵？是想过，但没有可能，因为对身体条件的要求太高了，身上有块疤癣都通不过。不是？是有一次说我出差要坐飞机吗？那一回差一点没坐上飞机，但因为手续太烦琐最终还是作罢……还不是？那是啥呢。我再想想。噢，是不是我看过一张旋翼机的画报，一种简易飞机，有两个直升机一样的翅翎，屁股后头有个电风扇样的尾翼。是吗？是啊是啊！但我只是看看画报，虽然兴趣浓厚但并没真见过，也没弄清结构与原理。但我看的时候我就觉得这飞机说不定我也会制呢，看上去并不复杂。"

于是青海向春雨说起了红八匹柴油机，说出了他的想法。同样，他也无端地觉得要是春雨说的那种旋翼机能飞起来印到画报上那他们也可以试试，我们有动力呢，这台赤红的蕴满希望像火一般的机器！春雨那双俊美的狭长眼睛盯着青海好一会儿，他舒了一口长气，然后他让青海领着走进了牲口院机器房参观红八匹。青海的话管用，春雨看上去是动了心思。

要说是青海的想法启发了春雨投身飞机制造并决心造出一架会飞的飞机，有点牵强。即使没有青海的提议，没有那台红八匹机器，春雨迟早也要把目光投向飞机。他不是个安分的人，他总有新奇的想法，而且他是那么热爱机械制造，亲手制出一架飞机是他的梦想。正是因为这梦想太遥远缥缈，他不敢面对也从不轻易去想，但青海的大胆就像一根火柴，嚓地把他点燃。他开始专注地烧起来。当然，这不光是他春雨的梦想，更是青海的梦，两个人算是一拍即合。用"狼狈为奸"形容青海与春雨的关系似乎更贴切一些。他们为了制造出一架能飞的飞机简直做出了艰苦卓绝的努力，只要是可想的办法他们全想到了。春雨是主角，青海充其量只是一个马弁而已，一个有偶像情结的跟屁虫。在接下来的时间里，人们看见青海有事没事总往县城跑，去找缩藏在那家机械小厂里的春雨。青海去买一个水泵上更换的零件，明明八里外的镇上有，他偏偏要无论天热天冷直奔县城，好像县城的零件才是零件，而小镇卖的全是赝品。大雁从那时起就对他去县城睁只眼闭只眼，爱去就去吧，只要你不嫌累。骑这么一辆像烧火棍攒成除了铃不响浑身乱响的破车，还三天两头往四十里外的县城跑，不知他图个啥。但很快大雁就发现不对劲儿，青海每次从县城回来自行车后座上总驮着什么东西，用牛皮纸塑料布什么的包裹严实，有时是一长溜，有时又是一疙瘩。有一回大雁就拦了青海，他刚一骑着那辆叽里咣啷小题大做的自行车走进牲口院，迎面就碰上了他最不想碰上的人物。直到这时候，大雁才知道这哥俩是在制造飞机。

青海等待着一场暴风骤雨的训斥，他反复盘算该怎样保护那些已经运回来的各种零部件。但让他意想不到的是，大雁只是无微不至地盘问他，一句严厉点儿的话都没说。到最后，大雁表达了他的真实想法：他支持青海和春雨的飞机制造，他太想看一看飞机是如何飞上天的！第一个最重要的同谋者就这样产生了。

一架小型旋翼机的零部件并不太多，但对于一个县城机械厂的刚入厂不久的技术员来说，要寻找并制造出来也不是没有难度。春雨两年里估计也是日思夜想，为飞机上天倾注了大量心血。他如何找到的那闪射明光的长长的不知什么金属制造的翅翼，还有那些各式大小的锥形传动轴承，还有比手扶拖拉机的轮胎更小巧的那种轮胎……这些外在的硬件都还好说，机械厂麻雀虽小五脏俱全，不缺车床也不缺铣床，材料和加工也不输那些大厂，最大的考验是图纸。县城小厂里没谁去操飞机的心，连想也没人想过，零部件的设计图更是一片空白。春雨千方百计找资料，为此不止跑过一趟省城。只要有些许进展他马上拉来青海，两个人趴在图纸上琢磨，为一毫米两毫米的差距争论不休。其实青海根本就是懵懂，他差不多是看不明白那些图纸的，春雨给他反复比画他还是丈二和尚摸不着头脑。但春雨造出一个小巧的航模时，青海一看就全明白了。他们一起研究航模的结构，以其比拟未来的旋翼飞机。青海的航空知识突飞猛进，虽然没有系统书籍，但他无师自通地明白了气流动力的各种原理。

　　动手装配的第一夜青海精神抖擞，他的心激动着，对于马上展现在面前的飞机充满憧憬。第二天早上东方细高的个头出现在牲口院西北角，而且后边还跟着一个推着自行车的男人时，青海通红着眼睛从马扎上一跃而起，一甩平日的斯文，朝他们冲过去。东方笑眯眯的，自行车后架上竟驮着一台机器，绿漆已经剥落，但擦拭得锃亮——那竟是一台汽油发动机！是未来的飞机最核心的部件。机器房里的红八匹虽然马力也足够，也算是小巧玲珑，但重量超标，而且柴油机在空中的性能可疑。动力是飞机的心脏，虽然红八匹是一切事物的起源，但它已经完成使命，由它引发的广阔场景已经不需要它了。对于这架飞机来说，红八匹并不适合，早晚要寿终正寝，或者说被打入冷宫。这是没有办法的事情，为此青海和春雨讨论过好几个月。但替代方案一直悬而未决。春雨说他有办法，会有办法的，但总是没有结果。青海之所以屡感前景灰暗渺茫，也是因为飞机心脏问题。春雨想过用摩托车的发动机，但和整个机架的重量还要加上驾驶者相比，那过于小巧的机器明显力不从心。他又想改造工厂里闲置不用的一台汽油发电机，马力据称很大，驮起更大的重量也应该不成问题，但传动装置解决不了。这个最让春雨焦头烂额的纠结现在肯定是破解了，东方的自行车不会贸然驮来无用的东西。春雨精神抖擞地推车跟在后头，他的车架两旁摽挂着两只方形白塑料桶，汽油的冲鼻子气息先他而至。青海一下子豁然开朗，嘴角漾起罕见的笑意。

你不得不承认春雨长得俊朗，怨不得青海的大姐将他视为"掌上明珠"。他个头挺拔，鼻梁也直伦，眼睛明亮，最重要的是两侧的颧骨略略突出，显出男子汉的刚勇果敢。他穿着的确良白衬衫和绿军裤，都是最时髦的打扮。他动作利索，但对大人孩娃友善，不像有些人鸽子眼，只对某一部分人才绽出笑脸。大家都喜欢春雨。头天下午牲口院来了一群又一群人，是看造飞机，但这天上午又来了好多人，不但是看造飞机，更吸引人的是春雨。大伙儿都想看一眼春雨，没话找话说上几句，想看看昨天的青海大姐夫今天的飞机制造工程师的模样。当然，有人也叫技术员，反正无论哪个称呼都是说春雨当过兵见过大世面有一套制造飞机的硬手艺。

春雨不但带来了汽油发动机和两桶汽油，自行车的后衣架上还驮着一个绿帆布包，包里硌瘰瘤头的，全是各种稀奇工具：大大小小的钳子、改锥、起子、不同型号的活口扳子……应有尽有。没有春雨的这些家伙头儿，光指望青海在那儿几乎算是赤手空拳干活，想送飞机上天确实是做梦，钢锯在这一点上说得没错。

那绿帆布包里不但有各式工具，还有工装——春雨拎着帆布包钻进机器房，而且关上了房门，让人更觉着造飞机有着无限神秘。春雨在屋子里待了咽口水的工夫已经出来，但面貌一新，白衬衫绿军裤没了影儿，一套蓝平布的工装把那笔直的身姿塑造出另一种美好形象。接着他就马上投入工作。他让东方帮着抬出机器房里的那两溜长铁——那两根扁扁的铁皮像梁檩一样长，一直躺在后墙根，之前谁也不知道那是啥玩意儿，现在拆掉外面的那层塑料膜，擦净防锈的黄油，映着阳光放射出五彩光芒。大家一下子警醒：那也许是飞机翅膀！有个孩子问春雨，得到了肯定的回答，于是一下子都围上来瞧稀罕，都想看看飞机翼翅到底是啥模样。

长翅有两丈多长，有四只手掌并一起宽，闪闪发亮。春雨说那是铝合金材料，质轻而坚固，适合做机翼。大家揣测县城的机械厂可能弄不出这玩意儿，顶多也就是能用车床什么的机关把宽宽的翼体弄得朝一边仄歪好扇风，但他们决然生产不出这么长这么漂亮的物件。大家伙儿的想法没错，这又宽又长的薄铁不是县机械厂的产品，而是来自更上一级的机构——春雨通过战友从省城的另一个什么厂搞到的，仅仅为了运来县城他们就费了九牛二虎之力，想尽了一切办法。如果没有牲口院的机器房，这么长的物件想找到放置的地方也不大容易，就是春雨家新盖的瓦房里能够放得下，青海的大姐也不一定会同意。很明显，春雨对媳妇也是半遮半掩，并没有说清和内弟造飞机的真情实况。春雨一边忙碌，一边趴青海耳朵上小声问："娘骂你了吗?"

青海摇了摇头。青海娘是最坚定的反对者，她压根儿就不愿让青海与飞机沾边儿。知子莫如母，她最清楚要是一旦让青海着了魔，他会一头撞到南墙上再不会回头。他热机器她不反对，她觉得那是正经事儿，但他弄这啥子飞机，她觉得是邪门歪道，不应该是他的儿子掺和的事情！青海娘最怨恨的是春雨，没有春雨的撺掇青海不会这个样儿。但春雨又是她最自豪的门婿，是让她扬眉吐气的大女儿的如意郎君，她不好明里说他，只能干生气。她对着大女儿唠叨，对着青海唠叨，但他们已经听惯了她的唠叨，对她的话不当回事儿。这更让她气得牙根发痒。

听话听音，青海娘本指望让大雁管管青海，她去找过大雁两回。她没想到大雁竟然和青海穿一条裤子，竟然反过来劝说她别管这事儿。青海娘不死心，又去找三爷，他和青海同在一个牲口院里，近水楼台先得月，青海好像有些听他的话。不想三爷比大雁好不到哪儿去，三句话没说完青海娘已经明白三爷更想看飞机飞起来，甚至比大雁更积极。

青海娘当然听说春雨来了，正在和青海鼓捣飞机。她想去牲口院阻止他们，顺便也敲打春雨一通，让他回心转意，别再让青海不分青红皂白了。但最终她也没出家门口一步，只是到厨房烧了一锅开水起到暖瓶里，吩咐小菊快快送去机器房。大热天的整夜不睡觉，她担心他们喝凉水坏了肚子。她大本事没有，不能送飞机上天，烧一锅开水还是手到擒来的。

大雁来装配工场考察了好几次，顺手扔下两包"丰收"牌香烟。可惜两个人都不会吸烟，只有东方偶尔燃一支，不是真吸，只是从嘴里进去鼻孔里出来，不咽到肚里去。东方对一切新鲜的事物都想试试，无论自己喜不喜欢。东方的任务是拾掇零杂下脚料，比如需要个铁钉啊胶布啊什么的，只有他去四处寻找。春雨和青海两个人占着手，顾不了太多。他们双手油污，想洗净，得倒一些汽油到手上，然后用棉纱反复擦拭。甚至喝一碗开水都得他人代劳。好在代劳的人不缺，光那些小孩子就争先恐后，叫干啥干啥，一说喝开水，几只小手抢着去抓暖水瓶。

长长短短的铝管被固定在了一起，然后就是安装各种开关——其实就是自行车把上的闸手，一个挨一个被螺丝固定在一根铝管上，再通过细铁丝与机关连通。只要一动闸手，那机关可以拽动某处开关，调节大小角度。铝管架子下还安装有三只胶皮轮，有点像从手扶拖拉机上卸来代用的，但又不是太像，因为那轮子还发着新橡胶的黑暗颜色，像是刚刚生产出厂的。他们找来打气筒，扑哧扑哧给轮胎充饱气。春雨说机翼要到跑道上才安装，他担心事先装好运送时会有障碍。他说得很对，两个长物件要是走到路上，光是道旁树也不一定同意，它们会轻易伸开枝条拦住它，而凸凹不平的路面一颠，呼扇呼扇说不定会断为几截。他们不能让这两年来的心血结晶出师未捷身先死，他们要保证它好好地张弓引箭在跑道上。

三

青海的好运气全因为队长大雁心情不好，像是连阴天。那躺在地上分散多处的飞机就像蘑菇，在大雁阴恒的天气里疯长，不再顾虑那一层遮覆的坚硬土皮，它顶破障碍迅速膨大。自从得知要解散生产队，大雁一下子心跳就不规整了，一会儿慢下去一会儿又快起来，像是溺水的人还没有沉底，在大水里挣扎。他从来没想过他不会干队长，因而也不知道他要是不当这个队长了日子该如何过，尤其是该如何面对村子里的人们。他已经在队长这个位置上趾高气扬了二十年，从一九五八年吃食堂开始他就在大会小会上讲话，号令人众，是这半个村子的头儿，村子周围四百多亩田地全听他的话，叫长啥庄稼就长啥庄稼。他一度以为自己就是这块土地的皇帝，可以为所欲为，没人能管得着。他知晓应酬上级的手段，即使在斗争最激烈最严酷的年代，他仍和公社领导们如鱼得水，混得像是没出五服的亲戚，像是一家人。他精通此道，也因为此道精通他也就风雨不倒，屹立如初。只要生产队存在一天他的屁股就不会挪地方，而现在这队要解散，他自己都不知道"座"在何方。但有一点他很明白：大势已去，他不可能再号令众人，也不可能再指使这一方田地长这长那。他从人们看他的目光已经觉察出异样。

他内心蕴积着愤怒，但他死不承认这愤怒来源于恐惧。他装出他才不在乎这个队长这顶乌纱帽呢，又不是他头上长的，谁爱戴谁戴！事情不像他说的那样，所有事情都不像他说的那样，事实上这顶乌纱帽已不存在，谁也戴不上。这恰恰是最糟心的。只要有这顶帽子他就有办法据为己有，现在村子里压根儿找不见这顶帽子了，你纵有日天的本事又能如何。所以他的愤怒就像地心里酝酿翻腾的岩浆，随时都要喷发。在青海鼓捣他那些宝贝铁件的第二天午饭后，村口那株大桑树老母柯权上挂着的大铁铃铛铛铛铛爆响，与树荫外头毒太阳地一样耀目。大家伙儿刚吃过午饭，有的躺在阴凉里打盹，有的在打扑克下地棋，这爆炸的铃声让他们有点摸不着头脑。"这些调皮捣蛋的娃娃，大热天也不歇停——"一个嘴唇上贴几溜白纸条（输牌被惩罚）的人握着手中擘开的扑克牌扭着脸这样说，不过他没有说完要说的话，因为他马上明白不可能是小孩子调皮敲铃。那铃声坚定，不屈不挠，长响不止，除了队长没人这样敲铃。打牌的人将擘开的扑克牌再次收拢，另外的人已经将手里的牌扔下起身站起。四个人刚刚拍净屁股上的土粒还没站去腿上的麻木，大雁肆无忌惮的憨亮声音已经穿越蝉声和灼热的阳光传布开来。"拿着铁锨铁锹，到村西头平路！"吆喝声渐行渐近，"村西头的南北官道！喜鹊，金灯，别忘了带软尺！"

喜鹊是生产队会计，金灯是记分员，全是队里的核心人物。人们都明白要扛着家伙头儿去村西头的南北路干活，但想不明白要干什么活。这阵儿正是农闲时节，是繁重庄稼活计之间的闲缝儿，玉米正在憋着劲儿鼓胀棒子，红薯钻在地底下顾自膨大身体，连豆地里也没啥活计，豆叶密密匝匝根本下不去脚。芝麻绿豆什么的都各忙各的事儿，一心一意在胀荚长籽……大家伙儿正想在树荫里歇过来乏气、迎接接踵而来的秋收秋种——那是一年里除麦收之外的第二道繁重活儿，来不得半点含糊，明年的收成全看今秋的脸色呢。乏气一旦泛上来，谁也不想从阴凉里再去毒太阳下流汗。那条南北路名曰官道，其实也就是路面略微宽阔些，是人们赶集上店的必经之路。再说那路也不只属于南队所有，还有北队的路段。不知大雁葫芦里卖的啥药，把大伙儿召集到那条路上要鼓捣什么。尽管大伙儿都听说了解散生产队这回事儿，但一天没有宣布解散，他这个队长还会吆喝一天，他吆喝你又不能不听，就是让你去那条路上打滚装疯你也得去，不然你没有工分。分，分，社员的命根儿！

大雁有太多不祥的预感，当他满含一腔怒火站在大桑树下伸着手拽响大铁铃时，不自觉间他的力气全努向那只攥紧铃绳的手。他猛扯铃绳，一拽一拽，好像他拽的不是一只铛铛响的铁家伙，而是一头小猪，而那头小猪又不听话，总使别劲，和他唱对台戏。他满希望一连串地叫起来，没想仅只响亮了他希望的一半，咯嘣一声，铃绳悫然裂断。他的胳膊扑了空，他差一点儿跌跤。但他立即站稳了，他仰着脸端详造反的大铁铃，有一瞬间他想找把铁锹捣下那只蠢铃。这不是好兆头。他大口大口喘着粗气，扔开断绳，抹拉了一把脑门上水洗般的汗水。他猛然放开嗓门朝天吆喝："拿着铁锹铁锹，都给我去村西头路上干活！"他憨亮的声音变得急促，像是跟谁在吵架。

大雁也明白让大伙儿顶着烈日去修那条路情理不通，他知道那些人扭扭脸就说风凉话，对他支持青海装配飞机指三戳四。这是一群愚昧至顶的人，狗屁不懂。他们不知道青海是多么聪明的人，村子里出这么一个人是这个村子的福分！未来青海能弄成多大的事儿，他说不太清，但有明确的预感。他这个人之所以能在队长这个位置上一待多年，与他的眼皮活泛头脑灵通有关。他一看青海就不是凡人。还有他那个姐夫，也是一表人才，透风就过，都是多少年才出一位的大聪慧人物。他坚信嘘水村哪儿窝了地气，某块地里肯定冒了青烟，不然怎么会凭空出来个青海，不声不响，但天底下的事儿清清亮亮。他有这个权力当然要大力扶植他，他捣鼓飞机别人生疑，但他从来就没怀疑过。他坚信青海能顺利地开着飞机上天，他要成为送他上天的人。

大雁当然清楚他是秋后的蚂蚱，蹦跶不了几天了。邻县的村子早已行动，不但解散了生产队，连田地都一块一块丈量分光了。队长的下落自不必说，没有了生产队哪还有队长。你今天有队长这个称谓有这个号令众人的权力，明天你就是个屁，说不定那些人随时都想收拾你一顿以报私怨呢。但毕竟今天还没有抹下他头上队长这顶帽，而说不定明天这帽就没了。有权不使过期作废。他得火速行动，得在帽子脱落之前尽情再享用一番帽子的威力。他要享受这权力。他要让他们知道他在胡来，而他们又不得不顺着他胡来。我就是要支持青海的飞机上天！我就是要让青海在牲口院里光明正大地装配制造飞机！我还要修飞机跑道！我才不在乎它会不会飞得起来呢。你说我胡来，我让你眼睁睁看着我胡来。我让你明白啥叫权力，啥叫任性。

于是村西头那条路就热闹起来了。太阳刚刚翻面儿，正是一天中最热的时刻，而那条路的两旁又都是玉米地，过不来一丝风，人站在路上像进了蒸笼。路两旁曾经站着白杨树，都一抱粗细，枝茂叶盛，正是阴凉最浓的年岁。但上一年秋天那些树接二连三伐掉了，因为它们已经成材，可以锯开解板装点家具也可以充当木橼了（这种树也只有这么大的材料）。而现在春上刚栽的树苗比手指粗不了多少，生出的叶片看上去挺阔气可惜太稀少，布下的阴凉还遮不住它自己的身体。男人们穿着粗黑布裤衩，有人光着脊梁，有人穿一件粗布短袖衫抵遮烈日。每个人都有一顶麦秸草帽，但戴在头上的不多，嫌干活碍事，都挂到脖子奔拉在背上。他们挥汗如雨，从护路沟里铲起一锨锨土扔在路面上。那些填平坑洼的刚刨起的新土因为携带着土皮之下的湿润颜色略略发暗，但摊布到路面上瞬间就变白了，成为干土了。烈焰般的阳光烘烤着的土路被一群人这样侍候，似乎很舒服，在汗滴下发出哼哼唧唧的呻吟，就像是一头蹭痒痒的母猪。

大雁当了二十年队长，要是没有三两个仇人也不现实。比如此刻正在踩实路面的铁钩，就和大雁不共戴天。他已经听说生产队要解散，他单等着他啥时不是队长了再收拾他。他想着如何当众揍他一顿，让他出出丑，但又觉着只揍他一顿实在不解气，再说当众揍他会有人劝架，下不了狠手，难放开手脚。他一次次将牙咬得咯咯吱吱，有时候他觉得已经忍受不下去，说不定哪天路上碰面他就要大打出手。他厌恶那张长驴脸，而且还泛着红光，那红光在他看来就是猴腚。大雁和铁钩是好几年之前结下的梁子，也就因为中秋节还没到红薯还在长个头儿而铁钩扒了大田里的红薯，他将那新红薯藏在蓣草的箩头底下。草层掩埋了红薯，他想着万无一失，再说就是大雁发现了这事，也应该睁只眼闭只眼的，正是新红薯下来的时节，你看哪个草篮子底下没两块红薯。但大雁守在村口，就拿他开刀。那是傍晚时分，他专等着天落黑才进村，就是为了躲避大雁这类人的搜查。但人算不如天算，他刚进村就看见大雁守在村口挨个翻篮子。是的，这时候进村的草篮子不是他一个，在他之前也翻出了红薯，一小堆大小不一地无声地缩憋在路旁，但铁钩还是觉得自己点儿背。他又不能掉头走开，那样是不打自招。只有硬着头皮走上前，他叫了声"大雁叔"。他满指望被他称为叔的人手插浅一点，漫不经心放他一马。但他完全想错了，大雁正在火头上，大田里的红薯还没长成个儿就被扒得豁豁牙牙，他早已气炸了肺。他不会饶恕任何人，亲侄子也不中，而铁钩仅是低了一个辈分的门第遥远的后生。他的手触到了圆溜溜的硬物，他抓住那硬物从群草下掏了出来，让铁钩丢人现眼。铁钩爱面子，号称从不做偷偷摸摸的事儿，而现在差不多成了小偷，这让他羞愧难当。直到这会儿，在大太阳底下，他一想起当时的难堪仍想找条地裂缝钻进去。

他嘴里咕咕哝哝，五肚子六气地干活。他发泄着一肚子的不满。仅只为他一个人的喜好而大天老晌午让一群男子汉出力流汗，这是哪门子事儿！他要记下这笔账，合适的时候他可要报账的！他恶狠狠地铲起一锨土，哗啦甩进一个坑洼里。这时老板凳正走过来，看他气愤的模样，就说："气个啥哩，不就是铲几锨土干个零活吗！"老板凳把他的粗布素手巾盖在头顶，在脑后打了个结，看上去很滑稽。铁钩长舒一口气，没有停顿铲土："恁光是端几锨土，干这活儿有啥意思！"

"你这话说得就不对了，这路坑坑洼洼，早该修整了。"老板凳帮他踩实一处暄虚的新土。

"修整！他还不是要让那架瞎鼓捣的啥子飞机跑！"

"你这娃啊，"老板凳说，"我问你，枣山好吃吗？"枣山是过年才做的花样面食，白面蒸制，缀着一颗颗红枣，当然是好吃。"你知道枣山是做啥的？是大年初一上供敬神的。"

铁钩停下了手中的活计，肚子里鼓囊囊的气瘪了一些。他说："这我知道。"枣山其实就是制成仙山的模样，大年初一的五更时分摆上堂屋当门的供桌，紧倚的后墙上贴着玉皇大帝画像，寓意似乎是让大神们待在仙山上恣意取乐。

"那不就好了——你只管好吃，才不管他是以啥名义做的哩！这路修整好了走着舒服，早该修了，你管他是真修路还是要让飞机跑，只要路修好就中。"他说完伸伸头又挺直胸，哈哈笑了起来。铁钩翻瞪翻瞪白眼，气消了大半，开始稳扎稳打干活。

本来老板凳是饲养员，可以不来修路的，但他拾掇利亮了厩房里的事情，掂把铁锹来帮工。他不是只为了工分，他不干活会着急。他是闲不住的人，干活能让他舒坦。

这时有个路过的小伙子顿住脚，歪别着头听他们说话。他若有所思。他看着老板凳："板凳叔，你说……飞机跑？"

那小伙子隶属村北头另一个生产队，叫芭斗。他像是吃了铁，只长模样不长个头，站在老板凳旁边才及他的肩膀。他又问："我们队咋没开会让修路？你们咋这会儿修路？"他嘴角有两撇皱纹，一张嘴说话皱得就更深刻。他以为上级有了最新指示，又让人们大修官路呢。

铁钩正踩实填土，他看了他一眼但没停下双脚，他似乎挺享受脚后跟下瓷实的散土。"你们队有飞机制造厂吗?"他乜斜着他问。

"飞机……制造厂?"这让芭斗有点摸不着头脑,他没听说过飞机的事儿制造厂的事儿。

"这可不是路!"铁钩像个不倒翁,交替享受脚下的瓷实感觉,"这是飞——机——跑——道!"他仰起头但没有再看他,把后边四个字重重地一个一个唾出来,唯恐每个字眼从他厚硕的嘴唇里跳荡出来时会被压瘪磨去棱角。

芭斗是个不甘寂寞的主儿,喜欢看稀罕当然更喜欢看热闹。他的嘴半张着,眉头悄悄拧成一疙瘩,接着他皱着的脸就放开平缓了,而且张开的嘴配合着点动的头发出"嗯、嗯"的理会了的声音。他本来打算走亲戚办点事儿,现在他决定修改计划,掉头就朝他刚刚走出来的村子里走去。他知道所有的秘密都窝藏在南队的牲口院里,那是噓水村飞机的发源地,他要去一看究竟。

四

那玩意儿看上去架势可不小,支离八叉的像辆手扶拖拉机，但其实并不沉重，四个人抬起四个角走动也不太费力气。起初大雁安排套上三头牛，动用生产队里的那辆早已废弃的太平大车驮它走，老板凳说不用劳太平车的大驾，他觉得四个人能够抬得动。大雁瞪他一眼说那是飞机，你以为是压水机啊！老板凳依然笑眯眯的，他说试试呗，抬不动了再套车也不迟。大雁不想废话，想试就试试去罢，六根手指头挠痒多那一道！老板凳叫来了钢锯，钢锯一百个不情愿，但碍着几个人的脸面也不好不来。他钻出东厩房，抹拉着两只手，好像他一直在忙似的，而其实大清早的他又能忙个啥。老板凳、青海、春雨、钢锯，四个人弓腰扣住那只大铁蚂蚱，嗨的一声，竟然离开了地。大雁不愿搭手，甚至连看也懒得看一眼，直到他们抬着那家伙挪到机器房西北角他才睁眼细看。真不敢相信，他们竟然真的抬走了。歇窝的太平车仍然去歇窝吧，那三头牛也庆幸去吧，不需要轭上脊背了。四个人抬着是有点碍手绊脚，好在路程并不远，从牲口院到那条马上当作跑道的南北纵路也就有一地畛那么长，就是小步小步挪也用不了两袋烟工夫。要不是这段路坑坑洼洼的，铁蚂蚱上的三只胶皮轱辘就能派上用场，他们可以推它走。钢锯有点扫兴，他没打算真的能抬起就走，没有任何防备，他只是装个模作个样，没承想真的抬起来了，而一旦抬起来他又趔不掉，因为只要他稍一懈力铁蚂蚱马上向他倾斜。他被绑架了，不出力都不中。

大雁不想让太多的人看见飞机起飞，他想悄悄地试验，能在清晨雾灰灰冷清明时分更好，人都还没睡醒，谁会跑到大西地看热闹。他将这意思头天晚上就给青海他们说了，让他们加快手脚。青海倒是听话，又算是一夜没合眼。他和春雨轮换着睡一会儿，其实心里翻江倒海也睡不踏实，仅只是眯缝眯缝眼打个盹而已。但组合那些轴承啊开关啊各种连接啊并不是一件简单事儿，细碎烦琐，而且全是慢工细活。两个人一刻未停，但还是没有按照大雁的心愿冷清明时分安装完毕。等到一切收拾停当，村子里一睁眼嘎嘎叫唤的鸡鸭早就不叫了，天光不再暧昧不明而是敞敞朗朗大亮，就差太阳还没有露头。大雁估计也没咋睡好，两只眼红红的，都有点和他的红脸媲美了。但他精精神神的，腰板笔直，有点兴致勃勃。他被即将起飞的飞机紧紧攫住了心，无暇顾及其他。东方和三爷把那两支长长的飞机翅翎抬上架车，车把上挂着那两只汽油桶。一行人缓步挪出牲口院，向飞机的临时跑道集中。玉米叶湿漉漉的沾满露水，路旁细草尖尖上都挂着明晃晃的露珠。大雁想虽然没有预想的那样早，但也没见几个人，趁人们还没吃恁过来赶紧办完事，免得惹是生非。而其实他也没真的指望这架铁蚂蚱能上天，他有时深信不疑，有时又侧目而视，不太相信这一堆铁棍棍能轻易飞起来。他的心情其实很矛盾。"只要能飞起一树梢那样高，啊不，飞到一棵玉米那样高也中，只要离地飞得起来就行，也算不枉两年来的牵肠挂肚。"他心里这样想，最后一退再退，觉得能离开地面二尺三尺高他也心满意足了。

他真没想到一拐过路角竟然看见那么多人。玉米棵挡住了嗡嗡的说话声，或者他心不在焉只想着飞机有点闭目塞听，反正铁蚂蚱搁放到路面时一群人全围了过来。他们叽叽喳喳，想摸摸这儿捣捣那儿，让青海的心一直提着。春雨将两支翅翼组合一体，用两个绳套分别套住翅翼又叫四个人均衡用长竿举起来，这样才能说服活动轴心归位。大雁充当了保卫员，伸开两只手臂推拥着人们趔开。他不让那些人挨近铁蚂蚱，担心动手动脚弄坏了好不容易组装一体而且能飞起来的家伙。他暂时把它当成宝贝。

大雁的保密工作略有失误，人群在膨胀着，新的人还在往村西头跑，大人孩娃全都知道青海制造的飞机要上天了，连附近村子也有人跑来看稀罕。大雁有点后悔，反思哪个环节出了漏洞。其实他考虑到了这一层，把起飞时间昨天晚上才通知两位制造工程师——青海和春雨。春雨工程师马上提出搬运问题，让大雁想起久置不用的太平车，想起拉车的犍牛。你要套牛拉车不可能越过饲养员的门槛，得让他们事先有个准备，万不得已他跟钢锯说了，也告知了老板凳。老板凳的嘴严实，他倒是放心；可这钢锯，本身就是小广播，喜好煽风点火凭空生事儿，嘴里噙不住个蜡蛋子，让他知道了就等于布告了全村人。大雁还心存侥幸想着天那么晚了凭知道能有多少人，但他低估了钢锯的传播能力，也低估了人们对飞机的兴致。这天清晨村子里的烟囱都没冒烟，连做饭的妇女都急急慌慌跑来充当飞翔观众了。

大雁没想到青海娘也早早地来了，她站在人堆外，冷眼瞧那飞机更瞧他们。大雁有点怵劲青海娘，他看见这个黑衣黑裤的老太婆就总想躲开。如今她就站在那儿，胳肢窝里夹两把黄油布雨伞——她就盼着下雨，一下雨路上泥水横流，这铁蚂蚱想飞也飞不起来了。大雁扫她一眼，唯恐她真的走近他。但青海娘并没有走近他的意思，她似乎在瑟瑟发抖，似乎这不是大夏天而是秋风乍起。她的黑粗布衣衫显得宽懈，明明没有风也让人觉得衣袂摆动，因而她就显得愈加瘦小。她是在越缩越小，还不是因为她脚踝上打了绑布严严实实地将半截小腿都扎成了细棍——她裹过小脚，携带着她那个时代浓重的痕迹；也不是因为她头顶上的黑头巾，全身包裹得只露出脸和手，大夏天的也让人觉得是在寒冬……这些全不是，她就是给你一种威严的震慑，让你总觉得做错了事儿，像是小学生见了挑剔的老师。她不是来看热闹的，她对飞机从来不感兴趣，反而极其怨恨这据说能飞起来的铁玩意儿。她一直认为正是这飞机害了她的宝贝儿子青海，让他走火入魔。而青海搁不住三句好话，一宠就上，不知道这大雁给他灌了什么迷魂汤，从而让他五迷三道地天天想飞机。一个种地的农民孩子，世世代代窝憋在嘘水村这个小角落里，你想啥都中，为啥要想飞机，想这子虚乌有的事儿！她苦口婆心开导青海，她知道所有说辞都没用，青海把她的话全当耳旁风，这个耳朵听那个耳朵冒。她知道症结就在大雁，还有这个春雨——从给她的大女儿说媒她一直在夸这个小伙子，长得俊朗，脑子灵动，有眼色，虽然不多说话但心里有数……但现在她生他的气，不想搭理他，不给他好脸色。她当然知道他已经来了两天，在牲口院里和青海鼓捣铁蚂蚱，顿顿她也做他的饭，让小女儿用炊巾兜着送去。给他做饭她没有怨言，但你别迷惑青海啊。没有这个春雨，青海再想飞机也是想天鹅肉，绝无可能。他当个汽车兵，可当出个事儿了，你以为这飞机就是汽车啊，你以为在天上跑和地上跑全都一个样啊！你自己去鼓捣就鼓捣呗，非要拉青海下水！青海娘当然动员大女儿参战，要打散他们的铁蚂蚱，可怜大女儿当不了女婿的家，反而倒戈回来劝她这个当娘的。她一点儿办法都没有，除了自个儿置气她干支挓手没辙。她夜夜睡不着觉，她的一颗心都悬系在青海还有那架什么破飞机上。

除天上偶尔经过的灰不溜丢的比织布梭子略微大的飞机外，她没有见过任何能飞的铁玩意儿。她压根儿也不想见。在这个清晨她看见它蹲在那儿，不过是一堆摽成一体的铁棍，也不比她编扎篱笆院门的枯树枝子硬实多少。至于那台灰绿的机器，猛看不打眼，浑身涂着黑乎乎的油污，像是缩在一角的一只花狗——她知道这才是威胁，说不定它就会伺机一跃而起哇呜咬人一口呢。她有点担心。还有和机器连着的举在上头的那些铁翅翎子，也不能轻视。现在它们都没动弹，要是动弹起来是个啥模样她拿不准。但她还是觉得这铁蚱蜢想飞离地面有点不容易，她又有点替她的青海难过了，毕竟他为这破玩意儿操碎了心，天天纠结在这些铁棍棍上。唉，命！但她心里透进亮光了，一想这蚱蜢难飞起来她还是舒朗。她专门拿来的两把雨伞也不用硬要塞给儿子了。有一刻她竟然想轻笑一下，当然没有真笑出来。

但春雨把一盘细绳一圈圈绕在机器轮子上，而且猛地使劲一拽，谁也想不到——那机器真的叫响起来，像是一头猪在刀子下头撅拱，而杀猪的人又没有拴紧捆绳。腾腾腾腾腾，机器初开始叫嚷得还分瓣，很快就是连续的始终如一的号叫，和天上飞的灰飞机竟有点相像。青海娘心里猛一提，她觉出了不妙。机器一震响她就觉出不妙来了。春雨趴附在青海耳朵上可着喉咙大嚷着说话，指点铁蚂蚱上的各种部件。在那条横铁棍上卡附有一排手柄，都是自行车的车闸把手——由自行车上的车闸把手改制而成，密密麻麻，总有十个二十个，谁也说不清那些把手都是做啥。把手上连着铁丝，铁丝控制着开关或轴承。每个把手上都贴有一绺白胶布，一看就是从大队卫生所讨来的，而上头用蓝笔红笔写着阿拉伯数字或者其他什么符号。这根作为控制中枢横铁棍的后方，是一把钢筋焊制的铁椅子，椅面上棚着木板，木板上垫了一个塞满麦秸的布包，算作坐垫。他们设计得可真够仔细的，座椅的钢筋上甚至还拴有布带，那应该是安全带，至于能不能保护驾驶员的安全只有天知道。机器就缩在座下方稍后，而机器的后面是一只大风扇，外面笼着铁丝罩，看上去挺唬人，但不知道能不能飞快地转动并扇出大风来。

青海娘不想搭理春雨，他认定他是始作俑者，不是他青海不可能钻进飞机的牛角尖里出不来。她像怨恨大雁一样怨恨春雨。她认为是一群人哄着青海一个人玩儿，你春雨不帮手打个破劲，反而助纣为虐。春雨踱到她面前叫了一声娘，她装作没听见，扭头给别人说话。她不能原谅他，连装个样子原谅都做不到。

接着青海就当仁不让坐上了飞机。青海娘挤过人墙，她想，疆儿，叫你上，叫你上，你咋上的还照样咋下来！你也不想想这玩意儿能飞吗！但她还是不放心，她现在把两把伞握在手里了，差点就走到正在系绑带的青海面前了。她挤了一身汗，但还是来到比她高出许多的青海跟前。她说："疆儿，咱们回家吧，不捣弄这啥子飞机了，飞不起来的！"她甚至上去要拉青海，但青海没太在意，仍然在机器轰鸣声里不慌不忙整理绑带，调整坐姿。但后来青海扭过头来，大声叫："娘，你回去吧！我不会有事的。我想飞飞试试！"她听不太清儿子说的啥，但她还是坚信儿子不会生出任何事儿，这铁蚂蚱也不可能飞得起来。

但突然尾翼呼呼转动起来，骤风般的气流把人群吹开，路面羽毛般的尘土全荡了起来。春雨招呼几个年轻人推飞机。机体缓缓向前挪动，接着就自己奔跑起来而且越跑越快。上头的翅翼也开始转动，尝到了转圈的甜头转得更欢。这一切让青海娘大惊失色，她一下子觉出和她想的完全不一样。当那两条显得庞大而颀长的铁片平静地支架空中时根本不起眼，但一旦它们呼呼转动起来并越转越快，凭空就对人形成威慑。

青海娘有些害怕了，她担心的事情也许会成为事实。其实这种不祥的预感一开始就攫住了她，当那只大风扇开转时，她猛地迎着撞来的旋风奔上前，去硬塞给青海两把雨伞，她听人讲从高处往下跳时只要两手举着打开的雨伞就能安然着地不会受伤。她不想分真假，只想让她的儿子囫囵囫囵的没有任何事儿。青海起初一个劲地推开他娘递过去的两把伞，但后来看她开始鼻涕一把泪一把，他就接了过去。他把伞卡在座位后头的钢筋格挡上。

青海娘要抓住青海，要把他拉下来，这时大雁不失时机地握住了她两只手，轻轻一架几乎是抱提着她离开了铁蚂蚱。青海娘瘦弱的身子里力气有限，根本不费什么事儿就把她与人群分开了。她的身子很轻，大雁抱着她像是没有分量，像是一小堆蓬松的干草。

飞机远离了人群，翅翼的旋转速度在加快，铁蚂蚱屁股后头的那只尾翼转得已经分不清扇叶，而且两者都发出了低低的嗡嗡声。青海正襟危坐，不时伸着头端详手闸上的白胶布记号，神情专注。这时和飞机齐头并进的春雨大声呼喊并朝南一扬胳膊，铁蚂蚱身子一耸猛地加速。青海还没有做好准备，他似乎不相信它真的能跑动，他体会着胶皮轮碾过虚虚实实的土路路面时的颠簸，他感觉出这颠荡与他的经验不符，应该剧烈得多，但此刻仅仅是刚能感觉到，像是刚学习游水时有人双手在波浪里托起你的身体。但他也没有多想，他不知道下一刻将发生些什么，他的心悬在半空。其实青海也好，春雨也好，还有大雁，谁都没指望这凑合成的金属蚂蚱真的能飞起来，他们就是想试试，心底里并没抱多大期望。春雨做了各种预案，甚至想着铁蚂蚱最大的可能是冲进玉米地里，因为那条当作跑道的南北纵路朝南三百米就是丁字路口，再往前就是广阔的玉米地。要是冲进玉米地里也没啥风险，大不了碾倒几垄玉米，愤怒的玉米秸秆不至于造成多大危害，再说也跑不多远，汽油发动机马力有限。他们甚至没去想要是真的飞起来了该如何应对，能飞多远，如何落地，迎面的气流会不会吹散只用螺丝和劣质焊接拼凑一起的机体……反正事情总是这样，你越是想不到的事情，不敢想的事情越会发生，这只铁蚂蚱竟然真的——飞了起来！

青海正在把稳方向，竭力不让铁蚂蚱拐向两侧的玉米地，这时，他的手不知道碰到了哪个机关，机器猛地叫得响亮起来而且旋翼开始愤怒，在一阵憋足了劲像是便秘拉不下屎的腾腾腾之后，突然他觉得猛地开脱了清爽了。他弄不清怎么一回事儿，低头一看下头竟然不是熟悉的土路路面，而是均匀铺展的玉米顶穗——我的天！这是飞吗！这是飞吗这是飞

吗这是飞吗……

他的头有点晕，他有点害怕，有那么一刻他的身子在哆嗦。迎面风刮得他有点睁不开眼睛，他这时候才想起大哥送他的墨镜。他艰难地从裤衩侧兜里掏出眼镜戴上。此时他仍在骇怕之中，他寻找墨镜的手一直在抖动。飞机携带着巨大的气流号叫着前进，他突然觉出了害怕是件很丢人的事情，不应该发生在他身上。他喜欢飞机而真的飞了起来他竟然害怕，那不就成了叶公好龙。他咽了一口唾沫，把那些害怕压下去。他能听见屁股后头清晰的发动机的叫嚷了，他抓住一边的座椅低头朝下观看，他看见大地的形状在渐次完整呈现，村庄在变成一处菜园大小，但他无法分清哪儿是嘘水村。他的飞机和发动机的轰鸣就像轧油机，将大地上的万般事物压缩，平日不可能完整看见的东西都能有边有缘看见了。他长舒一口气，他的心还是在胡乱拱动，一阵儿踏实地落进了胸腔，一阵儿又狂跳起来悬在半空，悬在头顶更高的某个地方。现在他觉出了疼痛，他的腰窝某处扭了，有一刻疼痛剧烈，但并没有持续。这把驾驶座椅并不舒服，硌得他腿也疼屁股也生疼。他挪动了一下身子，尽管仍有闲散的害怕，但他有点安静下来了。他仍然不相信这一切是真的，他仍在惊异中。他的沉重肉身，还有他倾尽心血的这个大铁架子……竟然平稳地在远离大地的空中移动，他不敢相信这一切出自他的手他的心。他有点懵懂，他陷入困惑。他一扭头——乖乖，太阳出来了。这可不是平日看见的被遮遮挡挡的太阳，他看见了太阳的全貌，看见了太阳初升时的磅礴壮景。那一轮初日又红又白，气象万千，黄金的霞光可不是一万道，而是数不胜数，齐齐迸射。太阳和他的飞机一块儿在升高。天空里的世界和大地上的世界完全不同，太阳初升还仅是开始。他觉得能飞起来实在是太值了。迎接他的太阳让他喜悦，他现在完全不怕什么了，甚至有点自得。他开始思考面对的一切：他是飞起来了，两年来的努力有了结果，值得欣慰——但油箱里的汽油能坚持多久？他如何落地？一想落地他才想起娘送来的两把伞，他朝身后摸了一下，摸到了硬撅撅的伞柄。他明白雨伞不是降落伞，他当时只是为了安慰娘才接过这伞，他知道根本用不上。"我要飞回去看看那条路，那是落地的跑道。"也许不仅仅是为了寻找跑道，更重要的是他想向大地上还没有分散的看热闹的人群炫示，于是他回忆着大哥的叮嘱辨认那些手柄，他使劲按压其中的一个——没想到还真管用，飞机猛地转弯，差一点将他甩出去，慌乱之中他马上松开手，飞行又平稳起来，而且正对着太阳飞去。他握住手柄缓缓地加大力气，转弯的幅度不那么剧烈了，根据太阳的位置他知道现在正朝北飞行，朝向嘘水村。接着他就认出了下头的嘘水村，而且看见了像一只只小老鼠一样的人。他已经试着降低高度，但一下子又降得太低，飞到牲口院上空时差一点就扫住最高的那棵白杨树。他觉出了危险，慌忙拉升，飞机掠过跑道上的人群时呼啸着像是要一头栽下来，马上又斜斜地迅速爬高。人群叽哇嘲叫呼喊一团，一时混乱非常，大雁招呼着大伙儿不要害怕，但还是管不住，小孩子吓得大哭。接着大伙儿就看见那曾经的铁蚂蚱现在的飞机朝南飞去，越飞越远越高。

钢锯也在看热闹的人群当中，他觉得扫兴。他断定铁蚂蚱飞不起来。"癞蛤蟆都想吃天鹅肉，但不是你想吃就能吃到的！"这是他也斜着眼睛冷笑着对人说的话。他胜券在握。但眼睁睁看着它竟然跑动了，竟然离开地面慢慢升高，高出了玉米顶穗然后高出了树梢，让他大跌眼镜。他刚刚说出的断语又回头扫脸给了他一耳光，他太没面子了，他哪还有心思看热闹。铁蚂蚱飞到树梢那么高时他想着会一头栽下来，但它仍然越飞越高，实在是太没趣，他打头拐回牲口院。就是他走到半道上，他的那头毛驴活蹦乱跳来迎接他——飞机低空掠过牲口院，一清早就被钢锯牵出厩房拴在驴桩上晾风的毛驴大吃一惊，它哪经过这阵势，它一定以为是地震或者第三次世界大战爆发了，于是它拼命乱挣。但它挣不脱，钢锯拴的绳要是能让它随便挣脱或挣断，那他就白当十几年这个饲养员了。毛驴比青海更锲而不舍，四蹄刨动，尘土飞扬，地上出现了好几处深坑。功夫不负有心驴，在它再一次伸着脖颈拱着屁股让身架变成后倾的平行四边形猛一用劲时，驴橛松动了，接着它的跳踉感召得木橛蹿出了深洞。危险似乎一下子释放了，它开始带着驴橛炮蹶飞奔，只有奔跑才能避开伤害与死亡，才能拥有生命与安全。

钢锯与驴不期而遇，他对它私自行动大为光火，他顿住脚，像以往那样"噢——噢——"地严厉制止它。"噢——，噢——"他撮着舌头龇着牙齿从牙缝里滋出声音。但毛驴有点顾不上他了，它在惊骇中。它似乎没有听懂那熟悉号令的含义，仍在死命奔跑，眼看就要撞到他的跟前了。他看毛驴叛逆，一下子慌了手脚，想再发出制止牛的"娘的！娘的！"骂声试试，但毛驴对所有他发出的号令已经厌倦或充耳不闻，四蹄不但没有放慢反而更加迅疾，像一架轰炸机一般朝他压来，接着机枪如雨的子弹呼啸而至。他听见咔叽一声巨响，脑子里瞬间白光闪耀，再睁开眼时自己已倒在了路旁，胳膊肘压断了好几株玉米秆。

那头忤逆的毛驴和曾经拘禁它的驴橛狼狈为奸，毛驴上蹿下跳，驴橛贴地狂蹈，它们都在四蹄两端地发痒寻衅找事，此刻钢锯以身试法，正中下怀。驴橛斜抡一棒，驴蹄梆地凌空踢蹬，钢锯听见的咔叽巨响发自他小腿上的胫骨，脑子里的白光却确实源起于脑子——驴蹄选择他的头部作为着力点，并顺势捎带了下颌骨。他的脑子被驴踢了，下巴颏脱臼不能说话只能哼哼了。

这头毛驴聪明绝顶，比驯养它的大部分人智商要高，惊骇没有使它丧失理性，冲到丁字路口时它一眼就瞅见北面聚结着人群，于是它掉头向南。它的趾高气扬不可一世惹恼了曾经让它围着转圈的驴橛，驴橛想自己跑起来也是飞快，而且比驴蹄把大地敲得更响亮，凭啥它总跑在前头！于是驴橛瞅准机会，在拐弯时刺溜抄了近路——它从一棵手腕粗细的白杨树的内侧欻地蹿过，它没料到这不起眼的白杨树会拦住它。毛驴正想在那条宽阔的能让铁蚂蚱变飞机的跑道上大展宏图，只听哗啦一响，一股强有力的牵扯顿止住它。它差点摔倒，头猛地扭身后方，而身子还在急速向前。它真是太灵动聪明了，仅仅是打了个趔趄，飞尘在蹄下跳荡，但它很快稳住身体并效法对付木橛的经验疯狂后挣。可惜白杨树非枯木可比，它有发达的根系，大地是它的深厚依靠，想扳倒它只能是痴心妄想。白杨树的树皮被木橛和绳索磕碰缠磨露出白茬，树叶半半拉拉纷纷碎落，但树干纹丝不动。毛驴把树冠摇晃得哗啦啦阵响不停，终于让老板凳警觉起来并从人群朝这儿走来。

毛驴汗流浃背，身上泛射着明光，像涂了一层清漆。初开始它不让老板凳靠近，一反常态地撅拱反抗，想趁势像击打钢锯一般再给老板凳一蹄子，但它有点力不从心，它的蛮力消耗殆尽，它半张着嘴咻咻地喘着气，嘴角淤两抹白沫，鼻孔不断地搐动。它的四条腿全在哆嗦，终于它伸着脖子卧倒在绊住它的小白杨树旁，任老板凳拍它抚摸它再没反抗。

就是这时候老板凳听到了长一声短一声的哼哼声，他立即瞪着眼睛仄歪着耳朵找寻。他循着呻吟张望，发现路旁的玉米梢顶在动弹，以为是打野的猪来玉米地做客。他立即跑过去，就发现钢锯一只手捂着半边脸，一只手摸着腿，像一堆积粪颓瘫在路边的田畦上。

钢锯伤得不轻，血顺着耳根流淌，像是几绺朱红流苏。眼睛瘀肿成一条缝，看人得侧仰着脸。而下巴明显突出变长，嘴里只发出呜呜声不能说话。最要命的是那条腿，他小心翼翼用两手艰难地抱着，稍微一碰就疼得眼斜嘴歪。就是手不摸腿，照样能听见骨头的断茬兀自咯嘣咯嘣弹响，像老鼠在地洞里偷吃东西。闻讯跑来的大雁弯腰安抚钢锯，告诉他不要担心，正在安排人摽制软床担架紧急抬送县城医院。大雁已经充分估计到大队卫生所的卫生员连找也不用找，直接去公社卫生院但那儿照样不行的，头疼脑热肚子疼他们胡乱开张处方还凑合，一旦伤筋动骨他们就束手无策了，不如直接前往县医院。大雁当机立断，安排风风火火摩拳擦掌的几个小伙子火速赶去县城。钢锯是生产队里的受惊毛驴踢伤，当然是工伤。是啊，根源还是那架铁蚂蚱，那架此刻不知身在何方的土飞机。

刚刚给钢锯找好着落，大雁又立马召集刚才分头准备的另几个人兜头开小会。那是生产队里五个最机灵也最健壮的小伙子，个个虎背熊腰生龙活虎，浑身的劲儿凭空朝外乱冒。他们有使不完的力气。他把他们两两分成一组，分别朝正南、东南、西南三个方向进发搜寻。正南方向的领军人物是春雨，因为飞机最大可能的落地方向是正南方。他们各骑一辆自行车，都是生产队里能够募来的车况最佳的车子。大雁大手一挥："出发!"六辆自行车箭一般攒射，沿着飞机跑道直下南去，接着就各奔东西。

大雁胸有成竹，有条不紊。现在他转身走向官路上的人群，去开导青海娘。青海娘一看飞机真的飞起来了，马上放声大哭，好像青海真回不来了似的。她不像其他妇女遇到此类绝望事情总是带有表演意味地哭泣，跌坐地上，拍髀呜号，看似悲痛，实则唱戏。青海娘就那样站着放声痛哭，拉起顶头巾就往脸上捂，让人一看就辛酸一听就落泪。大雁有点没趣，面临的事情也实在太紧急，他悻悻地先离开。他实在是想不出好说辞来安慰青海娘，他觉得所有话语都多余，只要青海不回来，谁也说不到她心里去。有几个妇女在陪着青海娘落泪，男人们也都没走，默立周遭，他们也是想陪她一阵儿，默不出声陪站着。只有孩子们不知愁苦，看不见了飞机就在那儿玩耍。他们都在玩儿一种叫摔面包的游戏，就是报纸叠出的方块。他们不断地争吵抢闹，孩子们的吵闹声一定程度上缓解了静默的尴尬。

一个妇女说："婶子，你别难过，青海哥恁聪明，他不会把飞机开低一点儿，一偏身子不就跳下来了，跳进玉米地里最不济压坏几棵玉米，碰不伤身子的。"她把飞机当成了架子车，想着一偏身子就能跳下来。但她的这说法对青海娘还是有一些作用的，青海娘竟然侧耳倾听，似乎她儿子确实能把飞机开得低低的，纵身一跳就跳进了玉米棵里，还没长得硬挺的玉米们会接着他，像伸展的被子一样软乎乎的让他安然无恙。她用头巾揾泪的动作迟缓了下来。

而另一个姑娘说得更玄乎："飞机都开到天上了，再落到地上还不容易，总比飞上去简单得多。看准一个麦秸垛，飞得靠近一些，猛一蹦，不就好了，正落到垛顶上！让那飞机自己飞去，我看那支离八叉的铁棍子也值不了几个钱！"青海娘拿开擦泪的头巾，用哭红的眼睛开始盯她了。她说的话确实有理，各村生产队的麦秸垛都堆得像山，垛顶松软像弹好的棉花瓤，从高处跳落上头，肯定会毫发无损。

青海的小妹妹一直站在娘旁边，脸沉着一声不吭。

大雁看见三爷手里掂着盛汽油的空塑料桶，还没有离开，就走近他说，你赶紧回牲口院吧，我怕板凳一个人对付不了。你安排东方帮忙，让他先喂东厨房的牲口。我刚才看见东方了。

三爷不走，男人们不走，大家伙儿还有个愿望，就是飞机能飞回来。他们眼巴巴地不时张望天空，仄歪耳朵侦察细听，盼着猛然听到了那声音，看见那梭子一样的灰飞机嘟嘟飞近，并在官路上荡起尘雾。

大雁大包大揽，让青海娘尽管放心，不会出任何意外的，他和青海讨论过多次会遇到哪些情况。至于飞机没油时他该如何落下来四平八稳地回到大地上，他们想出了好些办法，每一个办法都十拿九稳，不会伤一根毫毛。大雁说派人分头寻找，是怕青海落哪个半拉子野地，一时半刻不见人，离咱村又远……青海娘被他的话打动，不再哭泣，而且开始提具体的问题。大雁甚至许诺青海娘这个事件过后，他要找人推荐青海去飞机厂当技术员，至于是哪个飞机厂，估计嘘水村没人能弄得清。

天底下没有大雁摆不平的事情，虽然青海生死未卜，但青海娘悬着的心略略放下了，她的眉头舒展开来。

大雁快刀斩乱麻，在最短时间内把各样事情安置得头头是道条理分明。他有点扬扬得意，有那么一刻他觉得可以伸展自己的长臂来挡住滚滚向前的历史这驾马车了——因为他临危不乱果决干练，说不定生产队就不分了，他头上队长这顶乌纱帽可以照戴不误。但很快他明白这是妄想，是白日做梦，黯然神伤立即又攫紧了他。但不管怎么说，飞机离地遗留的混乱他不费吹灰之力就肃清了，人们服服帖帖听他的话，服从他的指使，让他一下子像吸了鸦片。他品尝权力的美好滋味，痛饮这人世间最甜蜜的鸩汤，再次为之迷狂。

家务事

一

那时我已落榜了两次，仍在县高中复习，过完寒假刚开学不久，四哥来找我说："小五，你还苦熬个啥哩？跟我一起回去种银耳，一年下来赚他个三千五千，想上大学就自费去上，何必一棵树上吊死！"

我想想，也是，而且我爱好的并不是大学，而是文学，回家读书写东西更自由些，寒窗生活我也过够了，于是就铺盖一卷，跟四哥回来了。

爹一听说我不干了，气得眼瞪成了三角形，脖子里蚯蚓粗的筋管乱拱。他把烟袋吸得吱吱叫，半天才说："我养你们弟兄五个，实指望你能出息，不知道你会恁不争气，今年考不上还有明年，只要你干，我就供养，可你——"他平素很少说话，今天说了这么几句，手气得发颤，花白短发一根根地抖。他无可奈何地哀叹一声后就吱吱地眯着眼吸烟，像突然睡着了一样。

娘挪动着那双小脚，慌着给我茶碗里放糖，她看也不看爹一眼，说："一年一年，热桌子冷板凳，谁也熬不下去。不干就不干，村里怎多年轻人，没谁在家里饿着。回来就回来吧，帮你四哥去养银耳。"

"歪好动动就吃不完。小五，你跟我学做好烟也不少赚钱，只要你想干。"二哥在里间的窗棂下正摆弄自制的小卷烟机子，光听说话不见人。他从外头买来仿制的烟盒、卷纸、过滤嘴，卷出来的"彩蝶""喜梅""牡丹"各种品牌的香烟和真的差不了多少，收入颇为可观。二哥小时候被火烧坏了半边脸，三十多岁还没娶上媳妇，当然也就没有跟爹娘分家。

爹狠狠地吸完一袋烟，握着烟袋把子朝板凳上猛劲一磕，那绿色的玉石烟袋锅就碎成了好几块。他把残烟袋朝门后头一扔，头也不回地走了出去。

那只绿玉石烟袋锅是爹的心爱之物，从我记事起他就用，现在为我的事碎了，可我也不能事事都合他的意。

四哥大我四岁，属虎，生得当然壮实，铁塔似的，在学校时他好打篮球，高中毕业没考上大学，倒把四嫂领回家来。爹本指望四哥能出息，为家族争争光，不想他在学校就谈恋爱，在他身上寄托的厚望也就成了泡影。爹气得一句话也不说，对四嫂不冷不热。娘倒是喜欢得不得了，拉着四嫂的手，闺女长闺女短地说亲热话。四嫂羞答答地叫一声"娘"，就把她的心花叫放了。

娘看爹冷着脸不是样儿，就喊他到一边，低声说："你这脑袋真是榆木疙瘩，现在还能跟从先一样吗？都兴自由恋爱了！你看，不吃不喝不花钱媳妇就来到了家里，你还眄①得跟扫见鱼一样，作啥哩！"

爹哼一声，好久没吭气，末了才说："我是气四孩儿不争气，不好好念书考学，倒在学堂里找媳妇！"

娘瞪了爹一眼，说："上学的人比牛毛都稠，考上的比牛角还稀。认几个字不就算了，心比天高，命如纸薄。我看四孩儿有眼力，闺女知老知少，脾气又好，也不风流，你同意不同意都中，反正我是如意！"

爹吸了好一会儿烟，最后才拿出意见：订婚也中，但得托个媒人说说，该走的路数一定得走，我们是正经的人家，不能

---

① 指眼神有所怨恨、遗憾，却能抑止自己。

出叫别人看笑话的事。该儿是儿，照规矩办，咱又不图省钱，相家、传书、娶媳妇，一条规矩也不能越。结婚时明媒正娶，花轿去接，鞭炮来迎，添人进口的事，绝不能胡儿马哈地糊弄过去。

娘当然愿意，四哥也不反对，只是嫌爹是六个指头挠痒，净多那一道子。四嫂在四哥的怂恿下，又叫了一声"爹"，爹不好意思地答应了，绷紧的脸就放松了下来，于是一家人皆大欢喜。

四哥生来就不安分，刚毕业那阵子，他找几个年岁差不多的伙伴，成天晚上在打麦场里踢踢打打。他会大洪拳、小洪拳，还熟悉几式散打，都是在高中时跟人学的，对付三五个人不成问题。那几个伙伴对四哥佩服得五体投地，天天晚上来找他练武。

爹看他那样子，气就不打一处来，训道："你有劲儿没处使咋着？吃饱撑的，蹦蹦跳跳的有什么用，除了招惹是非！叫你上学你学武，百事不成。"

四哥不理爹那一套，满不在乎地说："我们练几招有什么要紧，权当走黑路子防身用，又不耽误白天的活，蹦几蹦血流得顺畅。"

爹看着四哥领一堆人出去，干气也没法儿。回过头来就拿正在家度假的我出气："小五，你几个哥都不争气，以后就指望你了。现在只有考学这一条路能走出去人，当兵也不行了，扛几年枪杆子照样得回来打土坷垃，你要是再不……你自己想想吧，我还不是为你们着想！"他说完就不停地吸烟袋，噗嗒噗嗒一会儿吸了好几锅子。

娘拾掇好锅碗瓢勺，走进堂屋里说："就知道你又该训孩子了。命里只有三合米，等到老死不满升。管不好还不如不管，走到哪一步算哪一步。我看几个孩子都不劣，全全货货的，不傻不呆，还求什么呢？"

娘对我讲："小五，你甭管这些，你爹他是瞎说。你用劲念书，考上也好，考不上也好，谁也不怪你。你四哥没考上回来不是挺好吗！可别把考学太当回事，考不上就得神经病，就寻死觅活，那样的孩子才真是不成器呢！"

我眼里早噙了泪水，我说："娘，你放心，我不会那样的。"

"不会就好，学你四哥，考不上比考上都高兴。"

乡村的夜晚很静，月光从窗棂里漫进来，流了我一床，我望着月色想，娘比爹理解人。但我觉得肩上的担子更重了。显然，二老都把考学当成了大事。尽管娘说得轻描淡写，可我清楚她把考学看得很重。

后来没多久，四哥背着个行李卷，来县城高中里找我，他说要去开封学习银耳栽培技术，还拿报纸上的广告给我看。

我对广告不以为然，就抖着报纸说："你别听这上面瞎吹，好些都是骗人的货色！"

四哥没理会我的话，他沉浸在银耳梦里，歪着头算计道："银耳一斤至少卖十二元，做一间房子的一次至少出三百斤干货，原料按高价折合还不到五百元，你算算多少利！"

"你别光想着成功，失败了怎么办？五百元不是净赔进去吗？"我想给四哥打退堂鼓。我怕他不了解行情，瞎撞一气，要撞到壁上。

这下惹恼了四哥，他伸手抓过报纸嚷："事情还没开头，你们都打破劲！前怕狼后怕虎，能干成啥大事？实话告诉你，我向二哥借了五百元钱，先去开封学几个月，回来试试。你年纪轻轻，咋光把事情往坏处想！"

四哥决定的事，谁也别想拗过来。我知道他这牛脾气，就苦笑了一下，不再言语。

我们家光出能人。二哥卷假烟，四哥又去学做银耳，我呢，整天做作家梦，临近高考了，还在一本一本地看托尔斯泰、契诃夫、莫泊桑……

其实栽培银耳不是太复杂，将菌种接种在用棉籽壳、锯木屑、豆面、白糖等兑配的培养料里，掌握好温度和湿度，不出一个月，盛培养料的小塑料袋子周身就会开满暄腾腾的银耳花。关键是在生长期内掌握好温度湿度，防止被杂菌污染。邻村有人种植银耳，就是因为污染了一种黄曲霉菌，食用后中毒死亡了一家五口人，引发轩然大波，银耳种植一度被叫停。

四哥刚学成回来那阵子，就在家里那间东偏房里试验。他把房子内壁用塑料薄膜裱糊得严严实实，不透一丝风；也不知从哪儿寻来几根木条子，他自己动手，呼呼哧哧就搭成了两排简易山架子，用来放置银耳袋。爹一开始就反对他种银耳，当然不帮他的忙。其实爹年轻时就干过木匠。二哥呢，整天钻在屋子里，倒腾他的小卷烟机子，更是腾不出手来。只有娘和二姐小香，有时给四哥打个下手，帮他装装袋子，递递东西，后来接种上银耳，四哥就谁也不让进屋了。

那一个多月四哥没有睡过多少囫囵觉，整天钻在银耳房里，看着温度表湿度表，对着一本本资料，喷水、加温、放风。功夫不负有心人，第一次小试居然成功了，两架子银耳，就晒了七十多斤干货，一秤挑给了城里的土产贩子，去掉成本净赚六百多元。

小小的成功使四哥心旌摇荡。他把尚未成婚的四嫂从娘家喊来，张罗了几个下酒菜，把我们弟兄几个都叫来，摆了庆功宴。大哥也来了，只缺了三哥一个人。三哥常外出做活，当了包工头，要等到岁末才能回来。

四哥启开一瓶宋河粮液，嗞地咂了一口，得意地说："这酒十来块一斤，向来不是咱农民喝的，今天咱们偏要尝尝，今后还要经常尝它。你们看着吧，一切都才开头！"

四哥那时间还没学会喝酒，几盅下肚，已有些微醉，颜面酡红。他瞪着发红的眼睛嚷："我就不信咱们这地方只会长'穷'，不会生'富'。一样的土地，一样的人，为什么人家好些地方都早已过上小康日子了，我们还整日面朝黄土背朝天，一辈一辈从土里抠死食吃？也不动动脑筋，想想办法！都知道出外头卖力气挣钱，可谁也没想过咱脚下这地方照样能出'钱'！"他又仰面倒口里一盅，咕咚咽下去，说："不光是种银耳能赚钱，赚钱的门路多着呢！我们可以种植果园、搭塑料大棚种菜。有了成本，还可以利用咱们这地方的优势，发展小工业，比如利用麦秸棉秆造纸、办食品厂。退一步说，就是养鸡养鸭，也大有可为，只要懂得技术。"

大哥说："小四你是初生牛犊不怕虎，你还太年轻，不知道锅是铁打的。在村上待两年你就明白了，到时候你自穰劲。什么也干不成，不信你试试！"大哥像爹一样不多说话，穷日子把他拖得已有些麻木、苍老。

二哥说："小四你说的这些我们都知道，可技术是那么好学的吗？弄不好连老本都折进去，谁敢冒这风险！"

四哥哈哈大笑，凝望着二哥说："我不是冒这风险了吗？不是也算成功了吗？又想赚钱又不担一点风险，天底下哪有恁美的事。二哥，扔掉你的卷烟机子，那是犯法的玩意儿，咱们一起干。不但我们干，我们把全村的年轻人都教会，都种，形成一个银耳生产联合体。声势大了，我们建个加工厂，生产各种银耳制品。到那时大家都富了起来，村里也能铺柏油路，安自来水，盖楼房，还要建学校、医院，像新乡的刘庄一样，比城市差不到哪里去！"

四哥眯缝着眼，沉浸在家乡的未来里，越说越玄乎。大哥咧开嘴笑了。大哥说："小四你别说了，都是云彩眼里的事，没有影儿！"

二哥却凝神望着四哥，若有所思。

后来不多久，四哥就结了婚。随着一次次白花花的银耳的长成，他的腰包很快就丰满起来，真的实现了他一开始在酒桌上的预言。

二

现在的银耳房早已不是当初那间破旧的东厢房了，而是换成了四间新盖的气派平房。四哥自己设计的，玻璃窗户很大，双层，因为密封严，内壁不裱塑料膜，照样保湿保温。

银耳房里温暖潮湿，有夏天雨后树林子里的霉味，润润的甜甜的。煤炉在房中间静静地燃着，释放着热量，银耳就蓬蓬勃勃地生长，昨天还是玉米粒那么大，今天就已膨胀开来，叶片肥硕而透明，像一架架白玉雕塑。晚上很静，站在房里，似乎能听见嗤嗤的叶片舒展声，周围万花攒动，真以为是站在春天的牡丹园里。

日子过得很惬意。银耳房里活不忙，只是观察着气温表、湿度表，适时喷喷水，加加火，闲暇时间多。我如鱼得水，畅游在书的海洋里。因为没有什么心理压力，看书也舒心了许多。我读了大量文学书籍，进步很快，现在写点构思好的东西相当流畅，不再像以前那样生涩了。

这天我们正给银耳喷水，爹来了。爹说："晌午都上后院吃饭，张庄你哥来了，你们陪陪他，小四你安排他四嫂子一句。"四哥婚后不久就跟家里分开了，住在另一院新房子里。

四哥干着活，扭过头来说："不就是毛安吗？又不是啥稀罕客，不陪他他也知道往嘴里塞!"

爹说："他是来给你二哥说媒哩!"

"他——哼!"四哥不置可否地笑笑。

毛安是我大姐夫，整天吊儿郎当，好吃懒做，他只在两样事情上有本事：一是赌钱，一是喷大话。家里的东西都叫他混光了，我大姐拉扯着一堆孩子，没少作难，一年有半年缺粮吃。一缺吃就来我家要，要得多了，大嫂、三嫂都满肚子意见。大姐来一趟就涕泪交流，娘也跟着掉泪，一家人谁也没有好法子。早先提过离婚，可我爹坚决不同意。他说，嫁出去的闺女，泼出去的水，离婚是啥名誉……就这样凑凑合合过到现在，大姐也被拖垮了，未老先衰，三十八九岁的年龄，竟像老太婆一样，满脸皱纹。我们都恨透了毛安，可又拿他没办法。现在他来给二哥说媒，不知又打什么歪主意呢!

我们进屋的时候，毛安正口喷白沫，对着娘吹大牛。四哥调侃道："欢迎毛安同志光临!"毛安忙站起来，瘦脸上堆满讨好的笑："是四弟啊! 恭喜发财，恭喜发财!"四哥没理会他那套，一边去门后头盆里洗手，一边说："听说你来给二哥说媒，是不是手头又缺钱了，想骗几个花花?"

毛安脸一紫，显出很气愤的样子："四弟咋说这话！我这次正经是给咱二哥操心，那头是我表妹，刚离的婚，带一个孩子。我给她一说二哥的情况，她就满口同意，催着我来。这是谁跟谁呀，四弟你别把人看得太瘪了！"

四哥笑笑，他当然不信毛安的鬼话。娘在一旁却当了真，一个劲地问："她到底跟你是啥亲戚？她看中得银哪一点了？你把啥情况都跟她说透没有？"

毛安胳膊交叉抱在胸前，扭着头看墙，脚尖扑扑嗒嗒不停地点着地，装着还在生四哥的气。其实谁都看出来他是装的，是在卖关子，他哪是那种知羞知耻会生气的人！

好一会儿毛安才说话："啥亲戚，是俺表姑娘家闺女，前几年还走动着，这两年才不来往。我上次赶槐店走她村口上，拐家去想说说话，就碰见她正回娘家。一问，才知道刚死了男人，带一个孩子。我灵机一动，想起了得银哥，把情况一介绍，表姑当时就同意了。我说得银哥是个能人，样样都中，就是有点那个。表姑说，反正也不是红媒了，想找板板正正的也难，这就怪合适！"

二哥默坐在一旁，不发表任何意见。这几年提媒的事多了，都是眼看着成了最后又散了。显然，他对毛安说的这媒也没抱多大希望。

毛安话匣子一打开，就把正生气的事忘了，脸上开始眉飞色舞："咱这是谁跟谁呀，还能像对人家那样哄哄骗骗？我再傻也分个远近门第，兔子还不啃窝边草呢！只要得银哥没意见，那头说等回了信，三两天就来相家，叫我表妹也来，叫你们看看就放心了。"

二哥说："我能有啥意见，咱也不挑，这媒只要能说成，我不会亏待你的，请放心吧毛安！"

"哎呀得银哥，你说这就外气了！我操你这个心就图儿个钱不成？说到哪里去了！能是外人吗？你是我亲哥，那头是我亲表妹，亲戚连亲戚。"毛安完全恢复了刚才的兴奋劲儿，像只活泼的泥狗子（泥鳅）。

二哥开始动心，娘也动了心。谎言多说几遍也就变成了真理，连四哥和我，对毛安的话都有些将信将疑了。

下午娘支使二姐去大姐家打听。大姐回话说，有是有这个亲戚，只是自她到毛家后就不走动了。是真是假，可要细心，毛安一个屁眼俩瞎话，别轻易上当。娘说："你有你的千条计，我有我的老主意，孙悟空再能，也跳不出如来佛的手心。只要不见准那边女的，你毛安休想拿走我一个子儿。"

但那女的没过几天就来了，还一块儿来了个憨头憨脑的汉子，和二哥年纪差不多，耳朵实聋，什么也听不见。据毛安讲，是她娘家哥，来相相家——当然，是毛安和他们一块儿来的。

女的三十来岁，细眉细眼的，一看就知道是个没出过三门四户的农家妇女。她不知道把手放什么地方合适，说话颠三倒四，紧张得像个被老师提问的小学生。但她气色很好，脸红润润的，丝毫没有那种中年丧夫的女人常有的悲凉。

娘乐颠颠地忙上忙下，又是倒茶，又是敬烟，又是使唤二姐去捞腊肉，去窖里扒白菜萝卜，使唤我去刷酒壶酒盅，使唤爹去村里小卖部打酒……全家人被支使得团团转。二哥到堂屋坐一会儿，用眼角瞭了两下那女人，然后就把那烧坏的半边脸背过来，竭力想避过女人的目光。其实女人只看了他一眼就不敢再看了，也没有再看的意思。

毛安一反常态，一副功臣的架势。他到厨房里对娘说："人家大老远来了，不找个娘儿们陪着能合适？娘你不如把大弟妹叫来陪陪我表妹，得把她打发如意。""大弟妹"是我三嫂，轻易不上家里来的。

我娘一拍脑瓜说："对对，毛安你说得对！你看我这脑子，都忙糊涂了。"

我趁去喊三嫂的工夫，跑到银耳房里跟四哥说了。四哥说："等着瞧吧，毛安厮不出啥好屎！"

即使已经见到女方了，娘仍然不放心。第二天大清早，她就把我从床上薅起来，要我跟她一起去瞎子那儿摇课。娘说我年轻，肚子里又有墨水，手气一定好，一定能摇个吉利卦。

瞎子是我们村的算卦先生，人称"瞎诸葛"。他一天只算八卦，卦卦不说全准，据说也八九不离十。年景如何，是旱是涝，阴晴雨雪，病病灾灾，他什么都算，连谁家跑丢个羊羔子，也都找他课课（方言，指算卦）。他有个儿子，早年参加了八路军，如今在北京做了官。儿子多少次想把他接走，颐养天年，以报养育之恩，他却死活不肯。他过不惯城里的日子，又怕到时候一口气上不来，被送到火葬场烧掉，死了连个囫囵尸首都落不下。他就这样一个人摸摸索索地过日子，每天算上几卦，喷着唾沫星子唱卦歌，看上去活得倒挺自在。

我们占的是一天中的第一卦，图个吉利。瞎子点着一支香，要我跪在蒲苫子上，高擎起卦盒，他自己则唱道："伏羲神农文王周公孔子五代圣人及鬼谷先生占卦童郎空中一切过往神祇，今弟子河南省郸城县张天知因张得银说媒一事犹疑未决谨自度诚意于三十二课内占一课吉凶祸福成败兴亡报应分明急急如律令！"

他嘱我猛摇了几下卦盒，哗啦啦的钱币撞击声悦耳地响起来，把一屋子死气震荡得粉碎。我摆着木质油腻的盒子，觉得有点滑稽可笑，可看见娘盯着卦盒，眼里闪露出期待和恐惧，一副虔诚的表情，我也不自觉地进入了角色。

瞎子用黑黑的一寸长的指甲把五枚铜钱从卦盒里夹出来，排在桌上，用指腹一枚枚摸遍，又用干瘪深陷在洞里的眼睛贴近桌面辨辨，然后才抬起头来，嘴角挂一丝似有似无的笑。这时老鼠在屋角"吱吱"地咬起架来，惊动了头顶上的蜘蛛，一撮灰尘被抖落下来，撒了我一脸。

"得银家娘你占的是下下凝滞卦啊！今朝占此卦，推车上高山，前进有颠险，退后保平安。你听我细说——"瞎子顿了顿，拉长了声调，"朱雀临门上卦，提防官讼有飞灾，破财惹祸要谨慎，劝君忍耐好安排。你家现在时运不照，出行破财，求财折本，婚姻不成，行人不回，家宅有灾啊！"

瞎子的声音细细的长长的，像条蛇一样从他那松弛的嘴角爬出来。娘的脸开始苍白，她问："那俺家得银这媒能成吗？"

瞎子摇摇头，意味深长地说："天意难违呀！我看事情不会太顺当，中途可能出闪失。但一有闪失，可能遇贵人出来相救！"

娘一听有贵人相救，苍白的脸才有了血色。回家的路上，我说："这是骗人的玩意儿，娘你别信，他瞎扯。"

娘擦擦额头上刚才沁出的汗说："不能全信，也不能不信。也许毛安就是瞎子说的贵人呢！"

我无可奈何地笑笑。我知道讲科学娘也不懂，她有她的一套理论。我说服不了她，就像她也说服不了我一样。

至此为止，我们全家对毛安给二哥提的这媒仍然疑虑重重。包括二哥，也恍恍惚惚的，觉得这媒像在漫天空里悬着。四哥呢，压根儿就不信毛安那一套！

但事情很快有了转机。一个晴朗的上午，毛安骑着那辆哇啦哇啦响的破自行车，带来了喜讯。他说他表姑要见见二哥。

全家人担心的事终于有了底。既然要二哥去女方家里，看样子这媒也就八九不离十了。

依毛安的意思，还是叫三嫂跟二哥一块儿去。因为她和"二嫂"在一起吃过饭，熟了，有话说，"二嫂"有什么想法也好说出来（毛安已经称他表妹为"二嫂"，可见已经有百分之百的把握了）。

第二天，二哥着意修饰了一番，涂了雪花膏，头上还抹了油。但他那烧坏的半边脸皮肤挛缩，仍然很难看，紫红的瘢痕把眼睑拉得外翻，露出了一线虹膜。老实说，从另一边看，二哥相当英俊，可以说很潇洒。二哥侧身照照镜子就好了，可惜他最避讳镜子。

　　三嫂、毛安陪着二哥，高高兴兴地走出门去。娘把他们几个送到村口，一遍遍地叮嘱，哪些话该说，哪些话不该说。唯恐哪句话说错了，捉到手的喜鹊又会飞走。

　　到后半晌，几个人都回来了。看二哥脸上掩饰不住的兴奋，知道事情办得很妥当。三嫂说："那边待得可好了，还备了酒席。二嫂子有说有笑，看样怪满意。"

　　娘高兴得说不出话来，坐在门口小板凳上直抹眼泪。她最担心的一件事终于有了着落，这咋能不叫人高兴呢！

　　毛安扬扬得意，从屋里走到院里，又从院里踱进屋里，高声高气地说话，好像我们家盛不下他。因为他有功劳，所以大家迁就了他那不可一世的做派。搁平时，二姐小香非骂他滚不可！

　　爹问："那头有啥要求吗？能办到的咱都办。"毛安咕嘟咕嘟饮下碗糖茶，把嘴上的水一抹："能有啥要求，亲上加亲。除了我表姑说，二嫂子为那男人治病塌了一身债，最好叫咱拿一千块钱，把债还了就领着孩子一块儿来，图个以后利亮。"

　　二哥是爽快人，二话没说，就从里间的箱子里数出二十张五十元的大票子，一把交给了毛安。我看见毛安接过钱时眼里闪过贪婪的兴奋的亮光，心里咯噔了一下。

毛安说："我明天一早就送去。拿这么多的钱，我不敢回去晚，现在歹人多。那我这就得走了！"

第二天我就开始帮助二哥刷新房。房子早两年就准备好了，因为没有说成媒，就一直没有粉刷。屋子里盛着柴火杂物什么的。我们把屋子清理干净，墙壁上刷了石灰浆，又涂了106，二哥干得很带劲，还时不时哼哼歌。有一回他正站在梯子上扎天棚，突然就吼起来："走一道岭来——翻一架山——"那声音粗犷浑厚，在屋子里轰轰回响，我吓了一大跳。

屋子很快就粉刷一新，二哥开始计划做家具。可毛安已经好几天没露面了。自从说这媒，毛安就三天一趟，两天一奔，常来常往。这一等好几天不见踪影，几个人觉得有点不对劲。

娘不放心，就叫二姐去看看。大姐回话说，一直没见毛安回去。

看来事情有点弯弯。娘立即让二哥骑车带着她，径自去了"二嫂"家。

结局可想而知，两个人回来的时候，都脸色铁青。二哥牙咬得咯咯响，娘的眼很红，一定在路上流了很多泪。

四哥问："到底怎么回事？"二哥咣地踢翻脚边的一只白瓷脸盆，接着就势往那儿一圪蹴，把头埋进裆里再没有抬起来。

娘的泪滚滚地流。她嘴唇颤抖，许久才说出话来："毛安……这个贼种，他把我们全骗了！……他对那头说是给那聋子说……你三嫂子，那女的……是那聋子的嫂子。"

四哥好一会儿没听明白咋来咋去，等到弄明白过来，气得咬牙跺脚："好，毛安！你他妈骗到老子头上来了！好，我非让你见见血不可！"说着就推起自行车往外走。爹说："你去哪儿找他？早跑得没影了！你大姐说他已有好几天没进家了。"

一家人干气也没有办法。

二哥整整蒙头睡了五天五夜，粒米未沾，任你怎么劝也劝不到他心里。第六天他起来，人已瘦得走了形，眼窝深深地凹进去，早先亮光熠熠的眸子，如今也暗淡了下来。这打击着实太重了。自己的亲妹夫都来用说媒的事行骗，可见这辈子找女人的希望确实成了泡影。

对于二哥来说，没有女人，没有后代，生活就失去了寄托，失去了任何意义。他从此再不去倒腾卷烟机子，一句话也不说，哑巴了似的。每天就坐在院子里的太阳地里，拿着把剪子，反反复复，一只一只地修剪指甲，能那么坐一个上午。春天的阳光温暖而明亮，照着他佝偻的身影，那身影显得日渐憔悴，像一截遭了雷击而正在枯死的树干。

娘整天皱着眉头看着二哥发愁。谁都知道他心里苦，可又有什么办法呢？

娘轻轻地、唯恐吓着了二哥，劝道："得银你也得听娘一句话呀，这样下去总不是长法儿。日头又没有叫狗吃掉，以后时间长着哩。你能说今后就碰不着个人，过不成一家人家？你没看东头你成贤叔，四十岁了又——"二哥没吱声，站起来就往外走，手里还拿着剪子。走到门口，家里的那条小黑狗撺上去想跟他亲热，被他一脚踢翻，疼得汪汪叫，尖厉的声音把平静的空气撕开一条条血口子，让人不忍卒听。

终于有一天，二哥说话了。他说："我出外干活去，到外边转转散散心。再这样憋在家里，我真活不成了！"

既然这样，谁还去拦他。谁都清楚他那半边脸在外头会被人取笑。娘悄悄地抹泪。我看着二哥，鼻子一酸，真想哭一场。其实二哥正准备跟我们合伙栽培银耳呢！可是现在，他却要离家走向外头。

我们挽留不住，二哥终于还是走了。

三

二哥的媒没说成，瞎子神算的名声倒传扬了出去。娘总是后悔上了毛安的当，逢人就说："当初要是信了瞎子的话，什么事都没有了。照理说，十八的精不过二十的。我这一大把年纪的老婆子，咋就被毛安这年轻毛孩子哄着了呢?"

大哥还不到四十岁，已经有了五个"千金"，两口子愁眉不展，说话总响亮不起来，低人三分似的。没有儿子，就是没有后。绝户头，谁还把你当个人看待? 要不是我们这一辈门头硬实，有兄弟五个，大哥早就被人欺负了。

计划生育越来越紧了，队里照顾大哥没个扛大旗摔老盆的，就睁只眼闭只眼，罚点款了事。交了罚金，再生孩子当然名正言顺，不知从啥时开始，大嫂的身子又笨了起来，两个人吵架的次数就少了些，仿佛她肚里真是个宝贝儿子似的。

是闺女是儿子，这是全家都关心的事情。大哥听娘说瞎子算卦灵，就跟大嫂商量，算算到底是啥孩儿。要是男孩儿，就要;是女孩儿，就流掉。两个人的决心都很坚定。

四嫂出主意说："大嫂你到县城医院里托个人，做个 B

超，比啥都准，男孩儿女孩儿看电影一样地清。"

大嫂说："超他娘个腿！他大妗子超的是男孩儿，一生是个闺女。"

四嫂不以为然："那是人家不跟你说真话。你托个人，和医生熟，破费几个钱送点礼，不就告诉你了！"

大嫂娘家人有在县城医院工作的，所以四嫂才这么说。

大嫂不相信什么超，坚持说："还是瞎子算得准。老二这样的事，他都能算出来，还算不出个男胎女胎？我就是不信那个啥超！"

于是选一个良辰吉日，早早地起床，两个人去找瞎子，占了一天中的第一卦。

结果不太合人意。瞎子掐掐算算，算出是个女胎，遮遮掩掩地给大哥大嫂说了。

两个人就垂头丧气地回来，跟娘商量着要去引产。娘说："前庄孙楼有个师婆子，听说能换胎，不如找她试试！"

大哥坐在椅子上揣着手，头耷拉到一侧肩膀上，也不睁眼，说："还试啥！要试下胎再试。这胎引掉算了，反正县医院里认得人，不费事！"

大嫂去县医院做了引产。第三天大哥用架子车拉她回来，没进家，她就先跳到瞎子堂屋当门，破口大骂："瞎子我日你祖宗，×死你娘！明明是个男孩儿，你胡诌什么是女胎。我可怜的娃儿啊，你命好苦，没落草就……就断气了呀——啊哈哈——我日死你娘，瞎子呀——"

她一屁股坐在瞎子面前，腿拍得啪啪响，指戳着他的鼻子破口大骂。要不是瞎子眼瞎，要不是他有个在北京当官的儿子，大嫂一双能撕能扯的手就决不会这样无聊地闲着，只去拍拍大腿，动动指头了。

瞎子坐在那儿，和平时一样，眉头都没有蹙蹙，一副练就的仙风道骨模样。大嫂骂累了，换一口气的时候，他就平心静气地争辩一句："又不是我找你，再说我当时也没十打准说你是女孩儿！生孩子的事，是天机，天机不可泄也！"

大嫂咬紧一边的牙齿骂："放你娘的狗屁！是天机你当时咋说是女孩儿？我——哼！我×你娘！"骂着就顺手抄起我摇过的那个卦盒，"哗"的一声砸在地上，几枚铜钱滴溜溜滚出来。盒子开了，可并没有摔烂。

我们家里的人都来了。瞎子门前从没有这样热闹过，人围得里三层外三层，到处是喊喊喳喳的说话声。我娘走近大嫂，劝道："他大嫂子，你刚打了胎，身子虚，这样气，别落下病来，改天咱再来吧。再说光这样也不是事。"

"娃都没了，我还活着干啥？我就是要跟他闹！闹！闹他个黄河水不清！我命苦的孩子呀——"大嫂绝不会就此为止。

谁劝也不顶用。平时大嫂就是个厉害主儿，大哥都惹不起，如今瞎子捅了马蜂窝，那还得了！大嫂骂渴了就叫大点的俩孩子回去烧茶，连吃饭都是罐饭，一看就知道要扎长桩闹。

瞎子的侄儿看收不了底，就给他堂哥拍了电报。

村里干部都来了，想在瞎子做官的儿子回来之前，调停好这事。不想一张口，就被大嫂的伶牙俐齿抢白了一顿。几个人没敢再插手，灰溜溜地退了出来。

可怜一个瞎子，就那样像听课的小学生一样，仰着脸听大嫂骂，毫无办法。摸索着去吃点饭，饭也得就点骂声咽下去。大嫂的骂很有水平，前八百年后八百年，六十四辈祖宗，统统捎带着，有荤有素；音调也抑扬顿挫，该长的长，该短的短。年轻人听上了瘾，就坐在瞎子大门口哄哄闹闹地边打扑克边听。

瞎子比谁都懂得，坐月子的妇女不能进别人家宅，那样阴气会扑灭家宅的阳气。可现在，又有什么办法呢！

有个做官的儿子到底是福。没两天，瞎子的儿子回来了，一溜好几辆明晃晃的小汽车，县里乡里都陪着来了人。大嫂到底底气虚弱，经不住村里干部吓唬，车没进村，她已经先退阵了。

儿子跟瞎子说："这回行了吧，走吧！别再这样闹腾了，跟我一起去享几天清福。"

随来的一个人劝道："大伯你迷什么，去北京享福，不比你一个人孤孤单单在这乡旮旯里强？一块儿坐车走吧，什么也不要你带！"

瞎子摸起地上的卦盒子，又摸索到了两枚铜钱，唤儿子帮着把另外的三枚也找到了，装进盒子里摇了摇，那悦耳的声音就又响了起来。

瞎子说："我哪儿也不去！你们走吧！"

四

夏天到了，秋庄稼揪着往上长，一天一个样。不知不觉，玉米长到了一人深，吐出了少女发丝般的五彩缨须。顶穗伸展开，摇落花粉，像金色的雨，洒在披散的缨上，孕育着鼓鼓胀胀的棒子。

我和四哥一人骑一辆车子，去县城卖干银耳回来，走到村后，听见玉米地里有嚷嚷的低语声。那声音很轻，像是蝇子嘤嘤，随风一阵阵飘来，听不真切。

四哥下了车，侧棱侧棱耳朵，脸上掠过一丝狡黠的笑。他向我招招手，趴在我耳边说："谈恋爱呢。我去看看是谁。"

我说："管这些闲事干啥？又不知人家到底在干啥，多一事不如少一事！"

四哥不听。他生来就不安生，好恶作剧。没等我说完，他已经潜入玉米棵，风吹他走，风停他停，所以蹚响玉米叶子的声音也听不出来。

我倚着田头的一棵泡桐树，看守着车子等四哥。正是晌午头，太阳火辣辣地射，很热。玉米叶呼啦啦一响，阵风就漾过来，身上凉快许多。头顶上有只蝉一个劲地扯着嗓子叫，叫得人心里燎燎燥燥。

不一会儿，四哥从玉米地里钻出来，脸铁青着，嘴都气歪了。我问："怎么回事？"他也不搭话，就去推车子，末了才扭头撂下一句："松岭……这狗杂种！"

我摸不清头绪。这时玉米棵响了，走出了满脸通红的二姐小香。我看着她尴尬的模样，心里顿时明白了一切。

松岭和四哥很要好，是四哥练武的把兄弟。他早就说好了媒，二姐也说好了媒，都是快结婚的人了，怎么……我没有发现过他俩的任何蛛丝马迹，如今出了这事，感到有点突然。

二姐回家就躺床上睡了，午饭也没有吃。她单等着一场风波的来临。

晚上，四哥、大哥都来了。堂屋里电灯泡很亮，招来一群又一群飞蛾和蠓虫子。有暗影的地方，蚊子就低低地飞，嗡嗡地响个不停，像无可奈何的哭泣。

四哥啪地拍死胳膊上的一只蚊子，瓮声瓮气地说："小香你出来，说说到底是咋回事！"

二姐早等得不耐烦了，翻身下床，从里间出来，没好气地嚷："什么咋回事？"

"你和松岭的事，装个啥！"四哥猛吸一口烟，将烟蒂狠狠地掷在地上，三下两下用脚踢灭。

"松岭是个好人，我喜欢他，咋着？"二姐不怯不颤，一字一板地说。

大哥说："香你平时也怪懂事，现在迷哪一条了？松岭有对象，你也有婆家，人家刘楼哪样对不住你？要家有家，要人有人，六月初一还备了篮子来……你怎么能——自己吐的唾沫能舔起来吗？况且松岭是一个村的，你这样胡来，以后还叫我们咋出门见人？"

二姐盯着屋顶，谁也不看，话一出口就很冲："你咋出门见人我管不着，反正我觉得松岭合适，他也愿意我。原先说的媒，谁又不了解谁，还不是听你们的！现在我就是愿意找松岭!"

我爹狠狠地磕烟袋锅："愿意，愿意！哪有一个村成亲的？哪有自家找婆家的，丢死八辈子人！"

我娘坐在二姐身旁，劝道："多少年了，咱这一带也没有同村结婚的。如今你破这个规矩，人家不捣碎你的脊梁骨！香你好好想想，咱可不能干那丢人的事！"

"有什么丢人？我和松岭上初中就一个班，了解得清清楚楚。婚姻自愿，这事我就是要做主！大姐听你们的话，嫁给了毛安，可不是一个村的，看毛安多好，连二哥都骗，哼！"

好一会儿沉默，只有被光照昏了的飞蛾碰在灯泡上的声音。

四哥站起来，用指头指点着二姐嚷："小香你别这犟那犟，反正跟松岭的事不能再下去。我要是再见你跟他在一起，你就别怪我手下无情！"

二姐翻他一眼，轻蔑地说："你凭啥！就仗着拳头硬实？四嫂还不是你自己找的？兴你放火，就不兴别人点灯？"

"四嫂可跟咱一个庄？——你这闺女真是！"娘气得"唉"了一声。

我爹说："人要脸，树要皮。人活一口气，得讲个名声。这事张扬出去，到处讲得枝枝叶叶，是个啥名誉？香你年轻，做事不在意，你再好好想想。俗话说得好呀，不听老人言，吃亏在眼前！"

"我啥也不想了，啥都想过了。要杀要剐随你们的便！"

四哥恼得说不上话来："你……你……真不要鼻子！"他伸出的手指头猛然点在二姐的鼻子上，二姐往后一趔趄，随即就跳起来，泪汩汩地往下流："你才不要鼻子！你们嫌我丢人，就别认我好了！我不是你妹子，我想咋着咋着，你管不了！"

四哥气得直跺脚，脖子憋得老粗。

刚才我看二姐说话有凭有据，句句在理，没对一屋子人屈服，心里暗暗替她高兴。现在看四哥真的动了火，怕他又要牛脾气，我就出来打圆场："我觉得二姐是对的。她和松岭一块儿长大，互相也了解，既然他俩都同意，还拦她干啥！一个村结婚也没啥丢人，这规矩早该改了，再说，别人说媒隔着十里八里，互相知道个啥，大姐不是个教训吗？"

四哥不再凶得恁狠，仍挺着脖子。我爹用眼角扫我一眼，再没吭声。

可四哥第二天仍很生气，一整天都愁眉紧锁，没个笑色。到晚饭后，他叫我一起出去，不知要干啥。我们到了菜园地，四哥转了一圈，把看护菜园的松岭喊了过来。我一看喊来了松岭，就知道有点不对头，想上前说些什么，终于什么也没说，只是叫："松岭——"松岭用鼻子哼了一声，算作回答，然后跟着四哥往前走。他一点也不怯阵，叫上哪儿就上哪儿。

走到一条四周都是玉米棵的小梢路上，四哥突然站住了，转过身来，恶狠狠地问："松岭，你跟我学功夫，为何勾引我妹妹？我哪点待你薄？人得讲点良心！"

松岭迎着四哥站定："四哥你别乱说，小香……我真心喜欢她！"

只听"啪"的一响，四哥扇了松岭一耳巴子。松岭身子一歪，险些跌倒。

玉米棵惊呆了，都一动不动地看着我们，似乎想看出个究竟来。

我上去拽住了四哥的胳膊："你怎么打人？有理说理，你真是——"

松岭没有还手，他站稳身子，摸摸脸，也没有后退。

四哥胳膊上的肌肉绷得像劈柴绊子，我一点也拉不动。他把拳头攥得叭叭响："以后不许你再和小香来往，——小心打断你的狗腿！"

"只要小香愿意，我们不但来往，还要结婚。想不到你也是这号人。"松岭的声音平平稳稳，却不屈不挠。他说完扭头就走。

四哥没有动，愣在那儿，盯着融在月色里的松岭，好一会儿才骂道："妈的，乱套了。都是咋回事啊！"

我说："四哥，其实你脑子里封建的东西很多，松岭和二姐好就好，谁也无权干涉，这不就叫作恋爱！跟你和四嫂当初一个样。是一个村的又咋着，破破规矩，不破不立！"

四哥无话。

月光静静地从玉米田里溢出来，淌了一路面。蛙鼓一阵阵随风吹来。小路的尽头，飘荡着乳色的雾霭。

四哥抽支烟点着，默默地蹲下来，望着远处出神。野虫鸣着，蛙叫着，玉米叶子摩挲着，轻轻的声响很多，多得使这夏夜显得格外寂静，倒像什么声音也没有似的。

为了二姐的事，家里人不知坐在一起熬了多少个通宵。我爹主意已定，仍气咻咻地嚷："小香，只要我不死，你翻眼不成！你要是往松岭家迈一步，我就打断你的腿！"

二姐理直气壮地把裤脚捋起来，伸腿到爹面前说："打吧！给你！"

爹恼得把烟袋杆子一折两段，光拨拉胡子，没有办法了。

二姐原先只知道利利索索，不声不响地干活，从没多过嘴。自从和松岭的事摊开后，她完全变了个人，变得勇敢、泼辣。只要是为她和松岭的事，上刀山下火海也不畏惧。

后来娘先软了，跟爹商量："现在孩子的事，老辈也不能问了，也问不了，净惹一肚子气。我看，小香——就跟刘楼退了吧！别耽误人家的事。"

我爹瞪着娘说话，好一会儿，都不吭一声，末了，才无可奈何地说："他们走过去，我们铲屎。唉——"

他站起身，去了小香姐姐的媒人家。

退亲没费口舌，彩礼及花费一文不少地赔人家，啥事也就一了百了。只是二姐和松岭的事到底该怎么办，谁心里也没个准儿。

本来给二姐备有木料，打算做几样像样的嫁妆，四哥也准备出笔钱，买几样东西，排场排场。这样一来，都免完了。娘说："都一个庄的，低头不见抬头见，既然这事也定了，往后拖有啥好处？只要不出啥丑事，就是我们的洪福了。本来就不是正事，也别正儿八经办了。小香愿意，就叫她去松岭家吧，算了！"

二姐说："好男不吃分家饭，好女不穿嫁时衣。和松岭结了婚，我们两双手劳动，东西一样一样都能置齐，我不图要那些嫁妆。"

于是在中秋里的一个早晨，二姐去了松岭家，算是结了婚。那一天阳光明媚，天蓝得出奇。二姐穿戴簇新，披一身金色的阳光，显得健康而美丽。她仰头走过弯弯曲曲的村街，走过一路各式各样惊疑的目光，走向松岭家。没有人去送她，只有那条小黑狗，扑甩着尾巴跟在她身后。

但二姐很高兴，因为早晨的阳光是如此之美，她不能不为此而满心欢喜。

五

临近年节，二哥仍没有回来，全家人都着急。三哥早已从外头满载而归，村里出去干活的人也都陆陆续续归家，唯独不见二哥的踪影。一回来人我们就去打听，得到的回答都是摇头说没和二哥碰过面。

到腊月二十九，天阴沉沉的，一家人正发愁，二哥背个包袱，回来了。

娘掩不住内心的惊喜，上去抓住了二哥的手，泪随着就落下来。我爹站起身从二哥身上解下了包袱。不一会儿，四哥就从门外冲了进来。

和往年一样，又是个团圆年，尽管有许多事不尽如人意。

腊月三十，二哥要我和他一起去赶集。我娘说："二孩，你刚回来不歇歇脚，还去胡跑个啥哩？"

二哥给自行车打着气，说："我买些菜回来，晚上请弟兄几个聚聚，坐一块儿说说话。"

爹接道："家里啥年货都办好了，不缺菜，小四办的。今天是狗撵集，人不会多，去转个啥？"

"今天我请客，我买菜！"二哥很固执。

到晚上，我娘在灶屋做菜，大哥、三哥、四哥都来了。四嫂一个人在家里寂寞，也来厨房帮忙。

二哥喊过我说："小五，去叫叫松岭，弟兄几个难得聚一次，都来！"

大哥、三哥、四哥的脸色不大好看，因为是二哥说的话，也都没说什么。

我去叫松岭。松岭吃不准用意，不知是来好还是不来好。结婚后他几乎没来过我家，和我家的人碰了面，也是互不搭理的时候多，关系一直疙疙瘩瘩。要不是我时不时去他家一趟，二姐闲时来一次，两家真的就断绝来往了。

看他斯斯文文的样子，我说："松岭你放心，现在生米早已做成了熟饭，谁也不会怎么着你，只是想坐一块儿拉拉话，也好叫三哥、四哥几个人消消气。你想想我们弟兄们是那种不讲意思的人吗?"

松岭一努劲,从柜里拎出两瓶烧酒,往胳肢窝里一夹,就跟我走了出来。二姐听说二哥回来了,也来了。

天落了雪,薄薄的一层雪粉,像层白纸,踏上去,似乎有吱吱的响声。从各家的院里,都照出通明的灯光,空中弥漫着油炸食物的香气,还有浓浓的燃爆竹的火药味。

天明就要过春节了。

一桌人坐齐了。初开始,因为松岭来了,有些冷场。大哥、三哥、四哥嘴角绷得紧紧的,松岭也有些不自在。二哥站起来打破了僵局,他端起一杯酒递给松岭,说:"松岭,你和小妹结婚,我没能回来,多多包涵,都是哥的不是。你这里接我一杯酒,算是补补过。"

松岭脸一红,站起来接过酒一饮而尽,又回敬了二哥一杯。二哥喝干,说:"咱弟兄几个以后不能介意这事,我去的那地方,挨边邻居都能结婚,一个村结婚的就更多了。只要俩人好,就行。难道像大妹那样就好吗?"

一圈人无言,接着酒场就活跃起来。

二哥今天喝酒有点异常,输几个喝几个,杯杯见底。一圈通关打过了,他还要接着打。三哥说:"二哥你别恁逞强,酒量不都一样,桌上又没外人,浅着点喝!"

二哥一笑，还是打了通关。

酒过三巡，二哥站起来，从里间拿出几件东西。他一边分着，一边说："过年了，我也没啥好东西送你们。这都是从外头带回来的，一点心意，知道我没忘你们就行了！"

大哥面前是几件小孩子的衣裳，三哥手里是一架电动玩具飞机，四哥得到的是一对鸳鸯枕头，松岭捧着台石英钟（那是上午在集上临时买的）。之后，二哥又走回里间，拿出来一大块坯样的书。我一见，是缩印本《辞海》。我正求之不得。

二哥递给我笑笑，说："我识不了几个字，知道你好看书写字，就给你买了这大字典，不知合不合意。"

我小心地抚着淡绿色的护封，兴奋地答："我托人买了好几回都没买着，做梦都想有一本《辞海》，对我有用得很！"

二哥满足地笑了。

又喝了一阵，二哥脸通红，眼通红，话多起来："我没本事，连个媳妇也娶不来。死了就死了，没有根，说不定以后坟头上连撮纸灰也没有。我跟你们谁也不比。"说着说着就满面泪水。

大哥说："我家里一堆闺女，也算绝户了半截，你不嫌，挑一个养着，大了能给你做做饭洗洗衣裳。"

二哥趴在桌上呜呜地哭，没有抬头。

三哥说："二哥你这是弄啥？以后哪个侄子都得伺候你，只要咱弟兄五个死不完，谁敢反目？"

四哥上前抓住二哥的手："二哥，以后你跟我一起过，放心好了，老四不跟你过到底就不是人，别提媳妇孩子什么了！"

爹和娘一听二哥醉了，都慌忙从灶屋里走过来。

二哥抬起头，看见二老走进来，就走过去，"扑通"跪在地上，大哭："爹，娘，俗话说不孝有三，无后为大。儿子不孝，父母别放在心上！"

我爹嚷："安排着不叫喝多还是多了，你们几个咋弄的？"

娘扶起二哥，抹抹泪说："得银，醉了就醉了，别胡说！一这样说娘心里就痛，受不了！要不是从小把你烧伤了，咋能到了这地步！"

我和四哥架着二哥，送他回屋睡觉。他的房子自从春天粉刷后，一直没开过门。里边有二哥的一张床，还有准备做家具用的木材。空着的一间里，堆着些原先挪出去的干柴火。

安顿好二哥回来，大哥、三哥已经走了。我们就玩扑克。电灯光很亮。做小生意的人家已开始放爆竹，这叫抢年，谁起得早，谁就一年里生意发财，人们都迷信这个。

正玩得高兴，突听人喊失火了。我们都跑出去，看西边谁家大火熊熊，我猛一愣怔：莫不是二哥的房子？

确是二哥的房子，等我们围上去，大火早已烧了起来。房上有劈柴编的顶笆，屋里又有木材和柴火，火势多盛，想想就知道了。瓦片被烧得噼噼啪啪乱飞，老远的地方，雪层都被火照得通红，像是流出的殷血，又像晚霞。

四哥不知从哪儿找来个竹篮子扣在头上，很快有人又送来几个，我往头上一扣，就冲向前去。间或飞来一块碎瓦，在头顶"砰"的一响，滚下地去。人群都在老远的地方站着，不敢围上来。几个年轻小伙子很快找到了竹篮套在头上，向前跑去。

我们冲到院里，咚咚地擂门。我带着哭音喊："二哥，你开门呀！你不能这样！二哥……"

大哥、三哥、四哥都没命地喊。悲怆而绝望的声音被瓦板的爆裂声、碎瓦砸在其他房顶上的响声和人群的吵嚷声炸得粉碎，抛向这年夜的空中。雪越下越大，火光一照，雪花像丧礼上纷飞的葬钱，像张牙舞爪的蝗群，又像是春天油菜地里翩翩的白蝴蝶……不管像什么，二哥都不可能再看见了，这造成他一切痛苦的火，如今又将他和他的那些苦恼一并化为灰烬！

四哥运足脚劲，咣咣地跺门，没开。我知道，门后上有防盗的铁链子，跺也没用。三哥扛来一根檩子，我们四个抱着，用劲一下一下地捣。只听轰的一声，门倒了，门框也燃着了火。

四哥就往里冲，三哥一把扯他出来，甩他个趔趄："老四，小心！"没容说完，一根折断的檩子就哗啦砸下来。屋顶塌了半边，火苗撒了一地，接着就有一道烈焰封了门。

四哥身子乱拧，喊着"二哥——，二哥——"硬往里冲，三哥紧紧地从背后抱着他的腰。大哥和我干着急也没好法子。一桶一桶水递过来，泼上去也起不了多大作用，无异于杯水车薪。火舌卷着浓浓的黑烟，仍一次一次地舔着早已碎成粉末的夜空。

松岭不知从谁家抬来了喷灌机，一头插进水塘里，长长的软管接过来，呼的一声水柱就剑般刺进了火心。大火噗噗哈哈地喘一阵，就冒着青黑的烟，奄奄一息了。

手电筒照着，在湿透的灰窝里扒来寻去，没见着二哥。娘昏了过去，被人送回了家。我爹一把一把地抹着老泪，迟钝地拨拉着檩条灰堆，到底没明白过来发生了什么事。

五更的爆竹正响得热闹，噼噼啪啪，不断续地炸，像是要把人心炸碎。

……黎明渐渐降临，忙碌的几个人终于找到了二哥。他躺在屋角里，一根烧断的二檩子压在他身上，被子、衣服已没了踪影，二哥的身体像一块凝固的熔铁……

二哥是条汉子，死也死得气魄！

尽管死了二哥，全家人哭得天昏地黑，可过年的供不能不上，这是老规矩。我娘由四嫂扶着，哽咽着在堂屋的桌上摆了面蒸的枣山大馍、刀头，点了大蜡烛。由五颜六色印成的玉皇大帝像，就贴在后墙上，在一片辉煌的烛光里，威严地望着我们，一副幸灾乐祸的模样。

我爹涕泪交流，面对着玉皇大帝长跪不起，头捣蒜一样地磕："老天爷，我年年供您，求您保我们全家平安。要是哪点冒犯了您，您别介意，只要能保我们全家平安无事，明年过年我给您半拉猪的敬礼，放一万头的鞭炮！"

玉皇大帝眼里似乎流露出怒意，接着又露得意。我真想一把扯下这浑蛋的像纸，撕他个粉碎！我要他还我二哥！

可我没有撕。我不能把爹娘心里神圣的偶像打碎。不能的！

那晚的景象烙在我脑子里，使我永远无法忘却：二哥悲壮而绝望的醉态、熊熊的烈焰、染赤的雪花、黑色的残梁断壁以及二哥凝铁般的身首……

我常常在梦里见到二哥，又在梦里哭醒。醒了，就抚摸着二哥送给我的那本又厚又沉的《辞海》，像抚摸着二哥结实的脊梁。

小时候，二哥喜欢我给他挠脊梁。夏天，他脊梁好痒痒，我就站在他背后用两手唰唰地挠。二哥最疼我，哪一回去赶集，回来都忘不了给我捎个包儿，或者烧饼，或者油条，对于总是吃红薯面窝窝的我来说，这些吃食是多么富有吸引力啊！

二哥那时才二十岁出头，整天无忧无虑，笑呵呵的。他点子多，手又巧，干什么都干得出来，大人们也都喜欢他。有回听人说："得银这孩子心灵得很，透风就过，可惜脸毁了，啧——"可我从没觉出过二哥烧坏的那半张脸难看，反倒觉得那红亮的疤瘌亲切而可爱。

二哥爱逮鹌鹑玩儿。屋里挂着几只鸟笼，里面各关着一只鹌鹑，每天天不亮，就"喀喀嚓"地打鸣儿。不定哪天早晨，二哥蹚一身露水，挟着捕鸟网，手里握一只鹌鹑回来了。爹就说："庄稼人，得本分。玩鸟不如喂鸡，养花不胜种菜。鹌鹑玩上瘾了，不愁变个二流子！"

二哥绝不会玩上瘾的。他让鹌鹑斗架，玩腻了，就宰掉给我吃。吃着香喷喷的鹌鹑肉，我真觉得二哥是天底下最好的人了！

有时天麻麻亮，二哥就把我从床上摇晃醒，领我去逮鹌鹑。麦苗刚刚露头，尖尖上挂着密密麻麻晶亮的露珠，秋风很凉，冻得我浑身发抖。二哥寻一块棉花地，用支棍张开了网，然后蹲在一旁，吹响哨子，招引隐藏的鹌鹑。

我冷，就靠在二哥怀里。二哥有火力，我觉得身后热乎乎的，一会儿工夫就不颤抖了。哨子在我头顶上有节奏地响。他先"啾——啾——"地吹，像鹌鹑平时在叫，然后就"喀喀嚓——喀喀嚓——"地吹，学鹌鹑打鸣儿。哨声惟妙惟肖，都分不出是真是假。

清晨的薄雾纱一般飘浮在空中，细尼龙丝编织的网罟浸弥在雾气里，溶解了似的。太阳从东方露出红红的脸，二哥身上于是就涂了层赭红的辉粉。

我等得急了，就轻声问："咋还不见出来呀？"

二哥说："逮鹌鹑不能急，得有耐心，干啥都是这样，心急喝不了热糊粥。棉花柴棵里好藏鹌鹑，这片地里肯定有，存着气！"

他吹响哨子，刚停下来，远处就传来回应："喀喀嚓——喀喀嚓——"

"来了！"二哥双眼放光。他一只手按住我，一只手拿着哨子衔在嘴里，不停地吹。随着哨子的节奏，远处鹌鹑的呼应叫叫停停，越来越近。已经到了十步远的地方了，能辨清叫声尾音的分叉了。突然，一个灰东西倏地撞在鸟网上，鸟网整个向前凹去。二哥一跃而起，箭一般冲上去，不等那物件扑棱，两手已紧紧地握住了。我吓愣怔在那儿，还不知怎么回事呢！二哥就喊："小五，快来看，是一只白雏子！""白雏子"是玩鹌鹑的人叫的行语，指的是当年刚长成的幼鹑。我急忙跑向前去，看见几根丽色的羽毛在空中飘飞，一只鹌鹑睁着惊恐的小眼睛，胸脯一起一伏，被握在二哥手里……

后来二哥变了，变得不爱说笑，常常一个人皱眉头。至于鹌鹑，再也没玩过。

如今这一切都变得那么遥远，仿佛不是真实发生过的事情，而是一个个美好的幻觉。

而二哥，是永远地走了，再也不会回来了。也许在另一个世界里，他会变得像先前一样快乐。

我无法诉说深深的悲痛，我对二哥爱得太深太深。我多想念儿时那堵墙壁一样坚实的温暖依靠啊，多怀念因有了二哥而光彩生动了起来的童年生活啊！

六

自从出了毛安说媒那场子事，大姐觉得没脸再见娘家人，就一直没来走过亲戚。二哥下葬的时候，大姐也领着几个孩子来了。如今没有毛安在家作祟，她日子好过多了，孩子们也打扮得漂亮了。

大姐觉得是她害死了二哥，趴在二哥的坟头撒泼大哭，两手刨着新土，一声声痛彻地哭喊："妹子对不起你呀二哥，二哥，二哥——"劝的人都跟着掉泪，也拉不起来她。最后还是娘跌跌撞撞地走上前，唏嘘着说不囫囵话："妮呀……别哭了……那也不是你的错……把你往火坑里推，也怨我，怨你爹……娘的心都碎了呀，妮呀别哭了——"大姐就一条腿跪着爬起来，又劝娘，两个人将扶着哭着走回家。

整整一个正月，全家都笼罩在悲哀的气氛里。娘动不动就念叨二哥的好处，三句话说不完，泪先出来了。爹更不爱说话了，整天抱着个烟袋，吧嗒吧嗒地吸，一张布满刀刻纹的脸埋在缭绕的烟雾里。二姐倒常来常往，娘一哭，她的眼里也闪动泪光。

有一天四哥过来说："人死了也不能复生，二哥去就去吧，都别再伤心了。今天太阳好，我把棉籽壳和塑料袋拿来，咱们装袋子，干干活散散心。"

娘擦干泪水长叹一声说："小四说得也在理，得银去就去吧，再伤心也没有用。反正迟不了几年，咱就能在阴间里再见面。"她说着说着眼角就又湿了，慌忙去擦，对我们挥挥手："去吧去吧，拿东西去。"

初春的太阳又明亮又温柔，没有风，院子里很暖和，我们一家人就坐在太阳地里干活。四嫂也过来了，四哥特意叫她来陪陪娘。

正干着活，听见大哥院里有争吵声。大哥的院子就在西旁，只隔了一道墙，吵闹声时断时续，渐渐变响，我们就都住了手，听大嫂对着大哥撒泼。

"看你多有钱，整天裤子都盖不住腚，还给这个扯布给那个扯布，你想过家里没有？你睁眼看看孩子，都破衣烂衫的，穿得跟要饭花子一样，你咋还有脸出去见人！"

大哥低声哀求："金菊她娘，别嚷呼恁响中不中？二弟刚去，爹娘正伤心，别再惹他二老生气，求求你了！"

大嫂不依不饶，叫道："我偏叫，偏叫，我们吃的啥穿的啥，都没长眼吗？一大堆孩子，整天把我们腰都啃细了，他们吃香的喝辣的，还要咱的钱扯布，咋忍这个心？……"

娘把手插进袖筒里，坐在凳子上默不作声。四哥站在院子隔墙边，听大嫂嚷什么扯布，就过来问娘是咋回事。

娘哀哀地说："年前头你大哥给我扯了六尺半黑洋布，要我做件新褂子穿穿，好过节。不知道现在咋传到她耳朵眼里了。"说着就落了泪。

四哥狠狠地说："把布拿出来，给他隔墙扔过去！"

娘没动，好一会儿才说："你把布撂过去，你大哥会多伤心，他也够苦的了。"

那边还在喊叫，四哥牙锉得咯咯响，在院子里来来回回地走。娘说："小四你听不下去就走吧，反正我也习惯了。"

这时那边院里传来很响的啪的一声，大嫂的叫嚷戛然而止。停了片刻，她突然号啕大哭，边哭边骂："你个狗娘养的，竟敢打人！好，好，反正我在这儿罪也受够了……"

四哥一拳砸在桐树上，树皮刷地剥掉一大块，树干伤口里淌出一大溜水，像伤心的泪。

"她这骚婆娘胆敢骂人，我非治治她不可！"四哥跃跃欲试，压抑不住内心的愤怒。

爹衔着烟袋，扭过头来说："小四你聒吵个啥！你哥嫂生闲气，碍你啥事！走远点！"

这时大哥踩着东西趴在墙头上急急地喊："娘，娘，金菊她娘喝药了！"

四哥"噌"地蹿过隔墙，我跟着也翻过去。走进大哥屋里，一股浓烈的农药味扑鼻而至，噎得人喘不过气来。大嫂躺在地上正哼唧，旁边歪着一只1605瓶子。

人群很快围满了院子。四哥对大哥说："1605是剧毒药，得先灌些屎水子让她哕哕，才能送卫生院。不然药劲发作了，送去也白搭。"

大哥慌忙端只喂猪盆上茅房舀屎汤子。四哥喊过来看热闹的几个小兄弟把大嫂拖出堂屋，按在地上。

听说灌屎水子，大嫂不再哼哼唧唧。她猛一精神，对四哥说："她四叔，我没有喝药，真没喝！我是吓你大哥呢！"

四哥一手按住头，一手拿着筷子撬嘴，边吼："你能说你喝药了？等药劲上来，你后悔也晚了！"

一股屎汤子的恶臭味已经漾过来，大嫂对我笑笑，强装出镇静说："她小叔，我真没喝呀，你替我讲讲情吧！"

我拽拽四哥的衣裳，他没理我。大嫂看软求没用，就要骂人，一句话没出口，筷子已经伸进嘴去。

一勺恶臭的屎汤子灌下去，大嫂"哇啦"哕了一大片，连早饭吃的萝卜菜都吐出来了。又一勺下去，她就只有呕吐的工夫了……

院子里弥漫着强烈的农药气、粪臭和隔夜食物的酸味，围着的人都捂住鼻子。胃道浅的人远远地站着，不敢走近。

到大嫂哕得瘫在地上成了软软的一堆，光有喘气的劲了，四哥就一挥手，几个人抬起来将她撂到架子车上，拉着就朝镇上卫生院跑。

架子车专拣凹凸多的坷垃路走，大嫂就随着车轮咣咣的响声，身子在车厢里一蹦一蹦。一群人跟在车子周围，呼呼哧哧，像煞有介事地叫着："快！加油啊！"

到了镇卫生院，好半天才找来一个戴白帽的医生。他戴上大口罩，慢腾腾地到大嫂跟前检查，可还是熏得禁不住皱眉头。他掰眼看看，又拿听诊器听听胸口，说："不像喝了1605，是不是其他啥药！"

大哥说："打棉花剩下的，是我亲手买的，不会错！"

医生说："看来喝得也不多，瞳孔都没缩小，住院打打吊针观察一下再说吧！"

这期间大嫂又拱又骂，几次试图撅起来，无奈一圈有力的胳膊越按越结实。住进了病房，护士过来扎上吊针。大嫂看挣扎也没用，就老实下来，闭上眼睛装死。

等一切安顿下来，来的人就一拨一拨回村了，只剩下我们兄弟几个。大嫂瞅四哥出去了，就一把扯去吊针管子，骨碌跳下床就往外跑，边跑边骂："老大你个熊包，回去再给你算账！我一滴药也没喝，让你们在这儿穷折腾，打啥熊吊针，花钱买罪受，图个屌！"

我一把没抓住，大嫂已经屁股一扭一扭地跑过院子，惹得病房里一群看热闹的人哄堂大笑。

七

爹对娘说："我们养五男二女，本是福命，咋就一个灾接一个灾，不得安顿一天，莫不是家该败了？"

我娘一下一下摩挲着猫的脊梁，半天才接话："啥也别信，也别疑神疑鬼了，这是命，好命摊不到薄地里，该咋着，天定哩！"

猫闭着眼，竭力把哭声咽到肚里去，有"咕咕"的颤音微微发出。这猫是上月四嫂从娘家抱回来的，娘当成了命根子，又是炖鸡蛋，又是嚼馍，像喂养大哥、三哥的那群孩娃一样精心。

娘说："我整天坐着，光想这事那事，夜里也睡不着。这不是个长法儿，身体要落了病，更糟。听说前庄有教会，我想信信主，试试咋样。"

我爹说："你去信吧，看看主能不能给咱家禳禳灾！"

娘就拿个化肥包装袋，去孙楼听《圣经》（包装袋是当坐垫的）。听了一回，回来脸色晴朗了许多，有一句没一句地讲她遇到听到的新鲜事。

以后娘就七天去一趟，还交了会费，算是正式信主了。遇见了什么事，她就开始往胸前画十字，嘴里还嗫嗫嚅嚅地祈求上帝保佑。

有一天，院门忘了关，猫跑丢了，找了半拉村，也没找见。娘说："我信了恁长时间主，也不知咋样，正想试试。今儿个丢了猫，我看耶稣我主能不能帮着找到！"

娘在胸前画十字，还唱了谁也听不懂的赞美歌。最后她说："耶稣我主，今天我家的猫丢了，你要是真神，就帮我找回来，明天我给你放盘鞭炮。要是找不回来，你就是假的！"

娘祈祷完毕，就坐在家里耐心等待。一天，两天……七天过去了，可爱的小猫没有回来，连影儿也没见到。

娘垂头丧气，再没心去孙楼"礼拜"了。按她的话说，连只猫都找不到，看样子这"主"也是假神，不可信！

可爹有爹的看法，他总认为家里不顺当，是宅子的什么地方错了，煞了风水！

这一天又来了个阴阳先生，他把一个刻满数字的"罗镜"这儿放放，那儿放放，端详端详这边，瞅瞅那边，最后才跟爹说："你这宅子是阴阳宅，有福有灾。阴盛阳衰，灾就大；阳盛阴衰，福就大！"

爹问："先生这话咋讲啊？"

那先生模棱两可地笑笑，算作回答。爹赶紧追问："现在你看是阴盛还是阳盛？"他的眉头皱得很紧，很迫切地想听阴阳先生说话，心情都写在脸上。

那先生肯定地答："阴盛！"

"怎么个讲法？"

"你这所偏房，正盖在龙头上，压了阳气。大门又从偏出，阴气就更盛，宅里哪还有阳气呢！"

我爹拍着头嚷："全对！全对！"

阴阳先生又东审审西审审，眯起眼做思考状。好一会儿才说："要想阳气满宅，大门得挪成南向，这所偏房也得扒掉！"他指指四哥曾试种银耳的那所东偏房。

我们正在院子里支起的秫秸箔上晾晒银耳，四哥鄙夷地斜了那先生一眼，低声骂："放狗屁！"爹赔出的一脸笑容霎时凝固了。阴阳先生权当没听见，走近秫秸箔，拿起一颗银耳细细地观察。

"这是什么物件呀?"

爹忙说:"是银耳,几个小孩子翻腾着种的。好吃着哩!一会儿给你带点。"

"是在咱这本地种的?"阴阳先生一脸的惊诧。

"是啊!"爹皱眉望着他,不明白什么地方又出了毛病。

"噢,噢……这就对了——是这呀!"阴阳先生很玄妙地点着头自言自语,任爹怎样拐弯抹角地问,只是含糊其词地净说半截话,让人摸不着头脑。

爹把一张"大团结"塞到他手里,又掐了两掐子干银耳装进那条黑不溜秋的褡裢,才送他到另一个来请的人家去,边走边问,想探出个究竟。

不一会儿爹就回来了,垂头丧气地说:"先生刚才说了,银耳这东西是深山老林里生的,咱这地方不能种,吞地气喝风水厉害着哩,没石没林的平地上撑不了。祸事刚刚开头,你二哥的死,小香捣秧子,都跟这有关联。"

四哥不屑地笑笑,连头都没扭。我说:"银耳是真菌生的,和种庄稼没啥两样。爹,你不要听那人瞎扯,他是听见四哥骂他才这样说的!"

我爹不搭理我,自顾自圪蹴在门旁,一袋接一袋地吸烟。

吸完一袋，就往门槛上磕，当当的声音显得异常沉重。

到晚上，村主任进了银耳房。他使劲地抽着四哥递上去的"彩蝶"香烟，也不吱声。末了，把烟屁股在脚底下踩灭，才说："大家伙托我来说一件事，今晌午阴阳先生从罗镜上看出咱村的地气弱，说是都叫银耳吞吃了，不知你们得没得信？"

四哥说："迷信的一套，阴阳先生随口胡诌的，你也信？"

"——嘿！不能全信，也不能不信。银耳害死人的事也不是没有，嘘水村不是吃死了一家人。你仔细想想，从你们种银耳开始，全村人太平过没有？你们家太平过没有？整天跟打仗一样，兵荒马乱，翻窝子滚，啥样的事儿都出来了！"

四哥的脖子脸早憋得通红，大声嚷："都啥时候了，你还信这一套！你咋当村主任的？"

村主任有些恼，没趣地站起来，边往外走边说："好好，我不给你理论。大道理你懂人家也懂，只要大家伙同意，你就种吧！"

大家伙不同意。第二天，几个管闲事的老人来了，颤悠悠的，都六七十了，怪可怜人。可四哥仍没让步，费了好一番心血干起来的事业，哪能说扔就扔了。

到夜里，我们就为自己的固执付出了惨重的代价：家里的麦秸垛着了火，宅子上的树大半被刮了皮……

四哥气得手心发痒，攥着拳头在村里转了半天，也没弄清楚到底是谁干的。一家人坐起来商量，爹说："不能种咱不种，人家老老实实种地，日子过得也怪太平，可咱们家……小四，听我一句话，咱不种这物件了，出去找你三哥干包工活去！"

娘说："也不是这不是那，是有人看赚俩钱眼红。说啥你也不听，小四，就会梗着脖子啥都不在乎，不膏膏当官的嘴头，他们能不挑你的不是？"

娘这一说提醒了我。几天前村主任领着镇工商所的人来银耳房一趟，说看看符不符合纳税的条件，讨论了半天走了，也没结果。村主任在一边装好人，对四哥说，他根本不知道这事，是他们自己找上门来的。

"想叫我巴结人，太阳从西边出来。我看谁能咋着我！"四哥愤愤地说。

大哥说："谁也咋不着你，就是憨毁你的东西，看你有啥法。"

商量的结论还是老一套，银耳不能种！不能种，小四！

四哥固执得要死，硬是顶住了各方压力，将接种上菌种的袋子上了架。

可没几天，事情接二连三地出来了。起初是家里的一头三百多斤重的臕猪被毒死在圈里，而后责任田里有半亩多出齐穗的麦子被连根拔掉扔在大路上……

四哥咬牙切齿，像条困兽一样在银耳房里来来回回地走，也想不出好办法。报告派出所吧，明知道不会有啥结果。况且村主任的态度是明摆着的。

我们知道已经犯了众怒，再僵持下去还要吃亏，只有停种银耳这一条路了。

……银耳房里笼罩着葬礼般的死气，那些刚冒出一疙瘩一疙瘩的幼耳悲哀地望着我们。看着这无数个充满勃勃生机的小生命，四哥眼睛湿了，我也哭了。

可我们的泪水并不能挽救它们。终于，一大房子刚开始舒展叶片的银耳，连同袋子被一起扔掉了。

八

转眼之间，麦说熟就熟了。田野里色彩分明：金光闪烁的是麦，绿浪翻滚的是树，蓝得叫人头晕的，是晴朗的天空。

布谷鸟整日整夜地叫着："麦秸垛垛，麦秸垛垛……"这清脆的歌声唤回了一拨拨去外地干活赚钱的人们。眼看就要开镰收割了。

四哥蹲在地上磨镰，镰刀在磨石上哧哧地响，响声单调地在如今空荡荡的屋里传来传去，找不到隐藏的地方。

光秃秃的银耳架子靠墙立着，那早先被喧嚷嚷的生命占据的热闹空格，正睁着空洞无光的眼睛，悲哀地互相对视着。

四哥一声不发，疙疙瘩瘩的两臂一伸一屈，镰刀就尖厉地呻吟起来。一把镰磨好，他用大拇指试试刃，然后扔到一旁，才说话："小五，银耳看样子是不能种了，犯众怒的事干不下去，我又不想出外干，咱得想想新的办法！"

我放下手里的书说："想什么办法呢？种中药材是鬼行市，价钱三天两头变，咱又不会干倒来卖去的生意，只有靠地吃饭了！"

"你没算过细账，靠地种庄稼还不饿瘪你肚皮！一亩麦最好的年景，就算能打八百斤，四毛钱一斤就是大关，才卖三百多块钱。光买化肥农药就得百十块，犁地打场浇水什么的再去掉五六十，还能剩几个钱？交交公粮去掉税，去掉村里的提留……还能有什么？糊口都难！眼下咱手里是有几个钱，可那是死钱，说干就干了。"

四哥把一堆镰磨完，站起来说："我想扎个塑料薄膜大棚，种鲜菜，黄瓜、番茄什么的，人家地里没发芽咱就上市了，卖巧价钱!"

"行是行，就是离集太远，卖着不方便。再说，种塑料薄膜大棚没技术也不行啊!"

"这你就不用发愁了，我们大面积种植，可以和县城里的菜贩子联系好，让他们到地头拉菜。至于种植技术，咱们可以去学。"四哥眼里闪出了火花，和去开封学习种植银耳时一样，跃跃欲试。他沉浸在自己的新计划里，脸上露出充满信心的笑意。

我们俩正说着，松岭领着一堆人来了，都是原先四哥教武的铁哥们儿。他们在外头干包工活，都刚刚回来。春节时几个人说好的，再出去干几个月，麦季里合同到期，就回来跟四哥学种银耳。没料到竟出了村里人反对种银耳的事。

"养银耳犯了哪门子法?"松岭说，"我看纯粹是村主任搞的鬼。没他背后撑着，量谁也不敢轻易捣乱!"

"才干几天村主任啊，就又是盖新房又是买电视，他哪来的那些钱?"

"我表哥在街上开饭馆，光村主任领着几个官官吃喝，半年就欠了三千多。表哥说，村主任媳妇孩子赶个集，也在饭馆里成篮子成兜子地装，都记村委会的账。牛毛出到牛身上，最后还不是咱们这些村民摊!"

几个人喊喊喳喳,越说越气。有人狠狠地说:"咱哥们儿不能咽下这口气,得想个办法治治他,让他晓得点厉害!"

"人善被人欺,马善被人骑。四哥,不能就此罢休。治他是治他的事,银耳还得种,不但你种,我们都学会,都种,看谁能敢再咋着!"松岭嚷。

四哥的劲儿被几个人的七嘴八舌鼓上来,他梗梗脖子,把攥紧的拳头"咚"地捶到桌子上,说:"说得对,这口气不能就这样瘪瘪咽了!"

当天夜里,四哥和那堆人出去,冷清明时还没散,又踅回了我住的银耳房。我隐隐觉得,他们在干一件很神秘的事情。

果然不错。天明人们就传开了:村主任家的一块责任田,一亩多地的麦子,被什么碾过,全撒进了土里。穗子上剩的,还不够喂小雀吃!

派出所的摩托嘟嘟开来了,又是量脚印,又是满村子问东问西,也没查出啥名堂。年轻人被一次次召集起来开会,又一个一个单独审问,仍然没有结果。怀疑对象太多,几乎每个青年都是嫌疑犯,四哥当然也在其中。

麦熟一晌。到第三天,已经有人家开镰收割了。可村里能干的劳力大部分困在那儿接受审查,毒太阳地子一照,一群人心焦火燎，连派出所来的人也都急毁了。

重点怀疑对象很快局限在三五个人之中，四哥竟被排除在外。开最后一场会时，一个脸上起满酒刺疙瘩的民警厉声说："泥狗子！站出来！"

叫泥狗子的年轻人在瑟瑟发抖，从地上爬起来，被"酒刺疙瘩"拎着，强撑着走近放着一张桌子的台前。

"说说你四月初十夜里，到底干了些什么？一五一十地说清楚！"

"我，我，我睡觉……睡在孩子他妈身旁……不，不信，你问，问问，他妈……"泥狗子打着牙巴骨子，说不成句。他春天里因为计划生育罚款，曾和村主任干过架，扬言早晚要收拾主任。

"夜里一点到三点之间，你在哪儿？嗯？老老实实地交代！"

"我，我……睡，真睡，睡……"泥狗子再说不出那个"觉"字。"酒刺疙瘩"脸一沉，吼："睡，叫你睡！三家什揍得你就不睡了！"说着就拖了瘫半边的泥狗子往一间屋子里走。

这期间四哥坐着一声不发，看泥狗子要受刑，他霍地站起来，大步走过去喊住"酒刺疙瘩"："伙计，铐咱！"说着伸出双手。"酒刺疙瘩"愣了愣，有点不相信，好一会儿才呀怔过来，木头木脑地跟着四哥走进屋里……

四哥咬死嘴说是他一个人用绳拴着檩子两头碾的那块麦，任他们怎样变着法子盘问，再没改口。派出所的人也真急了，就不了了之，带走四哥回去交差。

四哥走向驮人三轮摩托的时候毫不在乎，像是去赴一场宴席。他举举戴着明晃晃铁铐子的双手，对家里送行的人说："我走了!"说的时候还笑了一下。娘哭得涕泗横流，爹自始至终也没有出屋。

四哥被抓走没多久，松岭就把住的新瓦房拾掇出一间来，内面裱上塑料膜，用木条扎几个山架子，像当初四哥的厢房。他把我叫去，种了两茬银耳，赚了一千多块钱。第一茬我动手，第二茬我就看着他干了。松岭是个聪明人，一经指点，很快就通了栽培技术。

这期间四哥的那帮铁哥们儿，不分白天黑夜，在村里野里旋过来卷过去，逡巡在银耳房和松岭家的责任田之间，就没有人再提银耳吸地气喝风水的事。一群人见了村主任，一起起哄，手一扬一捏，响指打得叭叭叫，半真半假地咋咋呼呼。村主任有点心虚，一天晚饭后悄悄摸到我家，把那次罚四哥的三千块钱放到桌上，说："咱两家人老几辈没仇没气，门头也不远，刚出五服两三辈；要早知道是四兄弟干的，打死我也不会上告的。这钱初开始我就没打算要，想等过去了事儿就再送来。大爷大娘，你们点点。"

松岭正来我家，就半闭着眼说："一茬几千块的银耳也毁了，人也抓走了，钱也罚了，现在又想一推六二五，干干净净，哪有恁便宜的事儿！"

我娘说："去去去去，大人说正事，小孩子别插嘴。看你的银耳去吧！"

村主任说啥也不拿那叠子钱，爹撵着硬塞，也不收，高低吞了松岭给吃的一肚子蛤蟆疙瘩子，悻悻地走了。

没多久村主任辞了官，说啥也不干了。乡里派人来做他的工作，左问右问，也问不出个究竟来，只说没那个能力，死活不再接乌纱帽。

乡里就让大家投票选举，选过来选过去，竟选中正在服刑的四哥。来的人哭笑不得，年轻人则一阵阵地嗷嚎，举着双手高喊坚决拥护。

四哥的那堆铁哥们儿自从外头回来，就穿得花里胡哨，留遮住耳朵的长发，引得一村子人惊惊乍乍，讲了好长时间稀罕。可着奇装异服的人并不畏惧人们的目光，依然大摇大摆地走在村街上，说说笑笑。后来就没人再觉得稀罕了，看顺眼了就又看出别样的韵味，也有年轻人开始效仿起来。

听说松岭要招收学员，就有人来银耳房里问这问那。松岭摆着一只手嚷："去去，身上搽有香水，熏着银耳就不长了！下月就办培训班，每期俩月，学费五十元，包教包会，一年能赚五六千。各村都贴有广告，集上电线杆上贴的也有。"他越不让人看银耳房的内部，人家就越觉得神秘，常常几个人围在一堆猜测着，议论着一年到底能赚多少钱。

穿戴花里胡哨的那堆人近水楼台先得月，先学会了栽培技术，就慌着去扯塑料膜糊墙，乒乒乓乓地钉山架子，干得热火朝天。松岭打趣地说："我们发动起一场银耳大革命了。等着瞧吧，说不定咱村从此就要变变样子了。"

九

四哥被抓走了，娘并没有感到惊讶。她常常一个人自言自语："迟早都省不掉，迟早都省不掉！"她脸上布满了一种无可奈何的悲凉，现在她什么神也不信了。她只信命。

刚刚两年，娘已明显地衰老下去。头发已经白了大半，瞳仁也越来越灰淡；脸上细碎的皱纹，渐渐松弛粗大。她好一个人坐在屋子里愣神，干起活来，动作也一日日地迟钝了。

我爹对宅子已经死了心，东偏房扒了，大门挪了，院子里石头朱砂什么的也没少埋，可四哥还是被铐走了。他开始怀疑坟地，是不是哪个坟埋得不合适，碍了风水？于是他就去找各色各样的堪舆先生，仍用那些稀奇古怪的"药方"拿来"治病"。

一晃到了秋天，玉米棒露出了金黄的颈项，大条豆摇响了铃铛。树叶开始衰老、凋落，死亡之前的回光返照使每片叶子都闪耀出辉煌的金光。

四哥不在，一种难耐的孤独折磨着我，尽管有松岭，有哄哄闹闹的那堆年轻人，可我仍觉出了一种无法弥补的缺憾。我感到了有令人窒息的东西弥漫在我的周围。如果仍然这样下去，终有一天我会完全被同化。

这时，那个从少年时代就鼓动着我的想法，在日夜翻腾不息的思绪里，脉络渐渐清晰起来。

我要离开村子出去闯荡，要见识更广阔的世界。我要出去打工，要去更远的远方。只有在大地上漂泊才能给我灵感。

我将想法给松岭透了，他惊得张着嘴好一会儿没动，最后才说："你迷哪一条了？现在钱像决了口子的水一样哗哗地淌，伸手就能舀几桶，你尽出鲜点子走！学习班已报名五十多人了，一期下来就是几千块，加上银耳，摇一摇身就成万元户了！"

我笑笑，说："天底下有挣不完的钱，掉进钱眼里，淹死了咋办？"

松岭仍一个劲地摇头，百思不得其解。

九月里的一天，我带着四嫂缝制的几双鞋垫、两个裤头，去县城旁边的轮窑厂看四哥。四哥抓走后没多久，就去轮窑厂干活，说是劳动管制。因为认识有熟人，所以去看他也挺方便。

我对娘说："我走了，娘。"

娘蹒跚着走出来，又安排一遍："对小四说，别急，还有几个月就到期了。家里的事不用担心，照护得好好的。"

我答："好！你放心，我一定对四哥说！"

"你要早回来，别摸黑！"娘用浑浊的双眼，慈爱地望着我。

我想哭。我说："娘你不要等我了，我顺路去同学家玩玩儿，迟两天再回。这些日子我闷得慌！"

我娘长长地哀叹一声，没有说话。

于是我就走了，其实我已经决计不再回来了。

到了轮窑厂，找到了四哥，他正在脱砖坯子。听说我来看他，就跑来了，浑身还淌着热汗，只穿一条裤头。

四哥明显瘦了，脸窄了一圈，坚毅的鼻梁更直，像一溜山峰。一瘦，身上的腱子肉都突兀出来，让人觉出那不是肉，而是棱角不平的石块。

四哥把我拿来的烟塞嘴里一支，就跟屋门口的看守员要火。那人掏出一盒火柴扔过来，看样子，和四哥关系挺不错。

四哥说："小五你别担心，我在这儿其实可以，和这里的人混得好，也不受多少罪。反正也快回去了，听说给我减了刑，再有几个月就能回去了。"

我看着他陷下去的眼窝，鼻子一酸，想哭。

四哥说："不就出出力气吗？这有啥事！出去了，我还是我，说不定比原来还光彩，咱又没偷没抢。"

我把松岭他们种银耳的事说了，四哥欣慰地笑了，说："西风还是压不住东风。迷信的东西早晚会没有市场。"

四哥顿了顿，又说："这几天我想好了，出去后就承包村里废弃的那片苹果园。种银耳，可以在每年果子卸了的闲空干！"

以前，大队种植了一片果园，有百十亩地大，一直就没有结成苹果。树是长成了，正值盛果期，可缺乏管理，果子刚长到驴屎蛋子大，就被孩子们摘下来当玩意儿玩了。前两年包给了几个人，可每年果子一变色，拴个猴都看不住。加上不会修剪，收成还不够上缴，都灰了心，退掉了。毁又舍不得，村里就将那果园搁置了起来。

"这里有个林场的苹果技术员，犯了案子，也快出去了。我跟他商量好了，请他去咱那儿。我坐了这次大狱，周围村的人也都知道咱不是好惹的，一听说咱包果园，估计捣乱的人也不会太多。"

四哥说得头头是道，眼里闪耀着光芒，憧憬着那果实累累的未来。

我说："也许可以，四哥，你好好干吧！我想到外面走走。老这样庸庸碌碌下去，我怕会一事无成，一切理想也会成为泡影。"一股说不出来的滋味陡然升上心头。是歉疚？是留恋？是悲伤？我一时难以厘清。

四哥说："你可以上大学嘛。自费去大学里听课，不是可以吗？咱手里钱够你花的。"

我说："我不想去大学里，我想到外面闯闯，看看人家是怎样生活的。"

四哥沉默了好一阵，突然拍了拍我的肩膀，说："好，有出息！读万卷书，行万里路。你走吧，家里的事不用你操心，我出去后会料理得好好的。你在外面缺钱花，给我来个信，就齐了。"

四哥，多好的四哥呀！我的泪在眼里打了个转转，就流了下来。

我走了。四哥一直把我送到轮窑厂大门口。走了老远老远，我还看见他站在那儿，目送着我。

图书在版编目(CIP)数据

白耳朵 / 赵兰振著. -- 郑州:河南文艺出版社,2025.4.
-- ISBN 978-7-5559-1728-1

Ⅰ.I247.5

中国国家版本馆 CIP 数据核字第 2025WY5836 号

选题策划　　　王淑贵
责任编辑　　　王淑贵
责任校对　　　梁　晓
美术编辑　　　张　萌
装帧设计　　　周伟伟
责任印制　　　陈少强

出版发行　　　河南文艺出版社
社　　址　　　郑州市郑东新区祥盛街 27 号 C 座 5 楼
承印单位　　　河南瑞之光印刷股份有限公司
经销单位　　　新华书店
开　　本　　　787 毫米 × 1092 毫米　1/32
印　　张　　　9.625
字　　数　　　166 000
版　　次　　　2025 年 4 月第 1 版
印　　次　　　2025 年 4 月第 1 次印刷
定　　价　　　56.00 元

印厂地址　河南省武陟县产业集聚区东区(詹店镇)泰安路
邮政编码　454950　　电话　0371-63956290